Dagmar H. Mueller

Die Chaosschwestern geben alles!

Dagmar H. Mueller

Die Chaosschwestern geben alles!

Mit Illustrationen von
Franziska Harvey

cbj

Sollte diese Publikation Links auf Webseiten Dritter enthalten, so übernehmen wir für deren Inhalte keine Haftung, da wir uns diese nicht zu eigen machen, sondern lediglich auf deren Stand zum Zeitpunkt der Erstveröffentlichung verweisen.

Dieses Buch ist auch als E-Book erhältlich.

MIX
Papier aus verantwortungsvollen Quellen
FSC® C014496

Verlagsgruppe Random House FSC® N001967

1. Auflage 2018

Umschlagbild und Innenillustrationen: Franziska Harvey
Umschlaggestaltung: basic-book-design, Karl Müller-Bussdorf
cl · Herstellung: UK
Satz: Uhl + Massopust, Aalen
Druck: GGP Media GmbH, Pößneck
ISBN 978-3-570-15721-3
Printed in Germany

www.chaosschwestern.de
www.cbj-verlag.de

Malea

Martini

11 Jahre

ist …

… Weltbürgerin (das zeigt doch wohl schon der hawaiianische Name!).

… Tiefseeforscherin (später).

… eine knallharte, gerissene, mit allen Wassern der Weltmeere gewaschene Spionin (so etwa wie James Bond, nur weiblich natürlich).

… keine Welle hoch genug. Als echte Surferin schreckt sie auch auf dem Land vor kaum einer Herausforderung zurück.

Kenny

Martini

7 Jahre

ist …

… Sternenguckerin (abends durchs Dachfenster).

… Ponybesitzerin (im Traum).

… große Schwester (eines Tages, wenn sie Mama endlich überredet hat, noch ein weiteres Kind zu bekommen. So lange ist sie leider nur »eine« Schwester. Aber ist doch völlig egal, ob die anderen älter oder jünger sind. »Klein« ist sie jedenfalls nicht.).

… gut drauf (»Lasst mich bloß in Ruhe!«).

… auf jeden Fall groß genug, um jederzeit mitzumachen, mitzureden und mit aufzubleiben.

Livi

Martini

13 Jahre

ist ...

... irgendwie fehl am Platz in dieser Familie (nach Aussage von ihr selber) und kann den Gedanken nicht ganz aufgeben, als Baby im Krankenhaus vertauscht worden zu sein, nur leider sprechen alle familiären Fakten gegen diese Hoffnung versprechende Theorie.

... langweilig (nach Aussage von Malea).

... gaaanz toll (nach Aussage von Kenny, weil Livi oft mit ihr malt, bastelt oder ihr vorliest).

... eben eine von unzählig vielen Schwestern (nach Aussage von Tessa).

Tessa

Martini

16 Jahre

ist …

… schön (das ist nun mal so, dafür kann Tessa ja nichts).

… interessiert an fast allem (besonders am anderen Geschlecht, schließlich muss sie sich aufs Leben vorbereiten, und zu Hause hat sie nur wenig Anregung in der Beziehung – zumindest, was das andere Geschlecht angeht).

… wirklich nicht dumm.
(Wenn die Lehrer das endlich mal einsehen würden!).

… jeden Tag schwer beschäftigt (da gibt es ständig neue Telefonnummern zu sortieren, Make-up-Produkte zu vergleichen und Mails an Dodo, Tessas beste Freundin, zu schicken).

Livi

Ich habe meine Familie sehr, sehr lieb. Also bitte keine Missverständnisse. Dass sie alle mehr oder weniger einen an der Waffel haben, ist ja nicht ihre Schuld. Meine allerdings auch nicht! Wenn ich Gregory nicht hätte, wäre ich wahrscheinlich ebenfalls schon mittelschwer durchgedreht. Gregory hält mich aufrecht. Gregory ist der Sohn unserer Nachbarn und… mein Freund. Mein Freund, mein Freund, mein Freund! Manchmal muss ich es zehnmal leise hintereinander nur für mich sagen, damit ich es auch glaube. Dass meine Knutschschwester Tessa einen Freund hat, ist so selbstverständlich wie die Gänseblümchenschnipsel in Iris' Salaten. Ohne einen Jungen an der Seite kann ich mir Tessa gar nicht vorstellen. Trotzdem ist sie ihrem Javier schon seit einem Jahr treu. Javi ist ein toller Typ. Und meine Pinsel-Puder-Pastenschwester ist auch nicht übel – nur eben, wie soll ich sagen? – für meinen Geschmack ziemlich pinselig, puderig und pastig. Tessa und ich haben ungefähr so viel gemeinsam wie ein Eisbär am Nordpol mit einem Pinguin am Südpol. Nämlich das Eis unter den Füßen, also unsere Familie – mehr nicht. Mein Leben lang habe ich mich gefragt, wie das sein kann. Wie können so unterschiedliche Menschen zu ein und derselben Familie gehören? Und irgendwie gibt es nur eine Erklärung: Ich gehöre überhaupt nicht zu dieser Familie! Vermutlich bin ich als Baby im Krankenhaus vertauscht worden. Denn viel besser würde ich zu einer Familie passen, in der die Mutter verantwortungsvoll vegetarisch kocht, statt uns regelmäßig mit Krokodilfleisch oder Rosenblättern zu vergiften, und außerdem lieb und sanft lächelt, statt ständig am Rad zu drehen, weil sie die

Abgabetermine für ihre blöden Kitschromane nicht hinkriegt. Und bestimmt hätte ich dann einen Vater, der Biologe oder Umweltwissenschaftler oder Öko-Landwirt ist und seine Kraft in das Wohlergehen unserer Welt steckt, statt einen, der im Keller wie ein Wahnsinniger auf seinem Schlagzeug trommelt und behauptet, das sei sein Beruf. (An dieser Stelle kann ich mal anfügen, dass auch Ohropax seine Grenzen hat und leider kein Allheilmittel gegen verrückte Familien ist). Und ich hätte auf keinen Fall drei durchgeknallte Schwestern, sondern vielleicht nur einen völlig unnervigen, kleinen Bruder, der den ganzen Tag still und leise bunte Bilder am Küchentisch malt und mich bewundert und vor allem niemals …

Livi?«

Hrrrgh! Man hat in diesem Haus keine ruhige Minute.

Ob Kenny denkt, dass ich nicht da bin, wenn ich ganz still bleibe?

»Liviiiii!! Ich weiß, dass du da drin bist. Ich kann dich durchs Schlüsselloch sehen!«

Och, neeee!

Meine knuddelige, kleinste Quietschschwester Kenny ist wie ein Flummiball, der hierhin hüpft und dahin knallt und ständig kräht und mit ihrem Leben gerne genau dorthin plumpst, wo man es gerade nicht ganz so gut gebrauchen kann. Dabei wollte ich so gern das Referat über die Bedrohung der Eisbär-Population durch die steigenden Temperaturen und das Schmelzen der Pole zu Ende schreiben!

Peng! Da steht sie auch schon im Zimmer, meine kleine Ping-Pong-Schwester. Vermutlich gucke ich nicht allzu begeistert. Denn für einen kleinen Moment fällt Kenny das süße Grinsen aus dem Gesicht.

Mit schief gelegtem Kopf zieht sie eine Grimasse. »Wieso sitzt du schon wieder am Schreibtisch?«

»Weil ich gerade an einem Referat schreibe über Eisb…«

»Oh ja, EIS! Das wäre vollknalltoll! Haben wir noch Eis im Kühli?«, fällt mir Kenny ins Wort und stöhnt dann lauter als Tessa, wenn unser Huhn Aurora ihr mal wieder eine Laufmasche in die Seidenstrümpfe gepickt hat. »Mir ist sooooo heiß!«

Ich lächele unverbindlich (wie gesagt, ich hab Kenny echt lieb), doch schiele dabei immer noch mit einem Auge auf meinen Laptop. (Huch, hab ich da oben etwa statt Eis*bär* EisWAFFEL in mein Referat getippt? Ich hab ja wohl auch schon einen an der Waffel – das muss ich sofort korrigieren!)

»Kannst du nicht was machen, Liviiii?«

»Äh…?« Was soll *ich* denn machen? Bin ich die Wettergöttin?

»Mir ist soooo, so heiß!«

»Ja, ähm, Süße, das kann ich leider auch nicht ändern. Ich muss noch das hier über die Eisbären zu Ende schreiben.«

»Du schreibst was über *eisige Eisbären*?« Kenny hat ihre Augen kugelrund aufgerissen. »Jetzt? Bei fünfzig Grad im Schatten? Wird dir dann kühler?«

Ich muss grinsen. »Wir haben keine fünfzig Grad, sondern nur dreiunddreißig und außerdem…«

»Remi hat gesagt, ich soll dich fragen, ob du mit mir ins Schwimmbad gehst«, platzt Kenny wieder dazwischen.

Ah, daher weht der Wind! Da wollte Rema wohl zwei Fliegen mit einer Klappe schlagen! Sie findet nämlich immer, ich sitze viel zu viel vor meinem Computer, um zu arbeiten. Und außerdem hat sie selbst wohl mehr Lust, heute Nachmittag mit Walter Walbohm auf der Terrasse zu sitzen und an ihrem Eiskaffee zu nippen.

Unsere Rema, unsere REnate-oMA, ist die Einzige, die ich in der Familie, in die ich doch eigentlich gehören sollte (also in der mit dem netten kleinen Mal-Bruder und meinen fabelhaften Umwelt-Eltern), grässlich vermissen würde. So eine supertolle Oma wie unsere Rema gibt's garantiert kein zweites Mal auf der Welt.

»Wollte nicht Rema mit dir schwimmen gehen?«, frage ich zurück.

Kenny nickt traurig. »Mhmmm. Aber jetzt sagt sie, ihr ist schwummerig.« Sie guckt zu mir hoch. »Was ist *schwummerig*?«

»Oh«, mache ich und bin gleich ein wenig besorgt. »Schwummerig ist ein altmodisches Wort. Es bedeutet so viel wie wackelig oder schwindelig. Ältere Leute vertragen die Hitze oft nicht so gut.«

Meine kleine Schwester nickt verständig. »Ich vertrage die auch nicht gut. Deswegen muss ich unbedingt ins Schwimmbad. SOFORT!«

Jetzt seufze ich. »Was ist denn mit Iris oder Cornelius?«

Ich meine, wofür hat man schließlich Eltern? Immerhin ist Wochenende, da machen normale Eltern ja wohl was mit ihren Kindern. Oder?

»Vor Mamas Schreibzimmer hängt wieder dieses doofe Schild *»Eintreten nur bei Feueralarm, Einsturzgefahr oder echten Kacka-strowen!«*, mault Kenny. »Was denkt Mama eigentlich, was 'ne echte Kacka-strowe ist?«

Ich überhöre das.

»Und Cornelius?« Ich gebe die Hoffnung nicht auf.

Kennys Gesicht verdüstert sich noch mehr. »Papa trommelt und trommelt und lässt mich nicht mal mittrommeln.«

Dabei wirbelt Kenny inzwischen mindestens so gut wie Cornelius über unser Schlagzeug im Übungsraum im Keller. (Und genauso laut.)

Ich seufze noch mal. Und versuche dann, pädagogisch bewundernswert, meine Eltern in Schutz zu nehmen. (Wie ich das hasse! Wieso bin immer ich die Dumme, die nett ist, und versucht, die Interessen von allen auszugleichen?)

Ich hole tief Luft. (Es ist wirklich schweineheiß.) »Ach, Kennylein, ich schätze, Iris muss nächste Woche ihren neuen Roman abgeben. Du weißt schon, *Fiebernde Liebe im Strandflieder,* sie redet doch seit Wochen von nichts anderem. Da muss sie wohl nonstop tippen. Und Cornelius will ja unbedingt diesen Song für Tessa schreiben.«

Meine zwei Jahre ältere Stöckelschuh-und-Duft-dazu-Schwester hat nämlich nicht nur Schmink- und Flirt-Talente, sondern tatsächlich auch eine grandiose Stimme. Das findet unser Musiker-Vater natürlich großartig. Und hat sich in den Kopf gesetzt, Tessa auf allen Ebenen darin zu unterstützen, im Musikbusiness Fuß zu fassen.

Dass Tessa seit ihrer Entdeckung als Sängerin bei unserer Schulband *Straight out of the Sky,* kurz SOS genannt, mitmacht, hält Cornelius allerdings für Zeitverschwendung. Wo seine begabte Tochter doch viel besser bei seiner eigenen Band *Rainbow* hätte singen können.

Haha, das ist so typisch Cornelius! Als ob Tessa Lust hätte, in einer Alte-Hippiemänner-Band mitzusingen! Die Jungs von SOS sind Lichtjahre cooler.

»Doof!«, raunzt Kenny. »Total doof ist das!«

»Ja, Süße, das kann ich verstehen.« Ich lächle lieb und mitfühlend.

Schließlich kann Kenny nichts dafür, dass sie klein ist und in diesem Augenblick ein bisschen nervt, weil ich gerade alle Punkte zum Eisbärthema so wunderbar geordnet in meinem Kopf habe und sie nur noch schnell in den Laptop bringen müsste. Danach kann ich dann nämlich rübergehen zu Gregory und mit ihm …

»Und DU bist auch doof!« Kenny hat sich mit bitterbösem Gesicht vor mir aufgebaut.

»ICH?« Also wirklich! Dankbarkeit für Nettigkeit und Mitgefühl kann man in dieser Familie anscheinend nicht erwarten. »Wieso denn ICH?«

Aber wenn Kenny jetzt denkt, dass sie mich mit ihren Kulleraugen und ihrem *»Du bist doof!«* dazu bringen kann, meinen schönen Tagesplan komplett über den Haufen zu schmeißen und stattdessen mit ihr schwimmen zu gehen, dann kennt sie mich schlecht!

Oh, no – nicht mit mir!

Livi

Ich habe mal irgendwo gelesen, dass es in jeder Familie (so wie auch in jeder Schulklasse übrigens) Rollenverteilungen gibt. Also einer hat die Rolle des Clowns (Kenny – manchmal), einer hat die Rolle des lieben Schussels (Cornelius), eine andere die der Geldverdienerin (Iris – nur schade, dass sie dabei noch Zeit zum Kochen hat) und so weiter. Ich wäre spitze darin, Demos zu organisieren oder Zeitungsartikel zu Umweltthemen zu schreiben. Nur leider lässt mir meine Familie wenig Zeit dazu. Ich scheine hier beliebter zu sein mit meinem Talent, angebrannte Milchreistöpfe zu retten. Das meine ich natürlich nur bildlich. Eigentlich muss ich alles retten, was brennt. Obwohl ich, seit ich denken kann, tatsächlich schon unzählige Töpfe in der Küche vorm Durchschmoren gerettet habe.

Ich fühle mich allmählich selbst wie ein angebrannter Milchreistopf. Noch zehn Minuten länger in der Sonne und mein Kopf implodiert. Oder explodiert. Wahrscheinlich beides.

So wie ein Vulkan, wenn sich die Lava entlädt. Ja, es fühlt sich exakt so an, als wäre mein Gehirn nur noch kochendheiße, blubberweiche Lavamasse, die gleich …

Jemand tippt mir auf die Schulter. »Hey, LIVI!«

Ich fahre herum.

Mein Hirn ist nicht so schnell. Es ist noch mit dem letzten gedachten Satz beschäftigt: … Lavamasse, die gleich in einer Riesenfontäne herausschießen wird und direkt auf …

»KATINKA!« (Was macht DIE denn hier?) »W-w-was – äh – machst du denn hier?«

Katinka lacht. »Wonach sieht's denn aus? Ich geh schwimmen. So wie dreihundert andere Leute auch. Und du? Gibt's hier irgendwelche Seepferdchen zu retten?«

Hahaha. *Soooo* komisch.

Mein lavablubberiges Gehirn sagt mir, dass ich trotzdem lächeln muss. Auch wenn ich ihren Witz total NICHT witzig finde. Was ist komisch daran, dass ich mich dafür einsetze, wenn Tiere gerettet werden müssen?

Aber nicht zu lächeln, wäre natürlich voll ungerecht. Schließlich kann Katinka nichts dafür, dass ihre knallschwarzen Haare immer so glänzen, und ihre Zähne so weiß sind, und sie überhaupt so klasse aussieht, wie man wirklich nicht aussehen muss, wenn man in Gregorys und meiner Umwelt-AG mitmacht. Und dass ich mal dachte, dass sie und Gregory was zusammen haben könnten, also das ist echt voll und ganz vergeben und vergessen.

»Nett!«, lächele ich.

»*Was* ist nett?« Katinka guckt mich an, wie man arme Irre anguckt. (Anscheinend habe ich das Lächeln doch nicht so gut im Griff.) »Dass ich im Schwimmbad bin?«

»Äh-ähm, ja, dass du hier auch schwimmst. Ich meine, wo wir hier auch schwimmen und …« Echt, bei siebenunddreißig Grad im Schatten verschwimmen offenbar auch die letzten Gehirnzellen in meinem Schädel!

»Wo ist denn Gregory?«, fragt Katinka und fängt schon an, im Riesenpool vor uns die Leute abzuscannen.

Okay, damit hat sie leider den falschen Knopf gedrückt. Hmpf. Ich muss jetzt langsam mal meine Lavamasse in den Griff kriegen. *Katinka ist voll nett. Katinka ist voll nett! Katinka ist…*

»HEY!« Plötzlich winkt sie wild zum Becken hin. »EY!!! Warte, ich komme!«

Ich glaub's nicht! Jetzt hat sie doch tatsächlich Gregory zwischen den gefühlt zweitausend Leuten entdeckt und hechtet mit einem Satz direkt ins Wasser! Kopfsprung! Nicht die peinliche Bauchklatscher-Nummer. Richtig elegant.

Katinka ist nett, Katinka ist nett!

»Du siehst die ganze Zeit voll grieselig aus, Livi!« Eine tropfende Kenny zupft von hinten an meinem Bikinihöschen. »Warum eigentlich? Findest du es nicht schön im Schwimmbad?«

Ich drehe mich zu ihr um und schiebe meine Sonnenbrille vors Gesicht. »Doch. Klar. Nur ein bisschen heiß.«

Kenny giggelt. »Ja, ist das toll oder ist das toll? Wenn es nicht so volltoll knackheiß wäre, würde es überhaupt nicht so viel Spaß machen, ins Wasser zu platschen.«

Und schon tut sie genau das noch mal. PLATSCH!

Zugegeben, die Spritzer sind sehr angenehm auf der Haut. Trotzdem muss ich jetzt raus aus der Sonne. Und da Kenny heil aus dem tiefen Becken aufgetaucht ist und ich nicht mehr aufpassen muss, dass sie nicht abblubbert, darf ich endlich zurück in den Schatten.

Ach nee, jetzt ist sie ja wieder reingehopst.

Egal, ich kann nicht mehr.

»KENNYYY?« Ich lege meine Hände wie einen Trichter vor der Mund, damit sie mich zwischen all den Leuten hören kann.

Kenny dreht ihren Kopf tatsächlich in meine Richtung.

»Da hinten ist Gregory!«, brülle ich zu ihr rüber. »Wenn was ist! JA?«

Ich mache heftig gestikulierende Bewegungen zum anderen, tieferen Ende des Pools hin, wo Gregory alleine vor sich hinkrault.

Äh, *nicht* mehr alleine vor sich hin krault.

Katinka ist nett, Katinka ist nett! Und ich muss in den Schatten.

Ha – für Leute wie Katinka ist es ja kein Problem, stundenlang in der Sonne zu hängen! Dunkle Haare, braune Sommerhaut. Ich wette, die kriegt nie einen Sonnenbrand. Ich dagegen! Rote Haare, Lava-Hirn, schneeweißer Körper… (Der nicht unbedingt weniger weiß aussieht mit der drei Zentimeter dicken Sonnencremeschicht, die ich auf mir verteilt habe. Sicher ist sicher, ich möchte morgen nicht als Pellkartoffel in die Schule gehen.)

Irgendwie hab ich nicht die allerbeste Laune, als ich mich auf unsere Decken unter einer alten Eiche fallen lasse. Muss an der Hitze liegen.

Ich lege mir ein nasses Handtuch quer übers Gesicht und schließe die Augen. Ich hätte jetzt auch mein Referat fertig geschrieben haben und danach mit Gregory unten am Flussufer die Beine ins Wasser baumeln lassen können. Dort kennen wir eine Stelle, wo fast nie jemand ist. Ungestört und seeelenruhig hätten wir ein bisschen schweigen und ein bisschen quatschen können.

Durch mein tiefes Seufzen bläht sich das Handtuch auf meinem Gesicht leicht auf und klatscht dann wieder auf meine Haut. Ich blinzele ein bisschen und schiebe das Handtuch höher, sodass es nur meine Haare kühlt.

Noch eine Woche Schule, dann haben wir sechs Wochen

Ferien. Sechs Wochen! Was kann man da alles machen! Na gut, zwei Wochen muss ich opfern, um mit meiner verrückten Familie in den Urlaub zu fahren.

Das ist auch so ein Ding. Seit dem Winter reden wir ständig über den Sommerurlaub. Aber haben Iris und Cornelius bis jetzt irgendetwas gebucht? Nein. Und warum nicht? Weil jeder woanders hinwill.

Iris möchte irgendwohin, wo sie bekocht wird und keine anstrengenden Sachen machen muss. Was, von ihrem Standpunkt aus betrachtet, verständlich ist. Iris ist schwanger. Im Winter werden wir ein Baby in der Familie haben. Ein Baby!

Hammer irgendwie! Ich meine, wir sind ja alle schon weit voran auf dem Weg zum Erwachsenwerden. Bis auf Kenny natürlich. Und nun noch ein fünftes Kind! Aber ich freue mich wie wild. Genauso wie die anderen. Tessa forstet schon sämtliche Internetseiten nach hipper Babymode durch. Tessa eben!

»ICH will den Namen für meine kleine Schwester aussuchen!«, krähte Kenny gestern Abend beim Essen.

»Und wenn es ein Junge ist?«, grinste Iris.

»Du kannst auch *Jungen*?«, alberte Cornelius sofort rum und warf Iris gleich danach eine Kusshand zu. (Es ist total süß, zu sehen, wie verliebt die beiden wieder sind.)

»ICH könnte!«, rief Iris. »Aber es sind ja die männlichen Chromosomen, die das Geschlecht bestimmen. Also kannst DU wohl nur Mädchen!« (Was auch wieder stimmt. Hatten wir vor ein paar Monaten in Bio.)

»Und WAS für Mädchen ich hinkriege! Die allerbesten, wunderbarsten, großartigsten Mädchen der Welt!« Cornelius sah sich sehr zufrieden am Tisch um. »Oder will das jemand bestreiten?«

Nein, das wollte niemand.

Obwohl ich glaube, dass Tessa gestern nicht mal zugehört hat. So tief war sie in ihr Handy versunken. Oh je, ich hoffe, da ist nicht wieder Knatsch mit Javi im Anmarsch! Oder hat sie sich mit ihrer herzallerbesten Dodo gestritten?

»Hihihi«, giggelte Kenny, »hihihi, Papa, das stimmt! Du machst voll tolle Mädchen!«

Malea grinste auch.

Trotzdem scheint ihr Geheimagentenhirn in diesen Tagen ebenfalls mit etwas anderem beschäftigt zu sein. Was kann es diesmal sein? Ob wir in ein paar Monaten noch eine Schwester oder einen Bruder bekommen, scheint Malea kaum zu interessieren.

Ich persönlich finde ja, ein kleiner Junge wäre auch mal eine nette Abwechslung. Aber wer bin schon ich, und wer würde auf mich hören?

Außerdem ist es jetzt sowieso zu spät für besondere Wünsche. Oder auf jeden Fall fürs Daumendrücken in die eine oder andere Richtung. Das Würmchen sitzt jetzt da, wo es sitzt, und ist, was es ist. Ein kleiner Bruder oder eine kleine Schwester.

Ich würde ja supergerne so schnell wie möglich wissen, auf was wir uns freuen dürfen. Doch Iris und Cornelius sind entschlossen, sich überraschen zu lassen. Erst im Dezember werden wir es erfahren!

Rema redet nur noch von unserem »Weihnachtsbaby«! Dabei ist Iris' Stichtag, also der Tag, an dem die Ärzte die Geburt erwarten, der 29. Dezember. Es könnte also genauso gut ein kleiner Sylvesterknaller werden, hihi!

Weil Iris schwanger ist, ist Cornelius auch großzügig von seinem eigenen Wunsch, eine Musikreise nach New

Orleans im Süden der USA zu machen, zurückgetreten. Das wäre für Iris dieses Jahr zu anstrengend.

Allerdings wäre auch Rema nie dorthin mitgekommen. Zu heiß und zu viel Rumgereise von einem Ort zum anderen. Nein, Rema sagt, sie möchte am liebsten an die Ostsee oder die Nordsee, neben Walter Walbohm in einem Strandkorb sitzen und uns und die Möwen beobachten.

Urlaub am deutschen Meer klingt dagegen für Tessa wie der reinste Weltuntergang. Auf keinen Fall will sie zwei Wochen lang zwischen Rentnern an der Ostsee oder zwischen Familien mit Kleinkindern an der Nordsee sitzen.

Malea will unbedingt irgendwohin, wo sie surfen kann. Was sie vielleicht an der Nordsee könnte, genug Wellen soll es dort immerhin geben. Doch sie hat Angst, dass das Wetter dort auch im August so schlecht ist, dass sie nur mit drei Neoprenanzügen übereinander ins Wasser gehen könnte. Das wäre dann nicht so Maleas Vorstellung vom Surfen.

Kenny ist es nur wichtig, dass wir alle zusammen sind. Also nicht nur wir vier und unsere Eltern, sondern natürlich auch Rema und Walter Walbohm. Und vor allem, dass auch Hugo, unser Hund, und Aurora, unser Huhn, mitkommen können. Aurora wohnt ja eigentlich bei Walter nebenan. Doch seit Walter nun praktisch ein Familienmitglied ist und deshalb mit in den Urlaub kommt, kann Aurora natürlich nicht menschenseelenallein zurückbleiben. Allerdings scheint es nicht ganz einfach zu sein, Hotels zu finden, die auch Hühner in den Zimmern erlauben.

Und ich? Ha! Überraschung! Ich wurde überhaupt nicht gefragt. Allerdings wüsste ich noch nicht mal, wo ich gerne hinfahren möchte.

Ich lasse meine hitzemüden Augen über die volle Liegewiese gleiten. Wo würde ICH gerne hinfahren?

Ich weiß, mit *wem* ich gerne in den Urlaub fahren möchte. Fast egal, wohin. Aber Gregory fährt mit seinen Eltern Sybille und Gerold Grünberg schon wieder nach England. Goldi hat dort ein paar Jahre als Lehrer gearbeitet. Doch das britische Wetter ist bestimmt noch mieser als das an der Nordsee. (Schöne Vorstellung eigentlich!)

Puh, ehrlich, was für eine Affenhitze! Vielleicht wäre England gar nicht schlecht? Da könnte ich außerdem noch mein Englisch verbessern. Ob ich … ob ich Gregory fragen soll, was er davon halten würde? Aber würden Sybille und Goldi mich überhaupt dabei haben wollen?

Ach, das erlauben Iris und Cornelius sowieso nicht! Die Familie geht bei uns über alles.

Normalerweise finde ich diese Einstellung unserer Eltern eigentlich ganz gut, also jedenfalls gar nicht *so* übel. Ich meine, ich und meine Schwestern Kenny, Malea und Tessa, wir haben, im Gegensatz zu vielen anderen Kindern, tatsächlich das große Glück, geliebt und gewollt zu sein und unterstützt zu werden. Jede von uns weiß: Was auch immer passiert, Iris und Cornelius werden in jeder Situation zu uns halten und felsenfest hinter uns stehen. Ich glaube, davon können viele Kinder auf dieser Welt nur träumen.

Tssss, genau jetzt sehe ich schon wieder zwei fürchterliche Eltern! Mit einem ganz und gar nicht glücklichen Kind.

Nicht weit von mir entfernt steht ein etwa vierjähriger Junge und heult. Knallroter Kopf, knallroter Rücken. Dass es dem nicht besonders gut geht, sieht ein blinder Frosch mit Augenklappe. Großartig, jetzt brüllt die Mutter den

Kleinen auch noch an! Daraufhin plärrt der hilflose Kerl natürlich noch lauter los. Oh, wie leid der mir tut! Die blöde Mutter sollte ihn als Erstes schnell vor der Sonne schützen, kühlen und vor allem in den Arm nehmen. Stattdessen…

Nee, das glaub ich jetzt nicht! Stattdessen hat sie ihm auch noch eine geknallt?

Automatisch springe ich auf. Das arme Kind! Und überhaupt – Kinder schlagen – warum auch immer –, das ist gesetzlich verboten!!

Mein Herz rast. Vor Mitleid, vor Ratlosigkeit, aber vor allem vor Wut. Kinder schlagen IST eine Straftat.

Das war nicht immer so. Früher durften Eltern ihre Kinder tatsächlich hauen, wann immer sie es für richtig hielten. Diese Zeiten sind zum Glück vorbei.

Was soll ich tun? Die Frau anzeigen? Kann ein vierzehnjähriges Mädchen einen Erwachsenen anzeigen? Ich kann gar nicht klar denken, so empört bin ich.

Jetzt blökt die Frau schon wieder rum. Der Kleine hat sich inzwischen auf den Boden geschmissen und hat einen regelrechten Heulkrampf. Mit offenem Mund starre ich rüber. Nun beugt sich der Vater vom anderen Ende des Handtuchs zu seinem Sohn. Wird er ihn beruhigen können? Ihn in den Arm nehmen? Uuuh, dem Gesichtsausdruck nach zu urteilen, sieht es nicht so aus!

Anscheinend sagt er etwas. Der Junge heult noch lauter. Wie eine Alarmsirene. *Alarm, Alarm, mir geht es schlecht und meine Eltern helfen mir nicht!*

Mein Herz pocht immer noch. Kann…, soll ich mich einmischen?

Da – jetzt richtet der Vater endlich seinen Sohn auf – ich bin richtig erleichtert – und…

… holt aus!

WAAAAS?

Kriegt der Kleine jetzt noch eine Ohrfeige? Mir stockt der Atem. Der Junge hört auf zu weinen und reißt die Augen voller Angst auf.

Doch der Schlag kommt nicht. Es war nur eine Drohgebärde. Die hat ihre Absicht allerdings nicht verfehlt.

Wofür wird der Kleine bestraft? Dafür, dass es zu heiß für einen Vierjährigen ist?

Warum tut denn niemand was? Warum holt keiner die Polizei und lässt diese Eltern einsperren?

Jetzt lässt der Vater seinen Sohn wieder los, der sich einfach wie ein kleines Säckchen Reis fallen lässt. Etwa dreißig gruselige Sekunden lang bleibt er still auf der Erde liegen. Dann ertönt ein solches Schluchzen, dass ich gar nichts mehr denken kann. Nur meine Beine, die denken – und laufen!

»WAS FÄLLT IHNEN EIN?«, schreit meine Stimme, die ebenfalls nicht nachdenkt, als ich bebend vor Empörung vor den Eltern stehe. »DAS SCHLAGEN VON KINDERN IST STRAFBAR! ICH ZEIG SIE AN!«

Beide – Mutter und Vater – drehen sich derartig erstaunt zu mir um, dass klar ist, sie haben keine Sekunde mit Kritik gerechnet.

Der Mann springt allerdings sofort auf die Beine und baut sich vor mir auf. »Du kannst *auch* gerne eine geschmiert haben, du freche Göre, du!«

Oh, das hätte er nicht sagen sollen! Denn jetzt werde ich so wütend, dass die Wut mein zitterndes Herz übertönt.

Mein Handy, wo ist mein Handy? Ich ruf die Polizei. Irgendjemand muss doch hier eingreifen!

Kenny

Ich hab die liebste Familie der Welt. Remi und Tessa und Livi und Malea und Mama und Papa sind alle voll nett. Papa brüllt zwar ab und zu voll löwenlaut und Mama beschwert sich immer, dass wir viel zu wenig Hausarbeit machen, aber da kann man sich ja einfach die Ohren zuhalten oder die Brülllöwen in den Bauch pieken oder beides. Papa ist dann sofort still, weil er dadurch merkt, dass Brüllen echt doof ist. Mama kann ich leider im Moment nicht in den Bauch pieken, denn da sitzt meine kleine Schwester drin und mit der muss man vorsichtig sein. Dafür hat Mama aber fast keine schlechte Laune mehr, seitdem sie meine kleine Schwester im Bauch hat, sondern ist den ganzen Tag mit Lächeln beschäftigt. Besonders, wenn sie ihre Bücher schreibt. Boah, in den Geschichten müssen echt schöne Sachen passieren, so viel, wie Mama lächelt. Am aller-allernettesten in meiner Familie ist aber Livi. Die brüllt NIE und motzt nie, sondern ist immer total sanft. Mit jedem.

Greeeeeegory! GREGORYYYYY!«

Pfff, der hört mich nicht! Wer ist denn das Mädchen, mit dem er da hinten auf dem Beckenrand sitzt? Kenn ich die?

Nö, nie gesehen. Vielleicht jemand aus der Schule von den Großen.

»Gregoryyyyy!« Ich winke und hüpfe, aber der guckt nicht ein einziges Mal zu mir rüber.

Pah, mir doch egal! Dann geh ich eben zurück zu Livi. Ich würde jetzt echt sooo gerne ein Eis haben. Livi hat bestimmt Geld mit. Livi kauft mir immer Eis. Ach, Livi ist echt sooo lieb!

HUCH?

Was ist denn da los? Wieso stehen denn da so viele Leute? Und wieso steht Livi, meine liebe Livi, mittten drin in den Leuten und ist ganz rot im Gesicht und schreit irgendwas? Livi SCHREIT?

Ich renne, so schnell ich kann. Boah-ey-boah, in unserer Familie ist immer voll viel los!

Bei meiner Freundin Bentje ist nie was los. Da bügelt die Mama immer nur alle Klamotten rauf und runter, und der Papa ist fast nie zu Hause, und Bentje hat noch nicht mal eine einzige Schwester. Und wenn ich mit Bentje und ihrer Mama ins Schwimmbad gehe, passiert auch nie was.

So, jetzt bin ich bei den Leuten, die alle total durcheinander reden. Ich kann gar nicht verstehen, was los ist. Aber wenn was mit Livi los ist, dann muss ich zu ihr hin, damit Livi weiß, dass sie nicht alleine ist, sondern dass ich auch da bin und ihr helfe. Ich lass doch meine Livi nicht allein zwischen brüllenden Leuten stehen!

Ich ziehe meinen Kopf ein und drängele mich ganz schnell durch alle Bikini-Bäuche durch und … stehe neben Livi.

Livi hält gerade die Luft an. Weil jemand anderes redet. Eine Frau, die versucht, ganz ruhig zu reden. Neben Livi steht ein kleiner Junge, der so aussieht, als hätte er gerade eben noch geheult. Und hinter dem Jungen stehen Leute, die wohl seine Eltern sind. Was ist bloß los?

»Livi?«, frage ich ganz leise. »Livi, was ist denn los?«

Doch Livi hört mich nicht. Oder tut so, als würde sie mich nicht hören. Sie hört der Frau zu.

»Das stimmt nicht!«, sagt Livi laut. »Der Junge hat überhaupt nichts gemacht. Nur geweint.«

Oh! Ich gucke den kleinen Jungen ganz mitleidig an. Er sieht wirklich sehr traurig aus. Und noch roter im Gesicht als Livi.

»Das werden wir alles in Ruhe klären!«, sagt die Frau und guckt streng die Eltern von dem kleinen Jungen an. »Bitte kommen Sie am Montagnachmittag zu mir ins Lehrerzimmer!« Dann dreht sie sich zu den Leuten um, die um uns rumstehen. »Ich würde Sie bitten, wieder zurück zu ihren Plätzen zu gehen. Ich denke, mehr ist im Moment nicht zu sagen.«

Die Leute brabbeln ein bisschen und gehen dann tatsächlich zu ihren Handtüchern zurück. Nur ich bleibe neben Livi stehen.

Jetzt bemerkt sie mich endlich. »Kenny! Was machst du denn hier?«

»Ich helfe dir!«, sage ich fest.

Da lächelt Livi und sieht ein kleines bisschen weniger rot im Gesicht aus. »Hast du gesehen, was passiert ist?«

»Nö«, sage ich, »aber das hat ja damit nichts zu tun.«

Die Frau, die versucht hat, ganz ruhig zu bleiben, steht auch noch da. Sie schiebt Livi ein ziemliches Stück weg von dem Jungen und den Eltern.

»Das hast du gut gemacht, Olivia«, lobt die Frau Livi leise. »Und du hast recht, das Gesetz verbietet es, Kinder zu schlagen. Auch Eltern dürfen das nicht.« Sie holt Luft und guckt Livi direkt in die Augen. »Trotzdem darfst du nicht einfach so wild auf Eltern losgehen.«

Livis Gesicht wird sofort noch röter und sie sieht richtig böse aus. »Was hätte ich denn sonst tun sollen? Einfach nur zugucken?«

»Nein«, sagt die Frau, »natürlich nicht. Du hättest einem Erwachsenen Bescheid geben sollen. Mir zum Beispiel.«

»Ich wusste ja nicht, dass Sie auch hier sind«, antwortet Livi.

»Wer bist du denn?«, frage ich mal dazwischen, weil ich das echt gern wissen möchte.

Die Frau guckt mich an. »Ich heiße Eva Tönning. Ich bin die Deutschlehrerin von Olivia. Bist du die kleine Schwester?«

»Ja«, nicke ich, »aber nicht die kleinste. Unsere kleinste Schwester wird gerade erst gemacht.« Und dabei sehe ich ganz stolz aus, denn das ist doch voll toll, oder?

Die Frau guckt ein bisschen komisch.

»Meine Mutter ist schwanger«, erklärt Livi schnell, als ob ich das nicht auch gerade gesagt hätte.

»Oh, das wusste ich gar nicht«, meint die Frau, die Eva Tönning heißt, und lächelt. »Was für wunderbare Neuigkeiten! Bestell doch bitte deinen Eltern einen ganz lieben Gruß und Glückwunsch zur Familienerweiterung!«

Livi nickt. »Danke, mach ich.«

Aber sogar ich kann sehen, dass Livi gerade überhaupt nicht an unsere kleine Schwester denkt. Sie guckt rüber zu dem kleinen Jungen und seinen Eltern. »Und Sie sagen denen, dass die das nicht machen dürfen?«

»Da kannst du dich drauf verlassen!«, versichert Livis Deutschlehrerin. »Der ältere Sohn der Familie geht in meine sechste Klasse. Und dieser Anlass hier kommt mir sehr recht, mich mal wieder mit den Eltern über ein paar grundsätzliche Dinge zu unterhalten.«

Das scheint Livi zu beruhigen.

Sie lächelt jetzt. »Vielen Dank, Frau Tönning!«

Frau Tönning klopft Livi auf die Schulter. Die übrigens auch ein bisschen rosa aussieht. Livi sieht sonst nie rosa aus. (Außer ihre Haare.) Ob sie einen Sonnenbrand hat?

»So, und jetzt wollen wir den restlichen Nachmittag weiter genießen! Um die Eltern dort kümmere ich mich am Montag, versprochen«, sagt Frau Tönning.

Sie guckt zu mir runter. »Sag mal, kleine Schwester von Olivia, meinst du nicht, es wäre eine gute Idee, für dich und deine große Schwester jetzt ein großes Eis zu kaufen?«

Boah, also boah! Das ist doch mal genau die richtige Idee! Hat Livi aber nette Lehrerinnen in der Schule!

»Soll ich für Gregory auch ein Eis holen?«, frage ich mit glücklichen Augen.

»Der ist auch da?«, fragt Frau Tönning und lacht. »Na, aber auf jeden Fall sollst du das! Hier!«

Sie kramt richtig viele schöne Eurostücke aus ihrer Rocktasche und gibt sie mir. »Guten Appetit!«

»Danke!«, rufe ich.

Und ab bin ich und fege zwischen tausend Badelaken mit Leuten drauf Richtung Verkaufsbuden! Ist das superduperklasse oder ist das superduperklasse?

Die Schlange an der Eistheke hinten vor dem Schwimmbadzaun ist auch gar nicht so lang. Bloß ungefähr dreißig Leute vor mir. Pah, das geht bestimmt ganz schnell!

Malea

Ich bin immer noch sicher, dass ich später mal Geheimagentin werde und die Welt rette. So wie James Bond. Nur in Weiblich natürlich. Und eigentlich wollte ich auch noch Hunderetterin werden. (Das kann man sogar beides zusammen machen.) Genau das tue ich jetzt auch schon. Die Welt retten, meine ich. Immer nur ein Stück natürlich, anders geht das nicht. Ganz wellenbrecherwunderbar! Jeden Tag ein bisschen. Und die alte Momo und unseren kleinen Hugo habe ich immer dabei. Das klappt super. Jedenfalls für die Leute und die Hunde, die ich rette. Nur… irgendwie… kriege ich langsam das Gefühl, dass das nicht mehr ganz so super für MICH klappt…

Es ist Sommer. Bald sind Sommerferien. Der Himmel ist blau. Alle Leute haben gute Laune (sogar Iris und Cornelius) und gehen ins Schwimmbad (jedenfalls Livi, Gregory und Kenny) oder sitzen auf der Terrasse und trinken Eiskaffee (Rema und Walter Walbohm) oder knutschen rum (Tessa und ihr Javi, vielleicht aber auch Rema und Walter Walbohm. Alte Leute machen so allerhand, glaube ich).

Und ich?

Ich rette die Welt.

Das macht mir Spaß. Das ist das Beste, was man tun kann, finde ich. Und vor ein paar Wochen hatte ich auch die wellenbrecherweltallerbeste Idee dafür.

Mit unserem jungen Hund Hugo hole ich jeden Tag die alte Schäferhündin Momo aus dem Tierheim ab und gehe mit den beiden rüber zur Seniorenresidenz »Zur Lauschigen Eiche«. Dort jobben Tessa und Dodo jeden Samstag. Da gibt es eine Menge Omis und Opis (genauso wie im Tierheim die Tieromis und Tieropis), die da mit traurigen Gesichtern rumsitzen, weil sich kaum jemand um sie kümmert und sie sich deshalb sehr allein fühlen. Die im Tierheim haben einfach nicht genug Leute, um mit allen Hunden spazierenzugehen. Und in der Lauschigen Eiche haben viele von den Alten keine Familie mehr und hatten schon fast die Lust am Leben aufgegeben. Die hockten den ganzen Tag in ihren Zimmern und glotzten auf doofe Fernsehbilder.

Bis Malea Bond einschritt!

Ha – ich muss immer noch ziemlich stolz lächeln, wenn ich daran denke, wie viele Leute jetzt jeden Nachmittag zu Momo, Hugo und mir in den Park der Lauschigen Eiche kommen, um Hugo und Momo zu streicheln. Die lächeln dann alle und sehen plötzlich richtig glücklich aus. Und komischerweise auch viel, viel jünger. (Dass sie auch jünger aussehen, bloß, weil sie mit Hunden beschäftigt sind, ist merkwürdig, oder? Ist aber so.)

Und während die Omis und Opis Hugo und Momo streicheln, fangen sie auch an zu reden. Miteinander, mit mir und mit den Hunden. Das ist sooo schön zu sehen! Diese alten wackeligen Körper von denen, die werden richtig weich und bewegen sich ganz anders, und die Gesichter sehen wellenwunderbar sonnig aus.

Und – mörderische Makrele! – da gibt es Leute, die haben hammerhaispannende Geschichten zu erzählen! Das stellt man sich überhaupt nicht vor, wenn man die sonst nur stumm im Zimmer vor der Glotze sieht. Aber die waren natürlich nicht immer so alt, sondern haben früher ganz schön interessante Leben gehabt. Bevor sie in die Lauschige Eiche zogen, meine ich. Einige haben voll finstere Abenteuer erlebt. Da schlackern einem die Agenten-Ohren!

Ich rette also nicht nur das Leben zum Beispiel von Momo, die sonst vor Traurigkeit hinter Gittern eingehen würde, sondern auch das von vielen alten Menschen. Die hätten ohne uns kaum was, auf das sie sich noch freuen könnten.

Momo und die alten Leute aus der Lauschigen Eiche sind zwar nur *ein kleiner Teil* der ganzen Welt, in der wir leben. Aber es ist die *ganze* Welt, die diese Alten und Momo noch haben. Und ich finde, einigen Leuten und einem Hund deren ganze Welt zu retten, das ist ganz schön gute Arbeit für eine einzige Geheimagentin, oder nicht?

Als ich Iris neulich erzählt hab, was ich bei den Lauschigen Eichen alles für Storys zu hören kriege, hat sie gemeint, dass sie aus diesen Geschichten eigentlich ein Buch machen müsste. Und nicht immer bloß so einen Kram wie »*Liebessülze mit Nordseekrabben*« schreiben sollte. Aber Iris hat Angst, dass sie damit nicht genug Geld verdienen würde. Und das Geld von den Liebesschnulzen brauchen wir nun mal. Cornelius verdient als Musiker nicht so richtig viel.

Jetzt bin ich auf dem Rückweg von meinem Nachmittag in der Lauschigen Eiche, um Momo wieder im Tierheim abzugeben und dann mit Hugo nach Hause zu gehen.

Zum Glück haben wir so kurz vor den Sommerferien keine Hausaufgaben mehr auf. Ich wäre echt zu müde, um die jetzt auch noch zu machen. Ich bin sogar zu müde, um noch zu Brenda zu fahren, obwohl ihre Eltern gleich grillen und Brenda ein paar Freundinnen einladen durfte.

Ich wäre auch gestern zu müde gewesen. Und den Tag davor auch. Und eigentlich hab ich jetzt noch nicht mal Lust, bis zum Tierheim und wieder zurück zu uns in die Kastanienallee zu gehen. Eigentlich möchte ich mich nur hier in den Schatten hocken und mal nichts tun. GAR NICHTS.

Da hinten, hinter dem Zaun, ist das Schwimmbad. Das Kreischen und Kichern und Platschen des Wassers kann ich bis hier hören. Da drinnen scheint keiner müde zu sein. Ob ich Momo und Hugo doch schnell wegbringe und auch noch ein bisschen ins Wasser hüpfe? Ich war schon seit Wochen nicht mehr schwimmen. Ich hab auch seit Wochen kein vernünftiges Agententraining mehr gemacht.

Am Anfang hab ich auf dem Weg zur Lauschigen Eiche immer noch ein bisschen mit den Hunden trainiert. Aber mit einer großen Schäferhündin und einem kleinen Hund mit Raketenantrieb kann man sich nur begrenzt gut verstecken. Selbst, wenn ich einen großen Busch finde, in dem Platz genug für uns alle drei ist.

Die alte Momo hechelt bei dieser Hitze so laut, dass jeder Spaziergänger stehen bleibt und zu uns hinlauscht. Und Hugo kann nicht drei Sekunden stillstehen, sondern nutzt gleich jedes meiner Agentenverstecke, um dort ein riesiges Loch zu buddeln. Seine Vorderpfoten hämmern dabei mit Presslufthammergeschwindigkeit in die Erde.

Um Leute zu beschatten, sitze ich dann also in einem Gebüsch, das so laut atmet, dass die Leute, die ich beschatten will, kurz davor sind, einen Krankenwagen zu alarmieren, weil sie sich Sorgen um das Gewächs machen. Danke,

Momo! Und, als wäre das nicht peinlich genug, fliegen aus dem gleichen Strauch außerdem ganze Lastwagenladungen von Erde, sodass die Menschen, die ich eigentlich beschatten will, eilig die Hände vors Gesicht halten und gaaanz schnell wegrennen, um nicht auszusehen wie ein Matschbagger. Danke, Hugo – SEHR unauffällig! (Nicht!)

Klar wie Hundekacke, ernsthaftes Spionieren kann ich mit Momo und Hugo im Schlepptau vergessen.

Aber das ist gar nicht mein größtes Problem. Mein größtes Problem ist, dass ich nicht mal mehr LUST zum Spionieren habe. Selbst wenn Momo leise atmen und Hugo seine Pfoten ruhig halten würde. Ich hab fast zu dem ganzen Weltretten keine Lust mehr. Obwohl das eigentlich total schön ist. Ehrlich!

Ach, ich weiß auch nicht, was mit mir los ist! Das ist echt schwer zu erklären.

Ja, es IST wellenwasserschön, die glücklichen Gesichter der alten Leutchen zu sehen, wenn sie sehen wie Momo und Hugo und ich den Hügel rauf zum Park steigen. Seit ein paar Wochen stehen dort oben jeden Nachmittag schon mindestens zehn lauschige Eichen ungeduldig mit ihren Gehhilfen auf der Terrasse und halten nach mir Ausschau. Egal, ob es regnet oder der Himmel blau ist. Wenn man so begrüßt wird, kriegt man vor Freude ein richtig sonnenglitzeriges Gefühl im Bauch. Fettes Geheimagentenehrenwort, Weltretten ist super!

Man freut sich selbst nämlich fast noch mehr, wenn man anderen eine Freude macht, das hab ich dabei gemerkt. Und ich könnte mir sogar gut vorstellen, dass sich Glück GENAU SO anfühlt.

Natürlich meine ich jetzt nicht das Glück, das man hat, wenn man gerade noch den letzten freien Sitzplatz im Bus erwischt oder vier Richtige im Lotto hat. Nein, ich meine das echte Glück. Dieses ganz, ganz tiefe Glück. Das Glück, von dem man erst kapiert, was es ist, wenn man es selbst mal gefühlt hat. Richtig gefühlt hat.

Das Doofe ist nur, dass man vom Weltretten sehr müde wird. Und – Meermist! – damit hab ich irgendwie nicht gerechnet. Ob James Bond auch mal müde wird?

Ich glaube nicht. Der sieht immer topfit aus und springt aus Helikoptern und knutscht hübsche Damen und fährt Rennautos zu Schrott – von morgens bis abends. Und ich habe ihn noch nicht ein einziges Mal sagen hören: »Och, ich glaub, ich hab keine Lust mehr. Ich mach mal ne Weile Pause mit dem Weltretten, ich bin total fertig.«

Ob ICH trotzdem mal Pause machen sollte? Ob ich mich dann wieder besser fühle?

Oh Mann, ich hätte soooo eine meermatschige Lust, die ganzen Sommerferien lang Pause zu machen!

Ich würde echt gern wieder surfen wie letztes Jahr in Spanien. Und außerdem spionieren, so lange ich Lust hab. Ohne hechelnde und baggernde Hunde. Oder einfach nur im Garten mit Hugo und Aurora spielen und faulenzen und Bücher über Spione lesen und selbst gemachten Erdbeersaft trinken (meinetwegen auch mit irgendwelchen Blumen reingemixt, weil Iris das ja sowieso nicht lassen kann) – ja, das würde ich auch gern mal wieder.

Aber was wird dann aus den alten Leutchen?

Wie enttäuscht werden die sein, wenn die jeden Tag auf der Terrasse warten, aber keine Malea und kein Hugo und keine Momo kommt? Wie lange werden die da wohl stehen, bis sie die Hoffnung aufgeben, dass sie heute noch Hunde streicheln und ein bisschen quatschen können?

NEIN! Das kann ich denen nicht antun! Ich hab die alten Opis und Omis richtig lieb gewonnen. Bestimmt würden die alten Eichen dann überhaupt nicht mehr lauschig im Garten sitzen, sondern sich wieder in ihren Zimmer vergraben und diese starren Fernseh-Gesichter kriegen. Und außerdem – was würde aus Momo werden?

Ich werde selbst ganz traurig, wenn ich mir das bloß vorstelle!

Huch, wieso zieht Hugo denn plötzlich so?

»HALT, Hugo!«

Ach, er will nur zum Zaun und schnuppern!

Moment, ist das da hinten in der Menschenschlange meine kleine Schwester Kenny? Muss mal näher rangehen, wo stellt die sich denn an? Oh, an der Eistheke!

Meermatsch, ich könnte auch ein Eis gebrauchen! Aber so was von! Mir wird schon ganz glitzerwässerig vor den Augen. Nicht mal meinen täglichen Agentenlohn hab ich mir in den letzten Tagen gekauft. Auch noch zum Bella Roma zu laufen, wäre noch weiter gewesen. Ich latsche ja sowieso schon hundert Kilometer jeden Tag durch die Stadt.

»Nicht so ziehen, Hugo!«

Wo bleibt denn Momo? Bei der Hitze kommt die Ärmste noch schlechter mit unserem verrückten Hugo mit. Quallenalarm, jetzt zieht der eine japsend vorne und die andere hängt hechelnd hinten an ihrer Leine!

Och nee, ich hab genug! Ich bin komplett erledigt. Für heute mach ich Schluss mit der Weltrettung. Ich will auch ein Eis. Jetzt! Und ich sehe nicht ein, dass alle im kühlen Wasser planschen, während ich hier …

Huiiii, mein Kopf! Was ist das denn? Der fühlt sich plötzlich so merkwürdig leicht und wellenrauschig an und … Puh, ich fühl mich gar nicht gut! Ich glaube, ich …

Kenny

Zwei Frösche sitzen am Teich, als es plötzlich anfängt zu regnen. Da sagt der eine zum anderen: »Komm, wir springen rein, sonst werden wir noch nass!«

Den Witz hat mir gestern Bentje erzählt. Hihihi, bei uns regnet es nicht, aber wir hüpfen trotzdem ganz viel ins Wasser!

Malea! Huhuuuuu, Maleeeeeaaaaa!«

Wieso gucken denn die Leute in der Schlange vor und hinter mir so blöd, wenn mal jemand ein bisschen hochspringt und eine von seinen Schwestern ruft?

Boah, hat die Planschkuh da hinter mir mich gerade geschubst? Nur, weil ich ihr ganz zuckersanft auf den Fuß gehüpft bin?

Hab ich doch nicht mit Absicht gemacht. »Maleeeea!«

Komisch, ich sehe sie gar nicht mehr. Eben stand sie doch noch da am Zaun. Und jetzt …

»Ja, ja, ich gehe ja weiter! Ich wollte nur mal eben was gucken.« Erwachsene sind voll ungeduldig! »Da vorne stand meine Schwester. Aber jetzt ist sie weg.«

»Die wird schon wieder auftauchen!«, meint die Frau hinter mir, die viel netter aussieht, als die, die mich eben geschubst hat. »Du bist dran. Jetzt bestell mal!«

Ja, mach ich ja!

Ich gucke kurz in die Auslage von der Eistheke. Mindestens zwanzig Sorten in allen Farben. Dabei brauche ich gar nicht lange suchen. Ich weiß ja, was ich will.

»Drei Tüten Eis mit zwei Kugeln. Einmal Schoko und Vanille, einmal Blaubär und Gummibärchen und einmal Maracuja und Maracuja.«

Maracuja ist für Livi, das ist ihr Lieblingseis.

Dann gucke ich wieder zum Zaun rüber. Ist Malea weitergegangen, ohne dass ich das gesehen hab?

Nein, denn jetzt sehe ich Momo und Hugo. Die bellen. Und wie die bellen! Boah, ist Malea taub?

»Maleeeeeaaaaa!«

»Himmel, Kind! Du brüllst mir ja direkt ins Ohr.« Das ist wieder die blöde Schubs-Frau. »Kannst du bitte *erst* dein Eis mitnehmen und *dann* deine Schwester suchen?«

Ja-ja!

Ich zähle die Eurostücke von Livis Lehrerin auf den Tisch, schnappe mir die drei Waffeln und gehe rüber zum Zaun. »Ruhig, Momo! Ruhig Hugo! Was ist denn los? Und wo ist Malea?«

Oh, nun bellen Momo und Hugo noch lauter! Als ob sie mir irgendwas sagen wollen. So'n Eiermatsch, ich wünschte, ich könnte Hundesprache! Aber ich verstehe nur Wuff.

Huch, da liegt ja Maleas Kopf! Mitten im Gestrüpp. »MA-LEA?«

Ich muss näher ran. Puh, ein Glück, der Rest von ihr liegt auch da!

»Maleeeeeaaaaa!« Die ist echt taub.

Wieso liegt die hier platt auf der Erde? Und sagt nicht pieps und nicht paps?

Oh, NEIN! Ich kriege einen Riesenschrecken. So platt liegt sonst nur Papa rum, wenn er Gehirnverschüttung hat oder irgendwas an ihm zerbrochen ist. Das passiert ganz oft. Aber Malea passiert das nie.

Jetzt vielleicht doch?

Ich krieg richtig Angst.

Wahrscheinlich sehe ich auch so aus, denn jetzt kommen die nette Frau und die Schubs-Frau auf mich zu. »Alles in Ordnung?«

Nein, ich glaube nicht! »Da – da liegt meine Schwester!«

Gerade als die beiden Frauen die Augen kugelrund aufreißen, klappt auch Malea ihre wieder auf.

»Aaaahhh…«, macht Malea. Und dann guckt sie sich ziemlich verwirrt um. Und sieht uns auf der anderen Seite des Zauns stehen. »Was ist passiert?«

Na, das sollte ja wohl ich fragen! Schließlich ist Malea diejenige, die auf der Erde liegt und nicht ich.

»WUFF-WRUFF-WRUUUUUFF!«, bellen Momo und Hugo um die Wette.

Die beiden Frauen sind viel fitter als sie aussehen, denn – schwupps – sind sie über den Zaun geklettert und beugen sich über Malea. »Bist du gestürzt?«

Da richtet sich Malea lieber schnell auf. (Hätte ich auch gemacht. Die Schubs-Frau sieht nicht so richtig freundlich aus.)

»Mir geht's schon wieder gut«, behauptet Malea und fasst sich an den Kopf, als ob's nur dem noch nicht so gut geht.

»Bist du auf einen Stein gefallen?«, fragt die Schubs-Frau weiter.

»Nö, glaube ich nicht«, meint Malea und rubbelt an ihrem Kopf rum.

»Zeig mal!«, bittet die Frau und streicht vorsichtig über

Maleas Kopf. »Ich kann nichts fühlen. Keine Beule und keine Wunde.« Dann lächelt sie tatsächlich. (Vielleicht ist sie doch nicht so doof und schubst nur ganz ab und zu mal Kinder durch die Gegend?) »Aber tolle Haare hast du!«

Da lächelt Malea auch ein bisschen.

Malea hat wirklich tolle Haare. Voll dick und voll lang. Ich will auch so lange Haare haben, aber Mama schneidet sie mir immer wieder ab. Weil sie mir sonst überall reinhängen, sagt Mama.

»Dein Eis tropft, Kenny!«, ruft Malea plötzlich laut und klar.

Und – och neeee, Megamatscheklatsche – Malea hat recht! Denn genau jetzt klatscht das ganze Maracuja-Livi-Eis auf meine Beine! Arme Livi!

»Pass auf, Kenny!«, ruft Malea, rappelt sich auf und will auf mich zukommen. »Halt wenigstens die anderen Waffeln gerade!«

Doch das sollte sie lieber selbst machen. Sich gerade halten, meine ich. Denn Malea wackelt wie ein Wackeldackel und knickt auf halbem Weg ein.

»Huiiii«, macht Malea und setzt sich wieder auf den Waldboden, »mir ist noch ein bisschen fluschig im Kopf.«

»Fluschig?«, fragt die Schubs-Frau besorgt.

»Vielleicht ist es besser, wenn wir einen Krankenwagen rufen?«, schlägt die andere Frau vor.

»NEIN!«, ruft Malea laut und deutlich und steht schon wieder auf.

Malea hat's nicht so mit Kranksein.

»Ich bin okay!«, sagt Malea fest.

Ich kneife meine Augen zusammen und überlege. Ob ich lieber schnell Livi holen sollte? Livi weißt bestimmt viel besser, ob Malea okay ist oder nicht.

»Ich bin Ärztin«, sagt die Schubs-Frau plötzlich und bittet Malea, sich noch mal hinzusetzen, damit sie sie genauer angucken kann. (Wieso muss sich Malea dazu hinsetzen?)

Die Frau guckt Malea in die Augen, in den Mund, hält ihr Handgelenk eine ganze Weile fest und dann fährt sie ihr mit beiden Händen auch noch am Hals entlang über die Schultern.

Doch dann lächelt sie tatsächlich wieder. »Ich glaube, du hattest einen kleinen Kreislaufzusammenbruch. Hast du bei dieser Hitze auch genug getrunken?«

»Hm«, macht Malea.

»*Wann* hast du heute das letzte Mal was getrunken?«, will die Ärztin wissen.

»Zu Hause«, meint Malea.

»Und wann warst du zuletzt zu Hause?« Die Schubs-Ärztin will das ganz genau wissen.

»Heute Morgen«, sagt Malea.

»Jetzt ist später Nachmittag«, sagt die Frau, als ob wir das nicht selbst wüssten. »Und du hast bei dreiunddreißig Grad im Schatten in den letzten acht Stunden *nichts* getrunken?«

»Hm«, macht Malea noch mal.

»Und bist die ganze Zeit mit den Hunden unterwegs gewesen und durch die Hitze gelaufen?«, redet die Frau weiter.

»Hm«, macht Malea.

»Einen Moment!«, sagt die andere Frau. »Ich hol schnell Wasser.«

Und das tut sie. Sie klettert über den Zaun zurück auf die Wiese und geht rüber zur Eistheke. Da stehen ungefähr fünfzig Leute in der Schlange, aber die Frau geht einfach von hinten zu dem Verkäufer, zeigt zu uns rüber und sieht dabei sehr ernst und wichtig aus. So wichtig, dass der Mann ihr tatsächlich jetzt eine Flasche Wasser mit einem Strohhalm gibt, ohne dass sie sich anstellen muss.

Cool! Das probiere ich auch das nächste Mal. Ich sage einfach, ich habe seit heute Morgen nichts getrunken und verdurste sonst.

Als die Frau zurückkommt, hat sie sogar eine Plastikschüssel mit Wasser für Hugo und Momo dabei. Voll nett. Obwohl die bestimmt ganz viel getrunken haben. Der Weg zu den Rauschigen Weichen geht fast die ganze Zeit am Fluss entlang.

Jetzt will ich auch über den Zaun zu Malea. Das schaff ich bestimmt auch mit zwei Eiswaffeln in der Hand, weil ich nämlich voll gut klettern kann.

NEIIIIN! Mein Fuß rutscht von dem schmalen Spalt im Holz ab und dann auch der Rest von mir. »Wuuhuuuuuuu!«

»Kenny!« Malea ist aufgesprungen. »Hast du dir wehgetan?«

»Nein!«, heule ich. »Aber die Waffeln! Guuuuuck!«

Der Rest der zerbrochenen Eistüten klebt an mir. Schoko am Bauch und Gummibärchen an meinem rechten Arm. Ein Glück, die kann ich noch schnell ablecken!

»Och je!«, sagt die nette Frau mitleidig zu mir, während Malea gierig ihre Flasche Wasser runtergluckert.

Danach scheint es ihr viel besser zu gehen.

»Du solltest besser noch etwas Zucker zu dir nehmen, bevor du mit den Hunden weitergehst«, findet die Schubs-Ärztin allerdings.

Ich würde auch gern ein bisschen Zucker zu mir nehmen und wische den tropfenden Schokorest von meinem Bauch in meinen Mund. So'n Mist!

»Warte hier!«, bestimmt die Ärztin.

Sie klettert zurück über den Zaun und geht jetzt auch zur Verkaufstheke. Und, boah, – ist heute ein Glückstag oder ist heute ein Glückstag? – Sie kommt mit VIER Eiswaffeln zurück!

Ein kleines bisschen hab ich Angst, dass die alle vier für Malea sein sollen. Deshalb gucke ich vorsichtshalber sehr, sehr lieb und auch ein bisschen traurig. Nicht, dass die mich übersieht!

»Hier!«, sagt die Ärztin und reicht Malea eine Waffel mit Himbeere und Vanille (das sehe ich von hier) rüber. »Damit du schnell wieder genug Zucker im Blut hast!«

Malea haut rein, als hätte sie seit heute Morgen nichts gegessen. Obwohl sie bestimmt bei den Flauschigen Bleichen Kuchen gekriegt hat. Da gibt's nach dem Mittagessen immer Kuchen.

»Und die sind für dich!«, sagt die Ärztin und gibt mir die anderen Eiswaffeln in die Hand. »Aber du wolltest bestimmt nicht drei Eiswaffeln nur für dich allein, oder?«

»Nö.« Ich schüttele den Kopf und strahle. »Zwei sind für Livory.«

Die Ärztin guckt erstaunt. »Und dieser Livory braucht gleich zwei Tüten?«

»Nein, nein«, mischt sich Malea ein und grinst. (Sie kann schon wieder grinsen hurra!) »Livory sind *zwei* Personen.«

»Aha!«, macht die Frau und guckt, als ob sie nicht die kleinste Eisflocke versteht.

Aber anscheinend ist ihr das egal. Denn jetzt sagt sie, ich solle jetzt lieber zurück zu den anderen gehen, damit mein Eis nicht wieder wegschmilzt, und dass sie noch ein paar Minuten hier bei Malea sitzen bleiben wird, bis es Malea wieder gut geht. Boah, die ist voll nett, die Schubs-Ärztin!

»Ich sag Livi Bescheid, dass du hier bist!«, rufe ich zu Malea rüber und dann laufe ich.

Mann, ist das schade, dass Bentje nicht hier ist!

Warum fährt die auch immer an den besten Wochenenden zu ihrer Oma? Bei uns passiert so viel, dass ich bestimmt gar nicht mehr alles erzählen kann, wenn ich Bentje am Montag in der Schule sehe.

Tessa

Dodo und ich sind Profis. Immer. Was wir anfassen, machen wir richtig. Mejor imposible – besser geht nicht!

Uno, dos, tres und hopp!«, kommandiere ich gut gelaunt. »Eins, zwei, drei – hopp!«

Das Beziehen der Betten flutscht bei mir und Dodo inzwischen. Sie auf der einen Seite, ich auf der anderen.

Das Betttuch zwischen den Händen positionieren, dann die Matratze ein wenig anheben und en un plis plas – ruckzuck – ist das Laken drauf. Erst an der Kopfseite, dann an der Fußseite. Einer alleine würde minutenlang dran zerren, zupfen, stopfen und ruckeln. Wir nicht. Bei uns wird zusammengeruckelt – zack, zack! Das ist nicht nur effektiver, sondern macht auch mehr Spaß.

Auch Andrea, die Leiterin der Seniorenresidenz, lobt uns ständig. Letzte Woche sagte sie sogar, dass sie nicht gedacht hätte, dass Dodo und ich so gründlich und verlässlich im Zimmermachen sein würden. (Wieso eigentlich nicht?)

Wenn Dodo und ich etwas anfassen, dann machen wir es auch richtig. Schließlich wollen wir unser Leben nicht damit verplempern, mittelmäßig zu sein, sondern wir werden top sein. In allem. Und zwar nicht, indem wir uns totarbeiten, sondern indem wir klug arbeiten. So wie hier.

»Uno, dos, tres und hopp!«

Das war das zwölfte und letzte Zimmer für heute. Zeit, einen kleinen, kultivierten Cappuccino zu uns zu nehmen, damit wir gleich gestärkt und erholt in die zweite Phase unseres Arbeitstages starten können. In unsere Beauty Sessions hier in der Lauschigen Eiche nämlich! Eine meiner genialen Business-Ideen!

Diese Marktlücke lag auf der Hand. Warum da außer mir noch niemand draufgekommen ist, ist mir wirklich ein Rätsel. Schminktipps für die Dame ab sechzig. Ein Markt mit Zukunftsperspektive.

Erst neulich hat Dodo einen Zeitungsartikel gefunden, in dem stand, dass es in wenigen Jahren so viele alte Menschen geben wird wie nie zuvor. Also viel, viel mehr als früher. Und hier kommen Dodo und ich ins Spiel. Denn – Bingo! – so viele Senioren – das ist ein Riesenmarkt!

Tatsächlich drängeln sich die Eichen-Ladys bereits, um bei unserer Beauty Session am Samstagnachmittag dabei sein zu dürfen. Wir haben sogar schon unsere Stunde geteilt (wir geben jetzt zwei Schönheitsstunden hintereinander) und trotzdem noch eine Warteliste. Also, wenn das kein Business Erfolg ist, dann no lo sé, dann weiß ich auch nicht.

Nachdem wir das letzte Zimmer des Tages perfekt gesäubert und gestylt hinterlassen haben, suchen Dodo und ich uns unten im Tagesraum eine ruhige Ecke, um unseren wohlverdienten Cappuccino zu schlürfen. Noch nicht mal Viertel vor vier. Ein gutes halbes Stündchen haben wir Pause, bis um Viertel nach die erste Session beginnt. Genug Zeit, um mit Dodo ein bisschen zu quatschen.

»Wisst ihr jetzt endlich, wo ihr im Urlaub hinfahrt?«, fragt Dodo nach dem ersten genüsslichen Schluck.

»Du hast Schaum an der Lippe«, antworte ich. »Und: Nein.«

Ich seufze tief auf. Dieses Urlaubsthema geht mir allmählich mucho-mega auf die Nerven.

Dodo kichert und leckt sich mit der Zunge über die Lippen.

Automatisch fahre ich ebenfalls über meinen Mund. Will ja nicht aussehen, wie meine kleine Milchschnutenschwester Kenny, auch wenn das bei ihr echt schnuckelig ist. Immerhin bin ich sechzehn!

Ich rolle mit den Augen. »Du weißt ja, wie das ist. Rema ist es in Spanien zu heiß. Iris will mit Babybauch nicht so weit weg. Malea will unbedingt ans Meer zum Surfen. Livi will eigentlich gar nicht mit uns fahren, weil sie keine Sekunde ohne Gregory überleben kann. Und ich krieg bei der Vorstellung, womöglich zwei Wochen mit meiner Familie an der Nordsee zu enden, echt die Krise. Also …«

»Warum fahrt ihr nicht jeder für sich in Urlaub?«, unterbricht mich Dodo.

Ich lache. Wer Iris und Cornelius kennt, weiß, dass so ein Vorschlag nur ein Witz sein kann. Meiner Familie geht Familie über alles. Und diese gemeinsamen Wochen sind heilig.

»Das meine ich ganz ernst«, beharrt Dodo. »Ich meine, du bist jetzt praktisch erwachsen. Da kann ja wohl nicht mehr von einem erwartet werden, dass man Kinderferien mit den Eltern macht.«

Ich setze meine Tasse ab. Wo Dodo recht hat, hat sie recht! So habe ich es noch gar nicht betrachtet.

»Und außerdem …«, lächelt Dodo, »… könntest du dann mit mir und meinen Eltern nach Schweden mitkommen.«

Ahaaaa! DAS also war ihr Hintergedanke!

»Bloß weil du keine Lust hast, mit deinen Eltern nach Schweden zu fahren, soll ich da auch hin?«, grunze ich halb sauer, halb amüsiert.

Echt, Dodo, die arme Socke, hatte natürlich, genauso wie ich, gehofft, die Schulferien mit Javier und Ramón in Spanien zu verbringen. Schweden liegt da sozusagen in der falschesten Richtung.

»Och, biiiiitte!«, bettelt Dodo. »Wenn wir zusammen sind, ist Schweden bestimmt viel lustiger. Bei allem, was Mode angeht, sind die da sowieso ganz vorn.«

Ich nicke und zeige ihr gleichzeitig einen Vogel. »Ja, und bei allem, was Minusgrade im Sommer angeht, auch.«

Jetzt seufzt Dodo, die Ärmste.

Doch nun kommt mir eine Idee. Eine mucho genialamente (oder wie immer das auf Spanisch heißt) Idee!

»Dodo!« Meine Stimme klingt fast feierlich. »Wir sind BEIDE sechzehn.«

Ich warte, was bei Dodo passiert.

Dodo rührt in ihrem Tässchen und nimmt noch einen Schluck.

Das müsste bei ihr doch jetzt sofort klicken?

Nix klickt.

Weil ich sie so durchdringend anstarre, lässt sich Dodo immerhin zu einem fragenden »Jaaaa?« hinreißen und fügt schließlich noch ein »Und?« hinzu.

»Und?«, wiederhole ich und kann ein triumphales Lächeln nicht mehr verhehlen. »UND BINGO! Wir können uns BEIDE weigern, Kinderferien zu machen. Wir könnten *zusammen* wegfahren. Du und ich. Ohne meine und ohne deine Eltern. Zu zweit!«

Oh, ich sehe uns schon auf den Flughäfen stehen!

Dodos schickes blau-metallic Köfferchen und meine beiden knallroten Lacktaschen neben uns. Die Metropolen der Welt! Rom, Paris, London, New York…

Gibt es eigentlich auch so was wie eine weltweite Rail-Card für Flugzeuge? Also, mit der Dodo und ich in sechs Wochen so viel fliegen können, wie wir wollen? Und vor allem, wohin wir wollen! Sechs Wochen – was man da alles machen kann!

Dodo unterbricht meine hochfliegenden Pläne. »Das erlauben meine Eltern nie!«

»Das war doch DEIN Vorschlag!«, gebe ich zurück.

Dodo nippt an ihrem Kaffee. »Na jaaaa. Du weißt ja, wie ängstlich meine Eltern immer sind.« Dann schaut sie hoch. »Vielleicht würden sie es erlauben, wenn wir Javi und Ramón dabei hätten? Immerhin wären wir dann nicht allein. Wir wären sozusagen mit Begleitschutz unterwegs.«

»Schutz wovor?«, grummele ich. Honesto, ehrlich, wir sind zwei junge, selbstbewusste und außerdem sehr kluge, weltgewandte und patente Frauen! Wieso sollten wir denn Begleitschutz brauchen? »Es ist ja nicht so, als ob wir in den Dschungel fahren würden, wo es nicht schaden könnte, ein paar Tarzans als Verteidigung gegen wilde Tiger oder Riesenschlangen dabei zu haben!«

Dodo kichert. »Ramón und Javi sind doch keine Tarzan-Männer!«

Eine Minute lang schweigen wir mit dezentem Grinsen auf dem Gesicht.

Ich schätze, wir stellen uns gerade das Gleiche vor. Ich jedenfalls finde, dass mein Javier mit seinem tollen, spanisch-braungebrannten Körper und seinen durchaus ästhetischen Muskeln sich gar nicht schlecht darin machen würde, von Baum zu Baum zu hangeln und danach Ausschau zu halten, ob eine zarte Jane im Urwald Hilfe braucht. Tenemos suerte, wir haben schon Glück mit unseren Jungs!

Aber ich bin natürlich keine hilflose Jane! »Naranjas, Dodo, so ein Quatsch! Wir brauchen ja wohl nicht Javi und Ramón an unserer Seite, um einen tollen Urlaub zu haben!«

»Natürlich *brauchen* wir das nicht!«, bestätigt Dodo. »Aber es wäre schon schön, mit den beiden mal richtig viel Zeit ohne Eltern zu verbringen, oder?«

»Hm.« Ich verrühre den letzten Schaum in meinem Cappuccino.

Ehrlich gesagt, verbringe ich in den letzten Wochen ziemlich viel Zeit mit Javi. Für meinen Geschmack fast etwas *zu* viel Zeit.

Seit meinem Geburtstag Ende Juni sind die beiden hier geblieben – es sind ja Semesterferien an ihrer spanischen Uni – und wohnen wieder nebenan bei Walter Walbohm. Ich will mich nicht beklagen, denn ich bin super mucho-mega froh, dass wir wieder zusammen sind, aber… das muss ja nicht heißen, dass ich von jetzt an *alles* mit Javi zusammen machen will.

»*Willst* du denn nicht mit Javier zusammen sein?«, legt Dodo jetzt auch noch ihren hübsch beringten Finger in die delikate Wunde. »Nach allem, was passiert ist?«

Sie guckt mich an, als wäre ich komplett gefühllos und undankbar.

Aber das bin ich natürlich nicht! Ich meine…, die Zeit ohne Javi…, also, als ich dachte, dass Javi und ich nicht mehr zusammen sein würden, das war die mieseste Zeit meines Lebens. Ich hab ihn vermisst wie nichts jemals vorher. Ohne Javi zu sein, kann ich mir auch jetzt nicht vorstellen. Und das will ich mir auch gar nicht vorstellen, denn ich bin sehr, sehr glücklich, dass wir uns ausgesprochen und alles geklärt haben.

Trotzdem …

»Was ist los, Tessie?« Dodo hat diesen forschenden Blick im Gesicht.

Natürlich kennt sie mich besser als jeder andere.

Ich lasse den Löffel in die fast leere Tasse sinken und lehne mich zurück. »Ach, ich weiß nicht. Je mehr Zeit wir zusammen verbringen, desto mehr Zeit will er. Ich hab seit mindestens einer Woche keine Stunde mehr allein in meinem Zimmer verbracht. Ich komme nicht mal mehr dazu, mir im Internet ein paar Modeseiten anzugucken. Ständig schickt er mir SMS und fragt mich, was ich gerade mache, und ob er rüberkommen kann. Fast jeden Abend sind wir im Bella Roma.«

»Aber es macht doch Spaß, wenn wir zusammen im Bella Roma sind!«, wirft Dodo erstaunt ein.

Ich grunze gequält. »Du verstehst nicht, was ich meine.«

»Dann erklär's mir!«, verlangt Dodo und lehnt sich jetzt auch zurück.

»Das ist nicht so einfach«, fange ich an. »Javi ist irgendwie …«

Ich seufze. Es ist wirklich schwer, zu erklären, was ich meine, ohne dass es so aussieht, als ob ich Javier nicht mehr lieb hätte.

»Liebst du ihn etwa nicht mehr?«, fragt Dodo knallgerade heraus.

Echt, die Gute hat manchmal einen sechsten Sinn! Aber das ist natürlich kompletto Unsinn.

»Quita! Blödsinn!«, rufe ich empört. Wie kann sie so was überhaupt annehmen?

Vielleicht rufe ich etwas zu laut. Denn das Damenkränzchen am Nebentisch reckt jetzt interessiert die Köpfe. In der Lauschigen Eiche wird Klatsch wie Gold gehandelt. So viele Neuigkeiten gibt es hier ja nicht.

»Doch!«, wiederhole ich leise. »Naturalmente! Natürlich liebe ich ihn noch!«

»Dann verstehe ich es wirklich nicht«, meint Dodo.

»Es wird mir einfach ein bisschen eng«, sage ich langsam. »Javi redet dauernd davon, dass wir nicht die gleichen Fehler machen sollten. Du weißt schon, die Fehler, die dazu geführt haben, dass wir uns beinahe getrennt haben. Er glaubt, dass das, was passiert ist, nur passieren konnte, weil wir so weit voneinander entfernt wohnen.«

»Da ist was dran«, findet Dodo.

»Quatsch!«, fahre ich sie sofort an. »Dass er die Sache mit Henry missverstanden hat, liegt ja wohl nicht daran, dass er in Barcelona lebt und ich hier.«

Dodo antwortet nicht, sondern widmet sich stattdessen dem Rest ihres Cappuccinos. Ihr Schweigen klingt in meinen Ohren so, als gäbe sie Javi Recht.

Das macht mich einen Hauch sauer. »Verstehst du wirklich nicht, was ich meine?«

Ich muss mich sehr zusammenreißen, um nicht wieder zu emotional zu werden. Irgendwie bewegt mich das Thema ganz schön. Aber eine Lady lässt sich nicht gehen. Schon gar nicht während ihrer Arbeitszeit inmitten von Menschen, die mein Gefühlsleben nichts angeht.

Die Eichen-Damen am Nebentisch scheinen da anderer Ansicht zu sein.

»Stimmt irgendwas nicht?«, fragt die rothaarige Frau Richards mit unschuldigem Lächeln.

Ganz klar möchte sie nur zu gern wissen, *was* nicht stimmt.

(Ich muss ihr unbedingt bei nächster Gelegenheit mal diese Farbe ausreden. Ein zarter Rotton würde ihr tatsächlich ganz gut stehen. Aber dieses altmodische Henna-Rot? Madre mía, meine Güte, wir leben ja wohl nicht mehr im letzten Jahrhundert!)

»Doch, doch, alles in bester Ordnung!«, beeile ich mich zu versichern. »Gleich beginnt unsere Beauty-Session! Sind Sie schon alle bereit?«

Gewinnend lächele ich in die Runde am Nebentisch. Und habe gekonnt das Thema gewechselt. Tja, eine echte Geschäftsfrau lässt sich nicht so leicht aus der Reserve locken!

Tatsächlich beginnen die Damen, hastig ihre Tassen zu leeren und aufgeregt zu plappern.

Ihnen dabei zuzugucken, versetzt mich sofort wieder in bessere Laune. Es ist einfach ganz maravilloso, ganz wunderbar zu sehen, wie viel Freude den Ladys unsere Stunden machen!

Das lässt mich sogar fast das lästige Javi-Thema vergessen.

Wenn Dodo nicht nachbohren würde, als wir rüber zum Tagesraum gehen: »Aber wie will Javier das denn ändern? Ich meine, er studiert ja nun mal in Spanien und du gehst hier noch ein paar Jahre zur Schule.«

»Er will hierher ziehen und seine Uni hier beenden«, murmele ich düster.

Dodo bleibt stehen und guckt mich verdattert an. »Ernsthaft?«

»Sí, sí, ernsthaft«, bestätige ich und gehe weiter.

Und natürlich sollte ich mich darüber freuen. Oder?

Leider macht es mir nur Angst. Einengende Angst. Angst, nicht mehr genug Luft zum eigenständigen Atmen zu haben. Dabei will ich wirklich, *wirklich* nichts mehr als mit Javi zusammen zu sein. Das weiß ich.

Nur nicht vierundzwanzig Stunden am Tag.

»Und darüber freust du dich … *nicht*«, stellt Dodo messerscharf fest.

Ich lasse den Kopf hängen. Jetzt fühle ich mich richtig mies. Wie eine egoistische Kuh. Oder eine verwöhnte Prinzessin, die nur die Kirschen haben will, aber den restlichen Kuchen stehen lässt.

Und Dodo versteht mich nicht mal! Sondern hält mich für herzlos und undankbar. Sollte sich die beste Freundin so verhalten? Ist sie da nicht selbst ein wenig herzlos? Ich meine, *mir* gegenüber? Sollte sie nicht *immer* versuchen, mich zu verstehen? *Meine* Seite zu sehen?

Von hinten fühle ich, wie sich ein Arm durch meinen schiebt.

»Ach, Tessie …«, flüstert Dodo und schmiegt sich an mich. »Liebe ist manchmal scheiß-schwierig, was?«

»Ja«, hauche ich und drücke Dodo. Erleichtert, dass sie mich nicht verdammt.

Tut das gut, dass ich endlich mal jemandem meine Sorgen wegen Javier anvertrauen konnte! Ich hätte schon längst was sagen sollen. Aber ich fand ja selbst, dass ich kein Recht habe, mich eingeengt zu fühlen. Als ob meine Gefühle irgendwie nicht angemessen sind, jetzt, wo Javier extra für mich zurückgekommen ist. Doch diese Gefühle sind nun mal da.

Ich habe Angst, als Tessa, als eigenständige Person, verloren zu gehen, wenn ich kaum noch etwas allein machen kann. Außerdem möchte ich echt nicht wie Livory enden. (Auch wenn ich es Livi von Herzen gönne, dass sie so glücklich ist. Aber Menschen sind nun mal verschieden.)

Bevor wir den Raum betreten, in dem unsere Beauty-Session stattfindet, zieht mich Dodo zu sich ran. »Wollen wir heute Abend in Ruhe darüber reden? Ich meine, nur du und ich? Im Bella Roma? Ohne die Jungs?«

»Ja«, nicke ich dankbar.

Ein Samstagabend nur mit Dodo. Vielleicht verstehe ich ja danach etwas besser, warum ich mich so fühle, wie ich mich fühle.

Hab ich nicht die beste Freundin der Welt?

Livi

Eins hab ich von Malea gelernt. Keiner kann die ganze Welt retten. Aber man kann mit kleinen Stückchen anfangen. Und wenn das alle täten, sähe die Welt schon ein Riesenstück besser aus. Aber es gibt so viele Dinge, die sich ändern müssten. Wo soll ich wegsehen, wenn ich nicht überall anpacken kann?

Frau Tönning ist eigentlich voll in Ordnung. Echt cool, wie sie das geregelt hat! Was für ein Glück, dass sie auch hier im Schwimmbad war und mir beigestanden hat!

Komisch, das hab ich schon öfter erlebt. Dass Lehrerinnen (und Lehrer) privat ganz anders sind als in der Schule. Viel netter.

Katrin Dornkater zum Beispiel. Ach nee, die heißt ja jetzt Diebelbach, seit sie ihren Matte aus Cornelius' Band geheiratet hat, aber wir nennen sie sowieso nur Katrin. Außer in der Schule, da sollen wir sie siezen, hat sie gesagt. Das ist okay.

Oh, da hinten kommt Kenny mit dem Eis! Lecker! So ein paar kühle Kugeln kommen jetzt genau richtig. Außerdem können Kenny, Gregory und ich dann schön gemütlich zu dritt auf dem Badetuch sitzen und Eispicknick machen. Hihi, wie eine richtige Kleinfamilie!

Okay, keine Kleinfamilie.

Oder Kleinfamilie mit Tante. Denn von der anderen Seite schlendert Gregory mit Katinka lachend und quatschend in meine Richtung.

Katinka ist nett! Katinka ist nett!

»Hey, Kenny!«, begrüße ich meine kleine Schwester. »Du hast dein Eis ja schon fast aufgegessen!«

»Das musste ich!«, verteidigt sich Kenny. »Sonst wäre es wieder auf der Erde gelandet.«

»Wieder?«, frage ich verwirrt.

Doch ich werde von Gregory und Katinka abgelenkt, die jetzt wassertropfend vor uns stehen (und mein Badelaken nass machen).

»Wusstest du, dass Katinka gerade ihren Rettungsschwimmer macht?«, ruft mir Gregory strahlend zu.

»Nein«, antworte ich und versuche mein Bestes, auch ein bisschen zu strahlen.

Katinka strahlt am meisten. (Kleinigkeit, so wie die aussieht!) »Ja, und ab Herbst kriege ich damit einen Samstags-Job im Hallenbad. Cool, oder?«

Total cool. *Katinka ist nett …*

»Ja!«, beeile ich mich zu versichern.

»Rettest du dann alle Leute, die untergehen?«, fragt Kenny und leckt an ihrem Eis.

Katinka nickt stolz.

»Und wenn gar keiner untergeht?«, fragt Kenny. »Kriegst du dann trotzdem Geld?«

Ich muss giggeln.

Doch Katinka guckt sehr ernst. Und verantwortungsvoll. »Klar! Ich werde ja vor allem fürs Aufpassen bezahlt.«

»Dann könnte ich das auch machen«, findet Kenny. »Ich kann total gut aufpassen. Nur Leute retten kann ich nicht.«

Jetzt lacht Katinka. Und zeigt ihre perlweißen Zähne. »Dann sollten wir den Job vielleicht zusammen machen.«

»Au jaaaaaa!«, haucht Kenny und schickt mit eisverschmiertem Mund ein anhimmelndes Grinsen zu Katinkas Gesicht hoch. »DU bist ja nett!«

Hrrrrrgh!

(Wieso merken kleine Kinder nicht, wenn sie veräppelt werden?)

Gregory stimmt Kenny sofort zu: »Ja, Katinka ist supernett.«

Absolut! Über die Maßen! (Wieso *ist* die eigentlich so nett? Ist das normal?)

»Was ist denn Livi?«, fragt Kenny und zieht an meiner Hand.

»Wieso?« (Sehe ich etwa komisch aus?)

»Du siehst fast so aus, wie Malea eben.«

»Malea?« Ich gucke suchend durch die Menschenmenge auf der Liegewiese. »Ist Malea auch hier?«

»Da hinten!«, meint Kenny und deutet auf das kleine Wäldchen hinter den Verkaufsbuden.

In diesem Moment klatscht die Hälfte einer roten Eiskugel auf Kennys Oberschenkel.

»Miff-maff-Mäusemist!«, flucht Kenny und guckt entschuldigend hoch zu Gregory. »Das war dein Eis!«

Eilig reicht sie ihm den Rest der Waffel rüber und auch ich kriege meine in die Hand gedrückt.

Maracuja? Kenny ist ein Schatz!

»Du hast Eis für uns gekauft?«, fragt Gregory erstaunt. »Du bist ja noch netter als Katinka!«

Der eisige Klumpen in meinem Magen, der gerade ein wenig abgelenkt war, gefriert wieder. Gleichzeitig fange ich ernsthaft an, mir selbst auf die Nerven zu gehen. Ich meine, Katinka ist ja wirklich weder doof noch fies, noch scheint sie es auf Gregory abgesehen zu haben. Äh, glaube ich. Wieso bin *ich* also so doof und fies, dass ich mich nicht über ihre Anwesenheit freuen kann?

»Danke, Kenny!« Gregroy grinst, als er anfängt, sein Eis zu verspeisen. Dann schaut er hoch. »Ist kein Eis für Katinka übrig?«

Klirr!, macht der völlig unberechtigte Eisklumpen in meinem Magen. (Olivia Martini!, schimpfe ich innerlich, wie kann man bloß so ekelhaft eifersüchtig sein!)

»Nö«, nuschelt Kenny ungerührt und saugt eilig den Rest aus ihrer Waffel, bevor sie sie knackend zermalmt, »mehr war nicht.«

»Ach, das macht doch nichts!«, wischt Katinka lässig jede Erwartungshaltung weg. »Ich glaube sowieso, der Typ ganz da hinten am Ende des Beckens, der so wild winkt... Seht ihr ihn?« Sie lacht, als hätte sie einen Witz gemacht, und winkt jetzt auch. »... das ist mein Freund. Ich sollte jetzt wohl allmählich mal wieder zurück gehen.«

Katinka hat einen FREUND?

Der gefrorene Klumpen in meinem Magen schmilzt schneller als Kennys Eis und macht Platz für ein ehrliches Lächeln. »Komm doch später noch mal her, wenn du magst!«

»Mach ich!«, ruft Katinka und läuft schon los.

»Voll lieb, dass sie nichts von unserem Eis abhaben wollte!«, meint Kenny.

Gregory lächelt. »Ja, so ist sie!«

Ich lächele auch. Ich finde, jedes Mädchen auf der Welt sollte einen Freund haben!

Das denke ich natürlich nur, weil ich möchte, dass jedes Mädchen auf der Welt so glücklich ist wie ich. Aus selbstverständlich *keinem* anderen Grund wünsche ich mir das für alle! (Besonders für alle mit langen dunklen Haaren und perlweißen Zähnen.)

Als ich aus meinen menschenfreundlichen Gedanken wieder auftauche, registriere ich, dass Kenny bereits begeistert von der Szene mit dem kleinen Jungen eben erzählt. Gregory hört ihr mir aufgerissenen Augen zu.

Dann dreht er sich zu mir. »Wie – und die Tönning will am Montag mit den Eltern reden?«

Ich nicke. »Ja. Ich hoffe, das bringt was. Du hättest die Eltern mal brüllen hören sollen! Der Kleine hat am ganzen Körper gezittert!«

»Papa brüllt aber auch ganz oft«, meint Kenny plötzlich nachdenklich. »Meint ihr, der muss auch mal mit einer Lehrerin von euch reden?«

Gregory lacht. »Ich glaube, bei Cornelius ist das gerade noch in Ordnung.«

Kenny zieht die Nase kraus. »Wieso? Wieso ist das bei Papa in Ordnung und bei den anderen Eltern nicht?«

Ich überlege. »Das ist eine gute Frage, Kenny.«

Ich meine, brüllen ist immer eine ziemlich aggressive Sache und hört sich nie besonders freundlich an. Trotzdem würde Cornelius NIE jemandem eine knallen oder noch Schlimmeres tun.

Außerdem glaube ich, dass Cornelius mehr sich selbst anbrüllt als uns. Also, ich glaube, dass er brüllt, wenn er selbst schlechte Laune hat, dass das also mit uns meist nur wenig zu tun hat. Obwohl… obwohl das bei diesen ätzenden Eltern vielleicht auch so ist. Dass die einfach nur selber schlechte Laune hatten und die auf ganz gemeine Weise an ihrem Kind ausgelassen haben. Macht Cornelius' gelegentliches Brüllen ihn also auch zu einem schlechten Vater?

Kenny legt ihren Kopf schief und guckt mich gespannt an.

Ich bin gerade ein wenig unsicher. Ich meine, NEIN, Cornelius ist der liebste Vater auf der Welt. Auch wenn er manchmal brüllt. Aber wie erkläre ich das Kenny?

»Der Unterschied ist«, mischt sich Gregory ein, »dass ihr Cornelius vertrauen könnt.« Er grinst. »Der ist wie ein Hund, der manchmal laut bellt, weil er nicht anders kann. Aber ihr wisst, dass Cornelius niemals jemanden schlagen würde. Keinen Menschen und kein Tier auf dieser Welt. Dieser Junge aber, der weiß leider genauso sicher, DASS sein Vater schlägt, wenn er brüllt. Das macht das Brüllen für ihn so gefährlich, während ihr grinsen könnt, wenn Cornelius brüllt. Das ist ein riesiger Unterschied, oder?«

Kenny legt den Kopf auf die andere Seite und überlegt. »Mhmmm, das stimmt.« Dann richtet sie sich auf. »Der kleine Junge tut mir voll leid.«

Ich nicke. »Mir auch.«

»Ja«, meint Gregory, »es gibt 'ne Menge miese Sachen auf der Welt. Und traurige. Als Katinka und ich eben schwimmen waren, ist eine Omi auf der Wiese von Sanitätern abtransportiert worden. Die hatte vermutlich einen Hitzestich. Ich hoffe, es geht ihr jetzt besser.«

»Oh«, meint Kenny plötzlich, »das hatte Malea bestimmt auch, als sie umgekippt ist.«

Wie jetzt?

Ich reiße alarmiert meinen Kopf zu meiner kleinen Schwester rum. »Malea ist UMGEKIPPT? Wo? Wann?«

»Eben«, murmelt Kenny ein wenig schuldbewusst. »Das wollte ich euch gerade erzählen, aber …«

»… dann hast du's vergessen«, vollendet Gregory ihren Satz.

»Wo, Kenny, WO?«, versuche ich, das Wichtigste zu erfahren.

»Da hinten am Zaun hinter der Eisbude.« Kenny deutet irgendwo Richtung Wald.

Wie der Wind springe ich auf, greife mir mein Handy und rase los. Nein, ich springe in wilden Haken um Leute auf Badelaken herum, bis ich japsend am Waldrand ankomme. Meine Schwester ist ohnmächtig geworden? Warum? Wie geht es ihr jetzt? Und wo ist sie überhaupt?

Hier ist nichts. Außer dem Zaun. Und viele Bäume dahinter. Kein Mensch weit und breit, außer denen, die hinter mir bei den Verkaufstheken stehen.

Ich laufe zu einem der Verkäufer. »Haben Sie ein ungefähr zwölfjähriges Mädchen gesehen? Braune Haare? Wahrscheinlich mit zwei Hunden?«

Der Mann guckt erst abwehrend, dann hellt die Erinnerung sein Gesicht auf. »Ach, die, die umgekippt ist? Ja, das war vor ungefähr einer halben Stunde. Dem Mädchen war wohl schlecht geworden – die Hitze. Zum Glück war eine Ärztin hier, die sich um sie gekümmert hat. Ich glaube, der ging es dann wieder ganz gut und sie ist nach Hause gegangen.«

Hastig wähle ich unsere Nummer. *Rrrrring, rrrrring*…

War klar. Geht natürlich keiner ran. Weil alle entweder draußen im Garten sitzen oder drinnen nichts hören können, weil Cornelius ohne Unterbrechung das Haus mit Schlagzeugwirbeln beschallt.

Ah, doch – da ist ja Iris!

Aufgeregt frage ich nach Malea und atme beruhigt aus, als ich höre, dass sie tatsächlich gerade zurückgekommen ist. Und Iris natürlich nichts erzählt hat! Ein Glück weiß Iris jetzt Bescheid und kann sich um sie kümmern!

Auf der anderen Seite: arme Malea! Ich kriege direkt ein winziges bisschen schlechtes Gewissen. Bestimmt muss sie jetzt scheußliche Kräutertinkturen trinken, von denen Iris annimmt, dass sie Malea wieder stärken. Unsere Mutter ist schrecklich mütterlich.

Kenny, die Süße, sieht um Tonnen erleichtert aus, als ich berichte. Sie hat sogar die ganze Zeit den Rest meiner Eiswaffel gehalten und nichts davon gegessen. Obwohl die Hälfte des kläglichen Rests jetzt nur noch Suppe in der inzwischen reichlich matschigen Waffel ist.

Da Kenny nichts mehr zum Naschen hat, fängt sie an, unsere mitgebrachten Brote zu mampfen. Gregory und ich machen uns noch mal lang und genießen die jetzt zum Abend hin wesentlich kühleren Sonnenstrahlen. Hinter uns mümmelt Kenny gemütlich.

Hihi, ich muss wieder an die Kleinfamilie denken! Ist das nun schrecklich spießig von mir? Wenn schon – ich fühle mich einfach wunderbar wohl! Und geborgen.

Ich ruckele noch näher an Gregory ran und lege meinen Kopf auf seine Brust. Gregorys Hände fahren sanft durch meine Haare.

»Ich wusste gar nicht, dass Katinka einen Freund hat«, murmele ich träge.

»Wusste ich auch nicht«, meint Gregory. Von schräg unten kann ich sein breites Grinsen sehen. »Aber sie hat schon länger mit Basti aus der A rumgeflirtet. Vielleicht hat's endlich Klick gemacht.«

»Hat sie?«, frage ich ehrlich erstaunt. (Wieso kriege ich so was eigentlich nie mit?)

Gregory nickt. »Ich weiß, der sieht aus wie der totale Angeber, ist aber voll in Ordnung. Ich glaube, die passen richtig gut zusammen.«

Ich lächele. Man könnte fast sagen selig. (Auf jeden Fall zufrieden.)

»Vielleicht sollten wir mal was zu viert zusammen machen«, schlage ich nach einer Weile fast übermütig vor.

»Logo, warum nicht?«, meint Gregory.

»Katinka ist wirklich total nett!«, verkünde ich aus tiefstem Herzen und stopfe mir das letzte Stück matschiger Waffel in den Mund.

»Stimmt«, nickt Gregory und raunt dann etwas leiser zu mir rüber: »Bin echt froh, dass du das sagst! In den letzten Monaten hatte ich schon manchmal 'n bisschen Schiss, dass da was an Gezicke zwischen euch läuft.«

»Waaaaas?« Ich verschlucke mich fast. (Ich vergesse immer, dass Gregory meine Gedanken lesen kann.)

Doch Angriff ist die beste Verteidigung.

»Was für ein Blödsinn«, rufe ich in gespielt empörten Ton, »So bin ich doch wirklich nicht! Als ob ich mit einer *engelsgleichen braunäugigen Elfe mit blendend zahnpastaweißen Zähnen* jemals ein Problem haben könnte! *Was du immer denkst!*«

Gregory, mit dem Kopf über mir, schielt mir tief in meine Augen. Um seinen Mund zuckt es. Und dann müssen wir beide so lachen, dass sogar Kenny mitkichert, obwohl sie bestimmt keine Ahnung hat, worum es geht.

Oh, ich hab Gregory sooo lieb!

Malea

Komisch, früher hat mich das alles nicht so genervt. Iris nicht, Cornelius nicht, meine Schwestern nicht. Jetzt nerven alle. Bleibt das so?

Bäh, fette Meerschleimsuppe! Dabei hatte ich mich so auf mein Muschelbett gefreut, aber, nein! Dank Livis Anruf habe ich jetzt nicht nur Iris *am* Hals, sondern auch eine Gemüsebrühe *im* Hals. Und in der schwimmt sehr komisches Zeug, das nicht besonders nach Gemüse aussieht.

Unsere Mutter kocht gerne Sachen, die kein Mensch vor ihr gekocht hat. Und wenn man das essen muss, was Iris kocht, versteht man auch, *warum* diese Sachen vor ihr noch niemand gekocht hat.

Nur weil ich zu erschöpft bin, um mich zu wehren, presse ich winzige Schlucke gekochter Gänseblümchen, Tomaten und – ist das etwa Ananas? – okay, Ananas in mich rein. Dazu wabbelig-weich sabschige, viereckige Stückchen, von denen ich nicht weiß, was sie mal waren, bevor Iris sie in den Kochtopf geschmissen hat. Von Erholung kann also keine Rede sein. Nach dieser Folter wird mein Magen garantiert zwei Wochen brauchen, um sich zu beruhigen.

»Wenn du genug gegessen hast …« Iris zieht sich einen Stuhl ran und setzt sich zu mir an den Küchentisch. »… nehme ich mir vielleicht selbst noch einen kleinen Teller. Ich fühle mich, als bräuchte ich auch ein wenig Nahrung.«

Sie lächelt und streichelt vielsagend über ihr Bäuchlein, von dem man echt noch nicht viel sieht.

Ich schaue gequält hoch. »Warum erst, wenn ich fertig bin?«

»Oh, ich möchte dir nichts wegessen!« Iris guckt besorgt. »DU brauchst eine Stärkung dringender.«

Ihr mitfühlendes Gesicht macht mich noch meermatschiger im Bauch.

»Ich bin wirklich satt!«, versichere ich zum hundertsten Mal. »Richtig, richtig satt! Du kannst sogar gerne noch den Rest von meinem Teller haben.«

Als Antwort lächelt Iris nur weiter. »Iss!«

Weil mir meine Mutter leid tut – muss echt anstrengend sein, sich dauernd Sorgen um seine Kinder zu machen –, schiebe ich mir noch einen weiteren Löffel zwischen die Kiemen und kaue brav weiter.

Bis mir ein schrecklicher Gedanke kommt.

Ich pule ein Stück von dem weichen Zeug aus dem Mund. »Ist das etwa eine Muschel?«

Ich bin gegen alles, was aus dem Meer kommt, allergisch.

Iris richtet sich empört auf. »Wie kommst du denn darauf? Glaubst du, ich will dich vergiften? Natürlich nicht! Das ist leckerer Camembert-Käse. Ich hatte irgendwie das Gefühl, der Brühe fehlt noch die letzte Würze.«

Würze? (Würg!)

Oh, ich wünschte so sehr, Rema wäre hier! Die hätte mir

keine Ananas-Camembert-Suppe gekocht, sondern Pfannkuchen mit Vanillesoße gemacht. Und dann hätte sie mit mir zur Erholung nach diesem anstrengenden Tag eine James Bond-DVD auf dem Sofa geguckt. Aber Rema wohnt jetzt drüben bei Walter Walbohm und kommt nur ab und zu mal zu uns rein.

»Iris, ich fühl mich ehrlich gar nicht mehr schlecht«, versuche ich noch mal, der Küche zu entkommen. Und der Suppe. »Die Ärztin, die da war, hat gesagt, ich hab bloß den ganzen Tag über zu wenig getrunken.«

»Du arbeitest zu viel«, antwortet Iris mit dieser Stimme, die ich nicht besonders mag. Als ob sie besser wüsste, was zu viel ist.

Eltern scheinen ziemlich oft zu denken, dass sie besser wissen, wie man sich fühlt oder was gut für einen ist, als man selber. Verrückt!

»Ich arbeite gar nicht«, gebe ich meermatschig zurück.

Weil das ja stimmt. Jedenfalls arbeite ich nicht für Geld, also ist das auch keine richtige Arbeit.

»Du bist morgens in der Schule. Dann gehst du mit Hugo spazieren und holst Momo vom anderen Ende der Stadt aus dem Tierheim ab und…« Iris lässt nicht locker. »…und danach gehst du in die Lauschige Eiche und kümmerst dich um die Senioren dort.« Sie holt nur einmal kurz Luft, fasst sich wieder an ihren Babybauch und blubbert sofort weiter. »Das ist sehr ehrenvoll, was du tust, Malea, und Cornelius und ich sind wirklich stolz auf dich. Aber man muss auch wissen, wann die eigenen Grenzen erreicht sind.«

Ich könnte laut brüllen. Denn meine *eigenen Grenzen* sind tatsächlich erreicht. Und zwar genau jetzt!

Dieses Zeug muss ich mir seit einer halben Stunde anhören. Dabei möchte ich nichts lieber als in mein Zimmer gehen, ein bisschen mit Hugo schmusen und –. Ach, eigentlich gar nichts sonst. Nur das.

»Ich geh jetzt schlafen«, verkünde ich.

»JETZT?«, quietscht Iris. »Es ist noch nicht mal sieben Uhr!«

Ich schnaube mal angemessen. »Pfff. Sonst findest du immer, dass ich viel zu spät ins Bett gehe!«

Ha!

Iris guckt ziemlich blöd und ruft mir noch ein »Du bist doch nicht wirklich krank, Malea?« hinterher.

Aber ich ignoriere das und mache mich aus dem Staub. Und Hugo galoppiert hinterher.

Ich laufe die Treppe hoch, schmeiße mich in meinem Zimmer auf mein Bett und starre meine türkisfarbene Tapete an. Ich weiß selbst nicht, was mit mir los ist. Bin ich wirklich nur müde, weil ich zu viel mit den Hunden unterwegs war? Bin ich unzufrieden, weil ich nicht mal mehr genug Zeit zum Spionieren habe? Hat James Bond sich auch mal so gefühlt? Und was hat er dann gemacht?

Ach, ich schätze, James Bond ist dann einfach abgehauen! Hat sich in einen seiner Sportwagen gesetzt und ist mit hundert Sachen davongebraust.

Leider habe ich keinen Sportwagen. Außerdem wüsste ich auch gar nicht, wohin ich brausen sollte. Doch der größte Unterschied ist, dass ich nicht das kleinste bisschen Lust habe, abzuhauen. Ich will einfach nur meine Ruhe haben.

Tessa

Me pasaría la vida en la Bella Roma con Dodo – Hier, im Bella Roma mit Dodo, könnte ich es ewig aushalten!

Aaaah, da gusto que haya días como éste, es tut gut, dass es Tage wie diesen gibt! Dodo und ich – *nur* Dodo und ich – sitzen im Bella Roma vor mega-mucho fetten Eisbechern und schlemmen.

Natürlich hat Iris einen Riesenaufstand gemacht – von wegen regelmäßiger und vor allem nahrhafter Mahlzeiten. Ich musste ihr tatsächlich erst mal klar machen, *wie* nahrhaft Eis ist. Eiscreme ist ja praktisch pure Milch. Und Milch? Kalzium! Der wichtigste Baustein für starke Knochen und gesunde Zähne. All die knackig frischen Früchte – voll mit Vitaminen – auf unserem Eis brauche ich wohl gar nicht erst zu erwähnen! (Ist es nicht erstaunlich, wie wenig Erwachsene über gesunde Ernährung wissen?)

Während Dodo und ich vor Gesundheit bald platzen (Dodo hat sich tatsächlich noch einen Pfirsichbecher als Nachtisch bestellt!) und genussvoll die letzten Modetrends diskutieren (an dieser Stelle hätten Javier und Rámon bereits schläfrig mit den Augen geklimpert oder angefangen, über Fußball zu reden) und dabei natürlich auch gewissenhaft unsere Sommerferiengarderobe durchdenken (eine echte Lady ist immer perfekt vorbereitet!), fängt Dodo plötzlich an zu kichern.

»Honesto, ehrlich, Tessie, dein Vater! Hihihihi…!«

Wenn Dodo lacht, dann lacht sie. Ich muss automatisch mitkichern.

»Echt, sein GESICHT, als du vorhin vorschlugst, dass du und ich doch auch allein in Urlaub fahren könnten! Hahahaha…!«

Dodo ist nach der Lauschigen Eiche mit zu uns gekommen und wir haben uns in meinem Zimmer umgezogen und frisch gemacht. Das (von Iris gekochte) Abendessen mit meiner Familie konnten wir, wie gesagt, mit dem Hinweis vermeiden, dass Dodo und ich im Bella Roma essen würden. Cornelius, Livory und Kenny saßen am Küchentisch und debattierten heftig über mögliche Urlaubsziele. Und das klang genau wie immer:

»Das ist im Prinzip eine gute Idee, aber du weißt ja, dass Rema keine Hitze verträgt.«

»Schöner Vorschlag, nur wird Malea da nicht mitmachen. Sie braucht Meer und Wellen zum Surfen.«

»Geht nicht, weil Hunde dort nicht erlaubt sind.«

»Das wäre ideal, ist aber bestimmt Tessa zu langweilig.«

Und weil ich ein hilfsbereiter Mensch bin und die Entscheidung für meine Familie vereinfachen wollte, erwähnte ich kurz, dass auf mich eigentlich keiner Rücksicht nehmen brauche, da Dodo und ich ja alt genug seien, um allein wegzufahren.

Für ein paar lange Sekunden (die meine eingebaute Vater-Warnanlage sofort in Alarmzustand versetzten) starrte mich Cornelius stumm an. Dann veränderte sich seine Gesichtsfarbe ganz langsam von Hautfarben über Hellrosa zu Dunkelpink, bis sie bei einem besorgniserregenden Kürbisrot angekommen war. Seine Ohren glühten wie Zündschnüre vor dem Raketenabschuss. Dann öffnete sich sein Mund. Vermutlich nur, um etwas abkühlende Luft in seinen Kopf zu lassen, damit der nicht frühzeitig explodieren könnte, denn er sagte noch immer kein Wort.

In diesem Moment hörte ich Dodo bereits hinter mir husten. Sehr glucksend husten.

Ich muss gestehen, dass der Anblick meines Vaters im Schockzustand tatsächlich ein außergewöhnliches Erlebnis ist, und bei jedem, der das nicht gewohnt ist, leicht zu hysterischem Husten führen kann. Was natürlich KEINE Entschuldigung dafür ist, dass Dodo sich derartig gehen lässt! Eine Lady behält auch in Ausnahmesituationen – besonders bei stark erhitzten Mitmenschen – kühle (natürlich nicht eiskalt-unfreundliche, aber kühle) Nerven!

»Schluck Wasser?«, zischte ich meiner besten Freundin zu, bevor sie tatsächlich laut loswiehern würde, und deutete vielsagend zum Wasserhahn.

Das schien immerhin Cornelius Körpertemperatur so weit runterzufahren, dass er in der Lage war, ein paar Worte herauszupressen: »Du bist ja wohl von allen Geistern verlassen, das kannst du dir gleich abschminken! Nie im Leben fährst du mit gerade mal sechzehn Jahren allein in der Weltgeschichte herum!«

»Aber Dodo und ich waren doch auch Ostern zusammen in Barcelona!«, wagte ich einzuwenden.

Das ließ Cornlius' Kopf leider doch vollends explodieren. »Das war etwas GANZ ANDERES! Da wart ihr bei den Familien von Javier und Rámon zu Gast!«

Als ob das einen Unterschied gemacht hat! Dodo und

ich sind so wunderbar elternfrei und ladylike in Spaniens schönster Stadt unterwegs gewesen, dass ich noch heute davon zehre. Dodos Vorschlag, ohne Eltern zu verreisen, ist wirklich eine Überlegung wert.

Ich konnte uns nur vor Cornelius retten, indem ich Dodo einfach aus der Küche zog und wir eilig das Weite suchten. (Gerade noch rechtzeitig, bevor Dodo auf der Straße einen Mega-Lachkoller bekam.)

Und jetzt kann ich endlich mitlachen. Ich schätze, bis morgen wird sich Cornelius so weit beruhigt haben, dass ich noch mal nachhaken kann.

Ich merke nur leider, dass es noch einen kleinen nagenden Punkt gibt, in dem Dodo und ich womöglich nicht übereinstimmen. (Sehr lästig!) Im Gegensatz zu Dodo stelle ich es mir nämlich *nicht* als perfektes Sahnehäubchen auf dem Eisbecher vor, mit Javier und Rámon zusammen zu fahren. ICH möchte nicht nur ohne meine Familie fahren, sondern GANZ allein mit Dodo.

Wenn ich das Dodo aber ehrlich und direkt sagen würde, würde sie bloß stur ihre Nase kraus machen und blocken. Ich kann also nicht von vorne kommen, sondern muss mich in dieser Sache etwas geschickter von hinten anpirschen.

»Sag mal, Dodo«, fange ich an, »*wenn* wir zusammen verreisen *dürften*, wohin würdest du dann gerne fahren?«

»Aaaaach…!« Dodo kriegt sofort einen träumerischen Blick. »Du meinst, wenn ALLES möglich wäre? Auch Bali, die Malediven…?«

»Na ja, im Rahmen unserer finanziellen Möglichkeiten«, unterbreche ich ihre weitreisenden Ambitionen.

»Pfffff!«, macht Dodo und zieht eine enttäuschte Grimasse. »Du bist immer so knallhart realistisch.«

Naturalmente, selbstverständlich! Schließlich bin ich Geschäftsfrau. Und möchte ein großartiges Leben führen. Da darf man niemals den Boden unter den Füßen verlieren. Sonst landet man nämlich schnell im La-La-Land der Phantasie und nicht in dem fantastischen Penthouse-Apartment, das ich als Ziel vor Augen habe.

»Lass uns doch mal wirklich überlegen!«, locke ich Dodo. »In Barcelona waren wir ja jetzt schon ein paar Mal. In Paris…« Ich muss an Dodos Gewinn vor ein paar Monaten denken und wie gern ICH damals nach Paris gefahren wäre. Also – hm – ist Paris wahrscheinlich keine so gute Idee.

»In Paris war ich schon«, sagt Dodo, die Herzlose, und saugt mit ihrem Strohalm geräuschvoll die geschmolzene Sahne vom Boden ihres Bechers auf. »Sorry!«

Hm. Ich weiß nicht, ob sie sich für das Schlürfen oder die Erwähnung von Paris entschuldigt, aber ich habe keine Lust zu fragen.

»Schweden scheidet auch aus, weil deine Familie dort ist«, streiche ich weitere mögliche Orte von unserer imaginären Liste.

Obwohl ich eigentlich schon immer mal nach Stockholm wollte. Dodo hat Recht. Was Mode angeht, sind die Schweden (fast) nicht zu schlagen!

Plötzlich richtet sich Dodo auf und strahlt mich siegessicher an. »Ich hab's! London! Wie ist das?«

Ich lasse mir das Wort »*Lon-don*« ganz langsam auf der Zunge zergehen.

Doch Dodo ist schon am Abheben. »Tessie, überleg nur mal! Der Buckingham Palast! Der Tower! Und diese niedlichen Soldaten vor den Toren mit den riesigen Puschelmützen, die den ganzen Tag keine Miene verziehen dürfen!«

Dodos Augen leuchten und blicken sehnsuchtsvoll irgendwo hinter mir in die Ferne, in der London sehr wahrscheinlich *nicht* liegt.

Ich denke ebenfalls an London. Rote Doppeldecker-Busse. Schwarze Taxis. Bunte, quirlige Straßen mit den topschicksten Boutiquen …

»… Oxford Street«, murmele ich hörbar vor mich hin, »… London-Eye – dieses riesige, irre Riesenrad. Die Themse …«

»Prinz William und Prinz Harry!«, wirft Dodo fast quietschend vor Glückseligkeit ein.

Und da hab ich sie. Ha, BINGO!

Auf mich ist Verlass. Sogar wenn ich selbst fast auf hellen Traumwolken abgesegelt wäre, merke ich doch sofort, wann sich eine Chance bietet, um Dodo von diesem blöden Gedanken abzubringen, mit Javi und Rámon zusammen zu fahren.

Ich lächele. Und schaue Dodo direkt in die Augen. »William und Harry, das stimmt! Die bestaussehendsten Prinzen der Welt!«

»Nur leider nicht mehr zu haben«, bedauert Dodo.

Ich zucke die Schultern. »Trotzdem darf man ja wohl noch gucken.«

Dodo kichert. »Auf jeden Fall!«

Dann lehnt sie sich vor. »Mann, Tessa, die zwei würde ich soooo gern mal in echt sehen!«

»Ich auch!«, stimme ich ihr zu, denn das stimmt. Verschwörerisch lehne ich mich ebenfalls über den Tisch. »Und das schaffen wir auch.«

»Und wie?«, quietscht Dodo aufgeregt.

»Wir überlegen uns was!«, grinse ich und erinnere sie: »Bis jetzt haben wir alles geschafft, was wir uns vorgenommen haben, oder?«

Dodo nickt heftig. »Sí, claro que sí, natürlich haben wir das!«

Gespielt nachdenklich lehne ich mich wieder etwas zurück. »Nur wird das mit Javi und Rámon im Schlepptau etwas schwierig werden. Ich meine, ich kann mir kaum vorstellen, dass die großes Interesse daran haben, sich britische Prinzen anzugucken.«

Dodo schaut gedankenversunken in ihren leeren Eisbecher. (Sie wird sich doch keinen dritten bestellen wollen? Manchmal ist die Gute etwas maßlos).

»Vielleicht hast du recht, Tessie«, meint sie schließlich, »vielleicht sollten wir beide dieses Mal ganz alleine verreisen.«

»Claro que sí, natürlich sollten wir das! Super Idee, Dodo, das machen wir!«

Ach, ich wünschte, Cornelius wäre genauso leicht in vernünftige Bahnen zu lenken!

Ich bin urplötzlich so guter Laune, dass ich Pierro, den supernetten Kellner vom Bella Roma heranwinke, um nun auch mal *nicht* Maß zu halten. »Könnten wir bitte noch zwei Pistazien-Milchshakes bekommen?«

»Oh jaaaa, lecker!« Dodo verdreht die Augen und wirft mir einen Luftkuss zu.

Pierro lacht. »Aber gern, kommt sofort, die jungen Damen! Für meine besten Stammgäste gehen die beiden Shakes aufs Haus!«

Livi

Wir nehmen Abschied

von Klara Kälbchen,
die vor einer Woche sterben musste.

In tiefer Trauer
Klaras Mutter
und
Olivia Martini und Gregory Hahn
für »Auroras Freunde«

Das kurze Leben von Klara wurde beendet, um die vollen Mägen von Menschen noch mehr zu füllen.

Es ist Viertel vor sieben. Bestimmt noch eine gute Stunde kostbare Sonntagsstille im Haus, bevor alle aufstehen. Und loslegen. Mit allem. Schlagzeug eingeschlossen.

Ich liege im Bett, wackele mit den Zehen und muss gleich danach kichern. Denn dieser Moment erinnert mich gerade an eine Szene in einem Buch, das ich geliebt habe, als ich noch klein war: *Ferien auf Saltkrokan.* Dort haben die Kinder auch gerne mit den Zehen gewackelt. Und fühlten sich wahrscheinlich genauso glücklich wie ich.

Ich könnte alle und alles umarmen. Meine Zehen, meine Bettdecke, die Sonne draußen, die gleich wieder heiß scheinen wird, den großen Baum vorm Fenster, auf dem ich schon so viele Male rumgeklettert bin, Gregory sowieso und mein ganzes, schönes Leben eben.

Sogar meine verrückten Schwestern und Eltern.

Ich kann gar nicht mehr richtig verstehen, warum ich früher oft so traurig und, ja, auch schlecht gelaunt war. Obwohl … vielleicht kann ich das doch! Früher hatte ich ja Gregory noch nicht.

Manchmal denke ich in letzter Zeit sogar – also, *ganz*, ganz manchmal (aber immer öfter), dass ich vielleicht doch in diese Familie gehöre. Dass ich möglicherweise doch die Tochter von Chaosköchin Iris und Hippie-im-Herzen-Cornelius bin. Und dass Knutsch-Kenny, Tussi-Tessa und Muffel-Malea möglicherweise doch meine richtigen Schwestern sind. Ich meine, richtig echte, blutsverwandte Schwestern.

Es ist bestimmt peinlich, so was zu erzählen, aber ich war mein Leben lang davon überzeugt, dass ich heimlich adoptiert worden bin und dass Iris und Cornelius das nur nicht zugeben. Wenn man mich anguckt, ist das mehr als verständlich. Ich meine, ich sehe einfach kein bisschen aus wie die anderen!

Meine Schwestern haben braune Haare. Okay, zwar in verschiedenen Tönen, aber alle sind braunhaarig. Tessas blonde Mähne kommt natürlich frisch aus der Tube. (Wer hätte das gedacht?) Von Natur aus hat sie ebenfalls dunkle

Haare. Auch Iris und Cornelius haben braune Haare. Jedenfalls waren die von Cornelius mal braun. Jetzt hat er nur noch wenige und ein paar davon sind auch schon grau. Und Iris hat nur noch blonde Strähnchen vom Friseur in ihren Haaren. (Auch wenn sie immer behauptet, dass alle ihre Haare früher strohblond waren.)

Und ich?

Ich hab rote Haare! Noch Fragen? Also bitte – wo sollen die wohl herkommen?

Von Opa Richard, behauptet Rema immer.

Opa Richard, der Vater von Iris, ist schon lange tot und kann uns leider nicht mehr erzählen, ob er wirklich rote Haare hatte oder ob Rema nur versucht, mich zu trösten. Die meisten Fotos, die wir von ihm haben, sind schwarzweiß. Und auf den Farbigen hat er entweder einen Hut auf oder bereits eine Glatze.

Ich stehe auf und setze mich in meinem Schlafshirt an meinen Schreibtisch. Dort hängt noch ein voll gekritzelter Zettel. Wir hatten mit unserer Tierschutzgruppe *Auroras Freunde* nämlich vor zwei Wochen eine geniale Idee, um Leute aufzurütteln.

Das machen wir ab und zu mal. Leute aufrütteln, meine ich. Denn, wenn das keiner täte, würde das ganze Elend auf dieser Welt immer so weiter- und weitergehen. *Auroras Freunde* haben wir letzten Herbst mit ein paar Leuten aus unserer Umwelt-AG gegründet. Und weil unsere Aurora ja auch ein gerettetes Tier ist, haben wir uns nach ihr benannt.

Mit *Auroras Freunden* verteilen wir oft Flugblätter auf dem Marktplatz und versuchen dabei, mit Leuten ins Gespräch zu kommen. Das größte Problem ist ja nicht, dass Menschen die grausamen Missstände in der Tierhaltung für okay halten – nein, ganz und gar nicht. Das größte Problem ist, dass die meisten Menschen immer noch keine Ahnung haben, WIE schlimm es in manchen Tierställen wirklich zugeht. Ich fürchte, die meisten wollen es auch gar nicht wissen, sonst würde ihnen das Fleisch auf dem Teller nämlich nicht mehr schmecken. Doch vom Weggucken wird nichts besser. (Das hat uns Rema beigebracht.)

Mal ganz davon abgesehen, dass noch weniger Menschen wissen, wie mies es den Eisbären im Nordpolarmeer geht, jetzt, wo die Pole schmelzen, und wie viele andere Probleme – auch für Menschen, und nicht nur für die Eisbären — das in der Zukunft bringen wird. Aber dazu schreibe ich erstmal den Artikel für die Schülerzeitung. Ob wir dann zu dem Thema noch eine Aktion machen, überlegen wir uns bei unserem nächsten *Auroras Freunde*-Treffen.

Aber unsere Aufrüttel-Aktion gegen den Massenkonsum von Fleisch, das war eine richtig geniale Idee.

Wir haben eine Zeitungsanzeige aufgegeben, und zwar unter den Sterbeanzeigen. Also dort, wo normalerweise steht, wer gestorben ist. Wir haben in dieser Anzeige bekannt gegeben, dass ein Kälbchen namens Klara gestorben ist. Und wir haben sehr deutlich darunter geschrieben, dass dieses Kalb nur sterben musste, damit die Leute noch mehr und mehr und mehr Fleisch essen können. Wenn Menschen nämlich deutlich weniger Fleisch essen würden, müssten deutlich weniger Tiere dafür sterben.

Ehrlich! In früheren Jahrhunderten haben Menschen einmal die Woche Fleisch gegessen. Meistens am Sonntag. Aber heutzutage wollen verrückt viele Leute jeden Tag in der Woche Fleisch auf dem Teller haben. Denken die eigentlich mal darüber nach, wie elend Tiere leiden müssen, damit diese Massen an Fleisch überhaupt erst produziert werden können?

Früher gab es nette, kleine Bauernhöfe, wo Tiere ein glückliches Leben auf Weiden verbrachten. Und ab und zu wurde dann eins geschlachtet.

Heute werden aber so unfassbar viele Tiere benötigt, weil unfassbar viele Menschen echt unfassbar viel Fleisch essen wollen, dass es gar nicht genug Platz gäbe, um diese Massen von Tieren wirklich artgerecht unterzubringen. Und ich will mich in diesem Moment gar nicht wieder über die grausame Hühnerhaltung aufregen. Hühnergefängnisse, nennt Kenny diese riesigen Hallen sehr treffend. Doch Gefängnisse sind eigentlich Luxushotels dagegen!

Ein Glück war Walter Walbohm damals vor ein paar Jahren so mutig und hat Aurora aus solch einem Gefängnis rausgeholt und sie bei sich versteckt. Und wir – Tessa, Malea, Gregory und ich – können natürlich auch stolz sein, dass wir vor ein paar Monaten aus der Hühnerfabrik in unserer Stadt ein Dutzend Hühner gerettet haben. Und weil wir mit denen damals sogar ins Fernsehen kamen, hat das dann endlich zur Schließung dieses grausamen Stalles geführt.

Mit der Kälbchen-Zeitungsanzeige wollen wir den Leuten klar machen, dass es tatsächlich denkende, fühlende Wesen sind, die sie auf ihren Tellern verspeisen. Dass diese Tiere eine Mutter haben, der das Herz rausgerissen wird, wenn ihr Kälbchen einfach verschwindet, und dass das nicht weniger schlimm ist, als wenn einer Menschenmutter ihr Kind weggenommen wird.

Oh ja, so empfinde ich das! Ich finde sogar, dass man überhaupt gar kein Fleisch essen sollte.

Doch Gregory und die anderen meinen, dass wir das den Leuten selbst überlassen sollten. Und es stimmt, es wäre schon großartig, wenn alle Menschen auf der Welt viel, viel weniger Fleisch essen würden. Dann gäbe es jedenfalls viel weniger Elend auf der Welt. Und übrigens auch weniger Hunger auf der Welt.

Es ist nämlich so: Um genug Futter für all die Massen von Tieren anzubauen, die Menschen plötzlich essen wollen, braucht man riesige Flächen, um das Futter für diese Tiere anzubauen. Dabei wäre es viel sinnvoller, auf den gleichen Flächen stattdessen Weizen oder Roggen anzupflanzen, um daraus Brot zu machen. So könnte man mit der gleichen Fläche Land viel, viel mehr Menschen ernähren. Und damit wäre wirklich ein großes Problem auf dieser Welt gelöst.

Es gibt ja immer noch unheimlich viele Länder, in denen Menschen verhungern müssen, weil einfach nicht genug Essen für sie da ist. Wenn bei uns alle weniger Fleisch essen würden, gäbe es in anderen Teilen der Welt weniger hungernde Menschen. So einfach ist das. Doch leider sind diese Zusammenhänge nur ganz wenigen Leuten klar.

Klara Kälbchen ist natürlich kein Kalb, das wir wirklich kannten. Den Namen haben wir uns ausgedacht. Wir brauchten einen Namen, damit die Zeitungsanzeige möglichst echt aussieht. Und damit möglichst viele Leute sie lesen und hoffentlich anfangen, ein bisschen über diese Sache mit dem Fleisch nachzudenken. Ach, ich hoffe sehr, dass das passiert!

Ich werde nachher mal runter in den Ort gehen und mir eine Zeitung kaufen. Denn heute ist endlich der Tag. Heute wird unsere Anzeige erscheinen. Die will ich mir natürlich ausschneiden und in einem Rahmen übers Bett hängen, damit ich diese klasse Aktion nicht vergesse.

Oh, diese herrliche Schlagzeugruhe im Haus!

Das ist auch so ein Ding. Außer mir scheint hier niemand Ruhe zu schätzen. Ich sag's ja, ich gehöre nicht in diese Familie!

Jetzt muss ich allerdings das erste Mal grinsen, als ich das denke. Denn in jeder Familie gibt es wohl total unterschiedliche Menschen. Und ich glaube, das, was eine Familie verbindet, sind nicht die äußerlichen Ähnlichkeiten, die da sind oder nicht da sind. Ich glaube, das, was eine Familie zusammen hält, ist einfach … Liebe. Ganz einfach nur Liebe.

Hihi, so gesehen ist Gregory jetzt auch meine Familie! Aber das ist er ja sowieso schon lange. Und meine beste Freundin noch dazu. Hach, sagte ich es schon? Ich bin einfach glücklich!

Ich lege die Beine auf den Tisch und schaue mit breitem Lächeln aus dem Fenster.

Huch? Was ist denn das plötzlich für ein Krach da draußen? Streiten sich da welche? Direkt vor unserem Gartenzaun? Können die an so einem lauschigen Sonntagmorgen nicht woanders Lärm machen?

Gibt es ja wohl nicht! Ich nehme meine Beine wieder vom Tisch und muss mich direkt mal neugierig aus dem Fenster lehnen.

WAS? Da ist ja Walter Walbohm! Mit wem streitet der denn? Und worüber um alles in der Welt? (Walter streitet nie!)

Ich stecke meinen Kopf noch weiter aus dem Rahmen, um zu hören, worum es geht.

»… ist das Absurdestes, was ich je gehört habe!«, brüllt Walter gerade einen Mann an, der fast einen Kopf größer ist als er.

(Walter brüllt? Walter brüllt NIE!)

»Wohnt hier diese Olivia Martini oder wohnt sie hier nicht?«, schnauzt der Mann zurück.

Und eine Frau, die neben ihm steht, keift: »Dass es so was in unserer Stadt gibt, ist ein Skandal!«

Ein Skandal? Was ist ein Skandal? Dass es *mich* gibt? Wovon redet die? Und – HILFE! – was will dieser wütend aussehende Riese von mir?

Einen scheußlichen Moment lang fühlt sich mein eben noch so glücklicher Bauch plötzlich flatterig und angsterfüllt an. Was habe ich denen denn getan?

Mist, jetzt habe ich nicht gehört, was Walter eben gesagt hat!

»Das will ich mit eigenen Augen sehen!«, brüllt der Mann jedenfalls als Antwort zurück.

»Ganz genau!«, keift die Frau. »Sonst holen wir die Polizei! Die wird schon wissen, was man mit solchen Leuten macht!«

Die Polizei? Oh Gott, ich muss sofort runter!

In mittlerem Schockzustand torkele ich zur Tür.

Hilfe, meine Beine sind ganz wackelig! Sollte ich vielleicht lieber Iris und Cornelius wecken?

Quatsch! Walter Walbohm ist ja unten. Ich hab nichts getan, also können die mir gar nichts. (Äh, oder?) Und wenn, dann wird mir Walter garantiert helfen.

Entschlossen reiße ich die Tür auf und presche in den Flur und die Treppe runter, bevor ich es mir noch anders überlege (und mich lieber unter dem Bett verstecke). Und knalle voll in Kenny rein.

»Kenny!« In meiner Eile hab ich die arme Kenny, die die Treppe hochstapfte, direkt umgenietet. »Hast du dir wehgetan?«

Kenny rubbelt sich die Nase, aber schüttelt wacker den

Kopf. »Nö. Aber ich wollte gerade zu dir. Da draußen …« Sie deutet aufgeregt zur Haustür. »… da sind Leute, die nach dir fragen.« Unglücklich guckt sie zu mir hoch. »Die sehen voll böse aus.«

Ich schlucke. »Ich weiß. Hab's gerade vom Fenster aus gesehen.«

»Warum sind die so böse, Livi?«

Ich hole tief Luft, meine Beine wackeln immer noch. »Keine Ahnung. Aber das werde ich rausfinden.«

Kleinen Schwestern darf man nicht zeigen, dass man Angst hat. Und sich selbst manchmal auch nicht. Sonst tut man nämlich nicht mehr das, was richtig ist. Und richtig ist natürlich, sofort rauszufinden, was die wollen.

Mit wabbeligen Knien öffne ich mutig die Haustür. Beim Klicken der Tür hören die drei abrupt auf zu debattieren und reißen ihre Köpfe zu mir herum.

»Ist sie das?«, fragt der Mann.

Einen charakterschwachen Moment lang hoffe ich inständig, dass Walter mit dem Kopf schüttelt und dem Typen versichert: *Aber nein, dieses Mädchen hier gehört überhaupt nicht zur Martini-Familie.*

Doch das tut er nicht. Walter sagt gar nichts. Er guckt nur sehr besorgt zu mir rüber.

Ich mache ein paar tapfere Schritte zur Gartenpforte hin. »Guten Tag? Gibt es Probleme?«

»Bist du Olivia Martini?«, brüllt mir der Mann ohne weitere Begrüßung entgegen.

Ich nicke. »Ja?«

Sofort kommt die Frau hinter dem Rücken ihres Mannes hervor und geht mit erhobener Faust auf mich zu. »Dass du dich nicht schämst! Wo leben wir denn hier – im Mittelalter?«

Darauf weiß ich nichts zu sagen. Hilflos gucke ich zu Walter rüber. Doch der zuckt nur ebenso ratlos mit den Schultern.

»Du kannst deinen Eltern gleich sagen…«, brüllt wieder der Mann, »…dass wir den Tierschutzverein alarmiert haben!«

Den *Tierschutzverein*?

Hinter dem Rücken der beiden zuckt Walter noch mal mit den Schultern.

Ich muss wohl wirklich komplett verwirrt aussehen, denn die Frau keift mich gleich wieder an: »Jetzt tu bloß nicht so! Grausame Verbrechen begehen und dann harmlos gucken, das hab ich gern!«

Verbrechen? ICH?

Jetzt wird's mir aber langsam zu bunt. »Entschuldigung, wer sind Sie und was wollen Sie von mir?«

»Eingesperrt solltest du werden!«, keift die Frau weiter, ohne auf meine Frage zu achten. »Du und dieser Gregory Hahn! Aber den werden wir auch noch finden, darauf kannst du dich verlassen!«

Gregory?

Ich merke, wie sich automatisch ein Beschützerinstinkt in meinem Körper ausbreitet. Meinen Gregory? Die greifen meinen Gregory an? Ha – da müssen sie aber erstmal an mir vorbei!

Oh – wie stark einen so ein Gefühl, jemanden beschützen zu wollen, macht! Stark und wütend!

Ich lege meine Stirn in drohende Falten und sehe wohl nicht mehr ganz so verwirrt oder ratlos aus. »Jetzt sagen Sie mir endlich, was Sie von mir wollen, sonst rufe nämlich ICH die Polizei! Sie begehen gerade Hausfriedensbruch!«

Ich glaube, so nennt man das, wenn Leute ohne Erlaubnis das Grundstück von anderen betreten.

HA – die Gesichter von den beiden!

Der Frau klappt glatt der Mund auf, und der Mann sieht so aus, als fielen ihm gleich die Augen aus dem Kopf.

»Na, du hast Nerven, Kleine!«, faucht der Typ. »Im Garten Tiere abstechen, aber UNS mit der Polizei drohen!«

Immerhin scheint mein Satz gewirkt zu haben, denn er zieht seine Frau am Jackenärmel zurück. Auf dem Weg zur Gartenpforte dreht er sich noch mal zu mir um. »Du und deine gewissenlos Familie, ihr hört noch von uns! So was lassen wir in unserer Stadt nicht zu!«

Und als die beiden sich endlich langsam davonmachen, scheint die Frau zumindest ihre Mundgelenksstarre überwunden zu haben.

Mit einer weit ausholenden Bewegung schmeißt sie etwas, das wie eine Zeitung aussieht, in unseren Garten und keift dazu in voller Lautstärke: »Das ist ja an Brutalität kaum noch zu überbieten! Und das in einer ganz normalen Wohngegend. Eingesperrt gehört ihr alle!«

Ich bin zu sprachlos, um zu reagieren. Ich gucke – genauso wie Walter – den beiden einfach nur hinterher.

Dann schaue ich vorsichtig hoch zu den Fenstern bei uns und bei Gregory nebenan, ob jemand von dem Krach aufgewacht ist. Doch alle Gardinen sind zugezogen.

»Jessasmaria …«, murmelt Walter und schüttelt so heftig seinen Kopf, als wolle er diese unangenehme Szene aus seiner Erinnerung wegschütteln.

Er kommt von der Straße den kleinen Weg zu unserer Haustür hoch, zieht eine Grimasse und seufzt: »Ich glaube, ich brauch jetzt einen Kaffee!«

Kenny

Wenn ich mich langweile, mache ich Reimquatsch. Das geht babyeierleicht. Ich stelle mir einfach vor, was bei uns so jeden Tag passiert:

»Mir ist heiß, da brauch ich Eis.
Aurora will Kuchen und fängt an zu suchen.
Aber bei Livi, gibt's nur 'ne Kiwi.
Und Walter, der ist schon ein Alter,
aber ein voll cooler Falter,
der mag auch gerne Kuchen,
die braucht er nicht suchen,
weil Rema die backt.
Und Aurora? Die kackt.«
Hihihi!

Wir sitzen voll gemütlich zu dritt in der Küche. Livi, Walter Walbohm und ich.

Ich finde es prima, dass ich endlich mal nicht die Einzige bin, die schon wach ist. Schade nur, dass Livi und Walter beide so kies-krümelige Gesichter haben.

»Ich fasse es nicht«, murmelt Livi immer wieder. »Wie konnten die nur darauf kommen, dass BEI UNS im Garten Tiere ermordet werden?«

Sie glotzt schon seit einer halben Stunde eine Seite in

einer Zeitung an, die diese blöde Frau mit dem blöden Mann über unseren Zaun geworfen haben.

»Ich meine …«, stöhnt Livi, »… hier doch steht einfach nur, dass ein Kalb gestorben ist.«

»Und dein und Gregorys Name«, sagt Walter Walbohm.

Walter hat die Seite auch schon mindestens fünfzigtausend Mal in die Hand genommen und gelesen.

»Wie kann man das bloß so komplett falsch verstehen?«, fragt Livi zum sechzigtausendsten Mal. »Wir haben doch nicht geschrieben, dass WIR das arme Kalb getötet haben.«

»Jemand hat ein Kalb tot gemacht?«, hab ich gleich am Anfang total erschrocken gefragt.

»NEIN!«, hat Livi sofort gerufen.

Das klang, als ob ich was voll Doofes gefragt hätte, jedenfalls nicht sehr nett. Deswegen hab ich Livi danach auch nicht sehr nett angeguckt.

Walter hat versucht, mir zu erklären, was passiert ist: »Die beiden Leute haben gedacht, dass Livi und Gregory ein Kalb geschlachtet haben.«

»Aber das habt ihr nicht, Livi, oder? ODER?«, hab ich ganz erschrocken gefragt.

»NEIN!«, hat Livi noch weniger nett gerufen. »Natürlich nicht!«

Klar. Natürlich ist das klar! Als ob Livi so was tun würde!

Doch dann hab ich nachgedacht. »WER hat denn dann ein Kalb tot gemacht?«

»KEINER!«, haben Livi und Walter beide genervt gerufen.

Und das klang so *total* NICHT nett, dass ich echt beleidigt war und mindestens eine Minute gar nichts gesagt hab. Pah, ich kann auch *nicht* nett sein!

»Die müssen sich die Zeitung morgens um sechs gekauft haben«, meint Livi jetzt und seufzt.

»Wollen wir Skat spielen?«, schlage ich vor. (Das spiele ich oft mit Rema und Walter Walbohm. Ich bin voll gut!)

Vielleicht kann ich Livi ja ein bisschen aufheitern. Andere Leute aufzuheitern ist ne gute Sache. Das findet jedenfalls Remi. Und meistens macht aufheitern auch mir Spaß.

Ich frage also total heiter: »Oder vielleicht *Mensch ärgere dich nicht?*«

Hihi! Ich muss richtig kichern. Ist das witzig oder ist das witzig? Denn genau das will ich ja. Dass sich Livi und Walter nicht mehr ärgern, hihihi!

Aber Livi und Walter antworten überhaupt nicht.

Sieht so aus, als müsste ich mir doch wieder allein was einfallen lassen. Ob ich mal gucke, ob wenigstens Aurora und Hugo schon wach sind? Und wo ist eigentlich Rema? Die schläft doch nicht etwa noch?

Ich schlürfe den Rest Kakao aus meinem Becher und schlüpfe durch die Gartentür nach draußen. Boah, ist das schön! Noch überhaupt nicht heiß, voll kühl. Nur fünfundzwanzig Grad oder so.

Schade, dass Rema nicht hier ist! Rema sagt, dass die Hitze sie immer *schwummerig* macht. Jetzt könnte sie mal hier sitzen, ohne schwummerig zu sein. Aber jetzt verpasst sie es, Arme Rema!

Außer …?

Ja, genau! Wenn Livi und Walter nicht aufgeheitert werden wollen, mache ich eben Remi eine Freude.

Ich laufe durch unseren Garten zum Zaun, klettere drüber, laufe durch die Büsche und hüpfe durch die Waschküche in Walter Walbohms Haus. Walter lässt die Waschküchentür immer auf, damit Aurora rein- und rausflattern kann, wie sie will.

Oh, und gerade jetzt will sie wohl noch nicht raus! Aurorachen sitzt in ihrem Bett aus Stroh und reckt ihren Hals ganz weit in meine Richtung. Aber irgendwie sieht sie gar nicht froh darüber aus, dass ich hier reingehüpft bin. Also ehrlich, was ist denn heute los?

Ich knie mich einen Moment zu ihr runter und kraule sie sanft über den Flügeln. Das mag sie gern. Ich glaube, sie sieht schon etwas zufriedener aus.

»Willst du mit hochkommen und Remi aufwecken, damit sie auch glücklich sein kann?«, frage ich Aurora freundlich.

»Tooooooook!«, macht Aurora und guckt, als hätte ich nicht mehr alle Federn beisammen.

»Dann eben nicht«, sage ich und laufe schon weiter.

Durch die Küche in den Flur und zur Treppe. Plonk, plonk, plonk, die Treppe hoch und ganz nach hinten in das Schlafzimmer, in dem Walter Walbohm und Rema schlafen.

Ich klopfe nicht an, weil Rema ja schläft und deswegen sowieso nicht antworten würde, sondern laufe gleich rein und renne zum Bett.

»Rema! Reeee-ma!« Nichts. In dem riesigen, weichen Berg in ihrem Bett bewegt sich nichts. Ich beuge mich über den Berg und suche Remas Kopf und ihr Ohr. Bestimmt ist sie nur ein bisschen schwerhörig. »REEEEEE-MAAAAA!«

Remas Kopf schießt so ruckartig aus dem Kissen hoch, dass ich meinen schnell wegziehen muss, sonst hätte ich jetzt eine Beule an der Stirn.

»JA?«, krächzt Rema. »WAS? FEUER?«

Dann sieht sie mich neben dem Bett stehen. »KENNY! Was ist passiert?«

Ich lächele sehr freundlich. »Ich wollte dir eine Freude machen.«

»WAS?« Rema sieht irgendwie wie ein Geist aus. Und müde.

Langsam richtet sie sich auf und lehnt sich gegen die Wand hinter dem Bett. Der ganze große Berg wabbelt hin und her.

Dann schiebt sie das Laken, das über ihr war, weg. »Oh Himmel, ist das heiß!«

Der weiche Berg ist immer noch da. Das meiste vom kuscheligen Berg ist nämlich Rema selber und nicht etwa die Bettdecke.

»Deswegen hast du mich geweckt?«, fragt Rema erstaunt. »Um mir eine Freude zu machen?«

Ich nicke. »Draußen ist es nämlich gerade gar nicht heiß.« Und weil Rema immer noch nicht so glücklich aussieht, wie man denken sollte, füge ich schnell noch »Ist das toll oder ist das toll?« hinzu.

Rema seufzt und schielt zu ihrem Wecker auf dem Nachttisch. »Noch nicht mal ACHT UHR?«

»Nein«, nicke ich strahlend. »Deswegen ist es ja so klasse kühl draußen.«

»Hach-je!«, macht Rema und seufzt noch mal.

»Wollen wir Erdbeeren pflücken und Erdbeerpfannkuchen backen?«, frage ich mit großen Augen, weil mir dieser voll-tolle Einfall gerade eben gekommen ist.

Da lächelt Rema endlich. Und schwingt ihre Beine aus dem Bett. »Jawoll, Kennylein, das machen wir!«

Dann lacht sie. »Hat Walter dich geschickt, um mich aus dem Bett zu schmeißen?«

Ich schüttele den Kopf und grinse stolz. »Nö, das war meine Idee.«

Da lacht Rema noch mehr und wuschelt mir durch die Haare. »Ist denn bei euch schon jemand auf, außer dir?«

Ich nicke. »Livi und Walter sitzen in der Küche.«

Und dann erzähle ich Rema alles von den brüllenden Leuten vor unserem Haus, und dass das irgendwas mit der Zeitung zu tun hat, die jetzt auf unserem Küchentisch liegt, und dass Livi und Walter bestimmt einen dicken Erdbeerpfannkuchen gebrauchen können.

»Na, das klingt mir aber auch so!«, meint Rema. »Zur Sicherheit pflücken wir lieber noch ein paar mehr Erdbeeren. Ich hab das leise Gefühl, wenn der Backduft durchs Haus zieht, wird eure Küche schnell noch etwas voller werden.«

Tessa

Wie ist das eigentlich später? Ich meine, wenn man sich mal für einen Mann entschieden hat, mit dem man zusammen leben will und dann auch mit dem zusammen lebt? Ich meine, jeden Tag zusammen lebt. Also – äh, praktisch IMMER. Kann man da wenigstens mal Urlaub nehmen oder so?

Socorro! Hilfe – meine Nerven! Unsere Küche ist ja praktisch nie leer, aber dass sich absolut ALLE gleichzeitig darin drängeln, kommt nun doch selten vor. Hier ist es ja voller als im Freibad.

Nach einem langen Arbeitstag gestern stehe ich gerade eben auf und bereite mich langsam auf den Tag vor.

(Dodo und ich haben letzte Woche ganz unfassbar teintschmeichelnden Lidschatten entdeckt – gar nicht teuer! Sieht man kaum. Nur ein winziger Hauch feinster Silberpuder über den Augen, schon wirkt man, als käme man frisch vom Strand. Der reinste Zauberstaub! Für hart arbeitende Geschäftsfrauen wie uns sind solche Fundstücke Gold wert.)

Ich komme also runter, freue mich auf ein sanftes, gesundes Frühstück, öffne ahnungslos die Tür zur Küche und …

werde von Menschenmassen erschlagen. Muchas gracias, vielen Dank auch! Leben wir eigentlich in einem Hotel?

Mein Blick schweift kurz über den Tisch. Wo sind denn schon wieder die Croissants? Da liegt ja nur Schwarzbrot. Sollte man sonntags nicht Croissants essen? Wie oft hab ich Cornelius schon gesagt, dass es nicht schaden würde, wenn die Essenskultur im Hause Martini mal ein bisschen gehobener würde?

»Hallo, mi amorrr!«

Och nee, nicht auch das noch!

Javiers braune Augen strahlen mich vom Esstisch her so liebevoll an, dass ich gleich wieder umdrehen möchte. Irgendwie kriege ich in letzter Zeit von all der Liebe in seinem Blick immer so einen Druck im Magen.

Als Nächstes knallt mir Iris in meinen leeren Bauch. »Es ist fast Mittag, Tessa! Was machst du bloß so lange im Bett?«

Mich erholen, denke ich. Und mich mal einen Moment auf mich konzentrieren. Schließlich habe ich nicht, wie alle anderen hier, einen freien Tag vor mir, sondern muss um drei schon wieder bei der Band-Probe sein.

Meine Termine nehme ich ernst. Schließlich bin ich Profi. Bei ALLEM, was ich mache.

Das mit SOS läuft wirklich gut im Moment. Mit allen in der Band, aber besonders mit Jasper, dem Lead-Gitarristen, komme ich super klar. Jasper und ich haben jetzt schon fast ein Dutzend Songs zusammen geschrieben. Wann immer ich mit einer Textidee zu ihm komme, fängt er spontan an, auf der Gitarre zu klimpern, und hat im Nu eine perfekt passende Melodie dazu gefunden. Fast magisch, unsere Zusammenarbeit.

Jasper ist aber auch unheimlich talentiert. Wunderbarerweise denkt er übrigens das Gleiche über mich. (Wenn ich daran denke, dass ich vor einem Jahr noch nicht mal ahnte, wie gut ich singen kann – honesto, ehrlich, da hätte ich beinahe eine weitere grandiose Karriere verpasst!)

Neulich waren wir über Stunden so vertieft, dass wir glatt vergessen haben, zu Abend essen. Großzügig wie Jasper ist, hat er mich ins Casa Milano eingeladen und wir haben nonstop weiter über Musik geredet. Ich glaube, das war die leckerste Pizza meines Lebens. Und Jasper sagte beim Abschied, dass es der netteste Nachmittag und Abend war, den er in letzter Zeit hatte.

Muss direkt lächeln, wenn ich daran denke.

Deswegen will ich zur Probe heute auf keinen Fall zu spät kommen. Erst recht nicht unvorbereitet. Und schon gar nicht mit schlechter Laune. Weswegen ich gern ein *ungestörtes* Frühstück zu mir genommen hätte. Um mich innerlich auf Musik einzustellen. Meine Laune sinkt, denn das wird wohl nicht klappen.

»Guten Morgen, Prinzessin«, grüßt mich Cornelius. »Wenn du noch eine halbe Stunde warten kannst, hat Iris bestimmt den Salat fürs Mittagessen fertig. Oder, Schatz?«

Iris dreht sich lächelnd zu ihm um. »Kein Problem!«

Warum kichert denn Kenny jetzt?

»Schlafen Prinzessinnen immer so lang?«

Und wieso guckt sie mich dabei an? Soll ich darauf etwa antworten?

»Ich bin keine Prinzessin«, antworte ich übellaunig. »Ich bin eine hart arbeitende Geschäftsfrau, und ich möchte zum Frühstück keinen Salat, sondern Croissants oder Baguette und Milchkaffee.«

»Dann musst du auch zum Frühstück aufstehen«, gibt Iris trocken zurück. »Rema hat heute Morgen Erdbeerpfannkuchen gemacht.«

»Waaaas?« Also das ist doch wieder typisch! Und natürlich haben diese Gierhälse mir nichts übrig gelassen.

Javier sieht ein kleines bisschen schuldbewusst aus.

»Javi hat sieben gegessen!«, kichert Kenny.

Ich werde noch übellauniger.

»Na-na!«, macht Rema beschwichtigend. »Ich kriege bestimmt noch einen weiteren Pfannkuchen hin. Setz dich erst mal, Liebes!«

Ach ja? Wohin denn? An unserem Tisch sitzen bereits Kenny, Walter und Rema, Iris und Cornelius, Javier, Ramón und Livory.

Livory sitzen blöderweise auf zwei verschiedenen Stühlen. Die könnten sich doch wirklich einen teilen, so zusammengewachsen, wie die sind!

Malea hockt mit angezogenen Beinen auf dem Sofa in der Ecke und muffelt. Möchte wissen, warum sie in den letzten Tagen so trübsinnig aussieht.

»Renate-Oma und ich setzen uns zu Malea aufs Sofa«, bietet Walter Walbohm an. »Das ist auch viel bequemer mit dickem Bauch.« Grinsend klopft er sich auf sein kleines Bäuchlein.

»Ach was«, meint Rema und erhebt sich, »ich steh ja sowieso am Herd und mach schnell den Pfannkuchen für Tessa.«

Dankbar lasse ich mich auf den frei gewordenen Stuhl fallen. Netterweise hat mir Ramón sogar einen Teller aus dem Schrank hinter sich geangelt.

»Gracias!«, lächele ich zu ihm rüber und frage dann in die Runde: »Wieso seid ihr eigentlich alle schon so früh auf?«

»In Walters Haus ist jemand ein wenig laut die Treppe hoch geplonkert«, erklärt Rema und grinst Kenny verschmitzt an, »so laut, dass die armen Jungen fast aus dem Bett gefallen sind.«

»Hihi«, macht Kenny mit großen Kicheraugen.

»Iris fühlt sich nicht gut und konnte nicht mehr schlafen«, erzählt Rema weiter, »und Livi hatte heute Morgen ein bisschen Ärger, was Livi?«

»Pfff«, macht Livi und ihr eben noch weiches Gesicht wird sofort erschreckend oscura – absolut stockduster.

»Ach ja? Was war denn?«, frage ich interessiert.

Als Rema mir ein paar Minuten später den köstlichsten aller Pfannkuchen auf den Teller legt, habe ich die ganze Geschichte gehört.

»Mann, Livi!«, stöhne ich ehrlich besorgt.

Meine Tiersschutz-Schwester Livi ist manchmal echt zu naiv für diese Welt. Als großer Schwester könnten einem da leicht vorzeitig graue Haare wachsen.

Wenn man nicht aufpasst!

Aber das tue ich natürlich. Jeden Sonntagabend packe ich für zwei Stunden eine Klettenöl-Packung in meine Haare. Eingewickelt in ein Handtuch. Eine bessere Pflege und Versorgung mit Nährstoffen gibt es nicht.

Doch zurück zu meiner naiven Problem-Schwester.

»Ihr dürft das auf keinen Fall einfach laufen lassen! Wenn solche Hammelhirne wie dieses Ehepaar wegen eurer Zeitungsanzeige denken, dass IHR hier Tiere absticht, dann könnt ihr das nicht ändern. Dass Leute dämlich sind, kommt vor. Und dass sie zu dämlich sind, um Anzeigen richtig zu verstehen, ist wirklich nicht euer Problem.«

Ich hole Luft und gucke Livory tief in die Augen. Ah, prima, sie lauschen mir andächtig!

Mit Elan erkläre ich eindringlich weiter: »Ihr müsst aber

aufpassen, dass die das nicht in der ganzen Stadt herumerzählen. Wenn andere Leute nämlich eure Anzeige gar nicht gelesen haben, aber diesen beiden Idioten den Blödsinn glauben, den sie über euch verbreiten, DANN habt ihr ein Problem!«

»W-w-wie meinst du das?« Livi, die kleine Maus, guckt mich mit schreckgeweiteten Augen an.

Honesto! Meine Schwestern! Wie würden die eigentlich alle klarkommen, wenn ich nicht immer so vernünftig und vorausdenkend wäre?

»Ich meine …«, erkläre ich noch einmal, während ich genüsslich einen krossen Pfannkuchenbissen mit zuckersüßen Gartenerdbeeren runterschlucke, »ich meine, dass ihr den beiden zuvorkommen müsst.«

Jetzt guckt auch Gregory alarmiert. »Wie sollen wir das denn machen?«

Tssss, also ALLES kann ich natürlich nicht für meine Schwestern regeln!

Ich zucke mit den Schultern. »Keine Ahnung. Vielleicht solltet ihr eine zweite Anzeige schalten, die das klarstellt?«

»Die kommt dann frühestens in einer Woche raus«, antwortet Gregory. »So was dauert immer ein paar Tage bei der Zeitung.«

»Oh je«, seufze ich. »WENN diese beiden von heute Morgen das, was sie denken, überall rumerzählen, dann ist es für eine Richtigstellung in einer Woche garantiert zu spät. In einer Woche weiß bereits die ganze Stadt, dass ihr hier Tiere schlachtet.«

»Aber wir schlachten hier doch gar keine Tiere!!« Livi heult fast.

»Hm«, schaltet sich jetzt Walter vom Sofa aus ein. »Vielleicht stellt ihr ein Plakat vors Haus, das das Missverständnis richtig stellt? Vielleicht erwähnt ihr, dass ihr eine Tierschutzorganisation seid und nicht etwa das Gegenteil?«

»WAS?«, quietscht Iris auf, die an der Anrichte Salat schnippelt. »Ich will in meinem Vorgarten kein Schild haben, auf dem steht, dass wir hier KEINE Tiere schlachten! Wie sieht denn das aus?«

Gleich danach taumelt sie ein wenig nach hinten und hält sich an Gregorys Stuhllehne fest.

»Liebling?« Cornelius schießt von seinem Stuhl hoch. »Alles in Ordnung? Komm, setz dich!«

Rema wischt sich eilig die Hände ab und stützt Iris. »Ist dir schwindelig geworden?«

»Mir ist schon seit gestern Abend schwindelig«, murmelt Iris und sieht wirklich gar nicht gut aus, »fast die ganze Zeit. Und schlecht ist mir auch.«

»Ist unserem Baby auch schwindelig, wenn dir schwindelig ist, Mama?«, will Kenny wissen.

Iris ringt sich ein Lächeln ab. »Das glaube ich nicht, Kennylein!«

Cornelius sieht da nicht so sicher aus. »Also, dein Unwohlsein, das dauert mir jetzt ein bisschen zu lange, Schatz. Vielleicht sollten wir zur Sicherheit ins Krankenhaus fahren und checken lassen, dass alles in Ordnung ist, hm?«

»Unbedingt!«, stimmt Rema sofort zu, dabei ist Rema sonst nicht sehr panisch veranlagt. »Ich glaube, das ist eine gute Idee.«

»Was für ein Blödsinn!«, widerspricht Iris. »Ich kann doch nicht jedes Mal ins Krankenhaus fahren, wenn ich mich nicht gut fühle. Eine Schwangerschaft bringt eben ein bisschen Übelkeit mit sich. Glaubt mir, ich habe nämlich bereits vier Schw…«

Genau in diesem Moment bricht sie ab. Ihre Augenlider

weiten sich erst und klappen eine Sekunde später zusammen. Genauso wie die restliche Iris.

»Mamaaaaaa!«

»Iris!!«

»Schatz!!!«

»Kind!!!!«

Rema, die zur Unterstützung ihren Arm unter Iris' Schulter geschoben hatte, ist mit zu Boden gegangen und kauert jetzt neben ihr. »Iris-Kind, sag doch was!«

Vor Schreck sind wir alle aufgesprungen und drängeln uns auf den Küchendielen.

»Notruf!«, brüllt Cornelius. »Krankenwagen!!!«

»Bin am Telefon!«, brüllt Walter Walbohm mit dem Handy am Ohr vom Sofa genauso knapp zurück und spricht auch schon ins Telefon. »Ja, guten Tag, Notfall in der Kastanienallee …«

»Iris?«, flüstert Cornelius mit seinem Gesicht ganz nah an Iris' und streicht immer wieder über ihre Stirn. »Liebling, wach doch auf!«

Doch Iris klimpert nicht mit der kleinsten Wimper.

Livi

»Niedergegangen ist die Sonne,
Doch im Westen glänzt es immer;
Wissen möcht ich wohl, wie lange
Dauert noch der goldne Schimmer?«
Warum fällt mir denn jetzt schon wieder ein Goethe-Gedicht ein?

Was für ein Tag!

Ich liege fast genauso im Bett wie vor ungefähr fünfzehn Stunden. Das Fenster ist auf, die Sonne färbt den Himmel rot und die Vögel sind mit dem Abendkonzert beschäftigt.

Ich bin versucht, genauso wie heute Morgen, mit den Zehen zu wackeln. Doch mir ist nicht danach. Dieser Tag hat mich ausgeknockt, als hätte ich fünfzehn Mathearbeiten geschrieben. Das Einzige, was anders ist, ist, dass Gregory neben mir liegt.

»Soll *ich* ein bisschen mit den Zehen wackeln?«, bietet Gregory an, als ich ihm erzähle, wie wunderbar heute Morgen alles aussah. »Vielleicht fühlst du dich dann besser?«

Ich kichere und knuffe ihn aus Spaß in die Seite, sodass er fast vom Bett fliegt.

Gregory kichert ebenfalls, während er sich an der Bettdecke festhält und sich langsam wieder zu mir hochzieht.

Als er wieder neben mir liegt, nimmt er mich in den Arm und gibt mir einen Kuss auf die Stirn. »Nichts war heute so schlimm, als dass wir die ganze Nacht unglücklich sein müssten.«

»Hm«, mache ich und gebe dann langsam zu: »Ich weiß.«

Obwohl ich das eigentlich überhaupt nicht weiß. Und vor allem nicht glaube. Aber ich will nicht als Schwarzmalerin rüberkommen.

»Iris geht es gut«, beruhigt mich Gregory.

Das stimmt zum Glück.

Als die Sanitäter unsere leblose Mutter auf die Trage legten, kam es mir so vor, als würde der gesamte Raum, die gesamte Welt plötzlich dunkel werden. Mir war überhaupt nicht klar, WIE lieb ich Iris habe. Auch wenn sie für den Rest meines Lebens Veilchen oder Lakritzbonbons in Kartoffelpuffern versteckt. Meine Mutter – meine allerbeste Mutter der Welt!

Wie konnte ich nur für eine Sekunde glauben, dass Iris nicht meine richtige Mutter und dass ich nur adoptiert sein könnte! Was für eine unfassbar dämliche Idee! So lieb kann man ganz bestimmt nur seine echte Mutter haben.

Bei der Erinnerung an den Krankenwagen muss ich vulkankratertief seufzen.

Ehrlich, das war fast der schlimmste Moment meines Lebens! Einen grausamen Augenblick lang dachte ich wirklich, sie stirbt.

Doch kaum hatten die Rettungsleute Iris nach draußen getragen, schlug sie die Augen auf.

»Ooooh, diese Hitze!«, waren ihre ersten Worte.

»Mein Kind!«, hauchte Rema, die fast so außer sich war, wie ich. »Oh Gottogottogott!«

Ich glaube, wenn man einmal Mutter ist, ist man immer Mutter. Auch wenn die Tochter schon längst vier eigene Töchter hat. Und jetzt zum fünften Mal schwanger ist.

Rema jedenfalls musste sich den restlichen Nachmittag hinlegen. Im Garten in einem Liegestuhl im Schatten und mit etwa zwei Litern selbstgemachtem Kirschsaft neben sich.

Ob Iris' Zusammenbruch mit der Schwangerschaft zu tun habe, wollten wir natürlich wissen, nachdem Cornelius nach zwei Stunden endlich aus dem Krankenhaus anrief.

Es ging ihr da schon wieder ganz gut und tatsächlich wollte sie unbedingt sofort zurück nach Hause. (Das ist sooo Iris!) Doch das wollten weder das Krankenhaus noch Cornelius. Die Ärzte bestimmten, dass Iris mindestens zwei Nächte zur Beobachtung da bleiben muss. Vor allem, weil sie Ruhe haben soll, um sich zu erholen. (Und, okay, Ruhe ist vielleicht das, was es in unserem Haus nicht ganz so viel gibt).

Cornelius hat spontan entschieden, dass er bei ihr bleibt. Ich glaube, er hat immer noch Angst um sie. Auch wenn das Krankenhaus Entwarnung gegeben hat.

Ich seufze trotzdem noch mal.

»Kommst du morgen nach der Schule mit ins Krankenhaus, Iris besuchen?«, frage ich.

»Logisch«, murmelt Gregory, der schon halb am Wegschnarchen ist.

Wie können Jungs bloß in solch intensiven Momenten einschlafen?

»Hrrrrpssssss«, macht Gregory neben mir.

Ich fasse es nicht! Der ist wirklich eingeratzt?

Unsanft boxe ich ihn in die Seite. Ich meine, hallo? Die Sorge um Iris ist ja nicht unser einziges Problem!

Dabei hatte ich mich so auf den Tag der Veröffentlichung von unserer tollen Anzeige gefreut! Na ja, wenn ich ein bisschen drüber nachdenke…, womöglich doch keine ganz so tolle Anzeige? Obwohl…

Ich frage mich, ob dieses grässliche Brüll-Ehepaar von heute Morgen vielleicht doch die Einzigen sind, die unseren Text so missverstanden haben. Immerhin sind keine weiteren wütenden Menschen vor unserem Gartenzaun aufgetaucht. (Insgeheim hatte ich das schwer befürchtet.) Vielleicht mache ich mir viel zu viele Sorgen?

Ich boxe Gregory noch mal. Unfassbar, wie tief Jungen schlafen!

»Hä? Was – was ist?« Gregory starrt mich an, als wäre ich ein Ufo. »Spinnst du?«

»Du hast geschlafen!« Ich fürchte, der Vorwurf in meiner Stimme ist nicht zu überhören.

»Ja«, grinst Gregory, »und das war wunderbar. *Bis* du mich gehauen hast!«

»Du kannst doch hier nicht einschlafen!«

»Wieso nicht?« Jetzt grinst Gregory noch breiter.

»Weil…, weil…« So was Blödes, was soll denn das? »Das weißt du genau!«

Gregory reißt die Augen auf und macht einen auf Kaninchen. »Nein, ich hab keine Ahnung.«

»Blödmann!«

»Blödfrau!«, gibt Gregory zurück.

»Ich?« Also echt! »Wieso ich?«

Gregory gibt mir einen Kuss auf die Nase. »Wieso schläfst du nicht einfach auch?«

Weil ich eine grässliche Panik habe, dass diese Leute von heute Morgen inzwischen wirklich der halben Stadt erzählt haben, dass bei den Martinis Tiere geschlachtet werden! Und weil ich an nichts anderes denken kann.

»Weil du zu Hause schlafen musst«, antworte ich.

»Wieso?«, fragt Gregory – ignorant lächelnd.

»Frag nicht so doof«, raunze ich, aber lächele auch.

»Meine Mutter und Goldi sind im Theater«, fängt Gregory an, »die sind nicht vor eins zurück. Und dann überprüfen sie garantiert nicht mein Zimmer, ob ich auch brav in meinem eigenen Bett schnarche.«

Er grinst eine Weile still weiter.

»Und *eure* Eltern sind im Krankenhaus«, stellt er dann messerscharf fest. »Und Rema schläft jetzt immer bei Walter.«

»Aber …«, versuche ich irgendwas zu erwidern.

»Aber nix«, meint Gregory resolut. »Was soll dieses ganze Gezicke? Wenn wir was hätten tun wollen, was wir vielleicht lieber erst später mal tun, dann hätten wir es schon längst tun können. Oder?«

Ich nicke stumm.

»Also!«, stellt Gregory fest und lehnt sich wieder aufs Kissen zurück. »Und überhaupt! Es wäre ja nicht das erste Mal, dass wir nebeneinander schlafen, oder?«

Das stimmt auch. Wir haben schon wunderschöne Nächte im Zelt unten am Flussufer verbracht.

Ach, was soll's! Selbst wenn Iris und Cornelius oder Sibylle und Goldi irgendwann rauskriegen sollten, dass Gregory hier übernachtet hat, dann ist das wohl immer noch unser kleinstes Problem. Und außerdem …

… merke ich gerade, dass ich mir auch über all den anderen Kram nicht halb so viele Sorgen mache, wenn Gregory neben mir liegt.

Huuuaaaaa …, gähn! Ich glaube, ich werde sogar allmählich richtig müde.

»Gute Nacht, Gregory!«, murmele ich, ohne noch weiter zu argumentieren.

»Gute Nacht!«, murmelt Gregory zurück, zieht meinen Hinterkopf zu sich rüber und vergräbt sein Gesicht in meinem Haar.

Ich merke richtig, wie ich mich Stück für Stück entspanne. Die Welt ist vielleicht wirklich nicht so übel. Und das Problem mit der Anzeige werden wir schon lösen. Hoffe ich jedenfalls.

Malea

Wenn ich jetzt ein Delfin im Meer wäre, würde ich einfach mal eine Runde um die Welt schwimmen. (Auf dem Land finde ich das leider zu anstrengend).

Pah – vielen Dank! Ich hab eben kurz gesagt, dass ich heute Morgen allein zur Schule gehe und bin einfach abgehauen, bevor Livory und Tessa fertig waren.

Echt, was für eine Meerkacke! Ich hatte panische Angst, als Iris gestern plötzlich umgekippt ist. In unserer Familie kippt ja sonst nur Cornelius ständig aus den Latschen, bei dem ist das nichts Ungewöhnliches. Aber doch nicht Iris! Irgendwie ist das ein ganz schöner Schock.

Als wir dann hörten, dass alles in Ordnung ist und total erleichtert waren, und als dann Tessa mit zwei Stunden Verspätung doch noch zu ihrer Bandprobe abgehauen ist, da hab ich mal ganz leise gewagt, zu erwähnen, dass ich gestern ebenfalls umgekippt bin. Im Wald am Freibad. (Und übrigens war Iris die Einzige, die sich wirklich um mich gesorgt hat, als ich gestern nach Hause kam. Und die ist jetzt im Krankenhaus.)

»Aber das war doch wegen der Hitze, Liebes!«, hat Rema gesagt. »Dein Kreislauf hat schlapp gemacht, weil du den ganzen Tag nichts getrunken hattest. So was kann leicht passieren. Besonders im Wachstum.«

Im Wachstum – ha!

Als Nächstes hat Walter leise in Remas Ohr geflüstert: »Ich glaube, Malea kommt allmählich in die Pubertät, was meinst du?«

Und Rema hat gekichert und genickt.

Gekichert! Ich meine, haben die alle Meerwasser getrunken? Was gibt's denn da zu kichern? Und was für ein wellenwässriger Meerschaum ist das überhaupt! *Pubertät!* Vielen Dank auch!

Heute Morgen hat dann Tessa tatsächlich auch noch die Frechheit gehabt, zu fragen, wieso ich seit Tagen so muffelig sei.

Muffelig – ICH??? Waaaaaaah! Da hat's mir gelangt! Kann man ja wohl verstehen, dass ich es vorgezogen hab, allein zur Schule zu gehen. Echt! Was für eine Wasserrattenpampe!

Ich starre nach unten auf den Bordstein und kicke sauer ein paar Steine vor mir her. Bis ich aufschauen muss, weil plötzlich zwei lange Beine im Weg stehen. Huch?

Vor mir steht ein Mann, der nicht so richtig freundlich aussieht. »Bist du nicht eine von den Martini-Schwestern?«

Uh, ich hab grad gar kein gutes Gefühl!

»Na? Bist du stumm?«

»Nee. Aber Sie stehen im Weg!« Ich mache schnell einen Schritt auf die Straße, um um ihn herumzugehen.

Er macht noch schneller ein paar Schritte zurück und pflanzt sich in seiner ganzen Breite und Höhe wieder vor mir auf, sodass ich anhalten muss. »Nicht so schnell, junge Dame!«

Der Kerl sieht aus wie ein Haifisch. Ich gucke mich um. Ist hier weit und breit niemand außer mir?

Meermist, ich bin ja eben viel zu früh abgehauen! Meine Schwestern und die anderen aus der Schule kommen wahrscheinlich erst in zehn Minuten hier vorbei.

Immer, wenn ich einen Schritt nach links mache, macht der Kleiderschrank einen Schritt nach rechts und umgekehrt. Was ich auch tue, ich hab ihn vor der Nase. Soll ich um Hilfe schreien? Ist auch ein bisschen albern, oder? Ich meine, bloß weil einem jemand dämlich im Weg rumsteht?

Der Typ versucht es jetzt tatsächlich mit einem Lächeln. »Guck mal, da vorne ist mein Auto! Ich kann dich schnell zur Schule fahren, wenn du mir dafür …«

Also jetzt reicht's! Für wie bescheuert hält der mich? Als ob ich in ein Auto von einem wildfremden Kerl einsteigen würde! BIN ICH DOOF? Nee!

Ich schubse den Mann so fest ich kann in die Seite und renne!

Und renne und renne und renne.

Nur höre ich leider seine Schritte dicht hinter mir.

Dort unten am Berg ist schon unsere Schule zu sehen. Wenn ich hier durch den Park laufe, statt an der langen Straße entlang, kürze ich mindestens fünf Minuten ab. Ich brauche es bloß durchs Schultor schaffen. Dann gibt der bestimmt auf und ich bin in Sicherheit.

Mit einem agentenscharfen Haken schmeiße ich mich links in die Büsche und rase quer durch die Parkflächen auf unsere Schule zu. Oh, James Bond wäre stolz auf mich! Schneller könnte auch der nicht den Hang runterfliegen.

Fliegen – ja, das wär's!

NEIN!

Waaaaah! AUA! Auuuu, verdammte Wurzel!

Hektisch rappele ich mich hoch und will schon weiter

rasen – egal schmerzendes Knie! – da spüre ich einen festen Griff an meinem Oberarm.

»Halt, halt, nicht weglaufen!« Der Kerl ist ebenfalls reichlich außer Atem. Doch dafür, dass er mindestens eine halbe Tonne Übergewicht hat, ist er erstaunlich fit.

Ich starre ihn wortlos an. Ist jetzt der richtige Moment, um zu schreien? Hier im Park sind noch weniger Leute unterwegs. Nämlich gar keine.

Er beugt sich zu mir runter und zieht mich hoch. »Du brauchst keine Angst vor mir haben, ich …«

(Jaja! *Du brauchst keine Angst zu haben!*, sagte der böse Wolf zu Rotkäppchen!) Mir läuft ein Schauer über den Rücken.

Der Kerl lässt meinen Arm nicht los, obwohl ich inzwischen stehe. »Komm – bitte – mit!«

Ich gucke mich noch mal um. Weit und breit keine Menschenseele. Hab ich eine Wahl?

Livi

Gregory ist meine beste Freundin, mein Bruder, mein Kumpel, mein Trostpflaster, mein Superman, mein Kopfkissen (wenn ich mich ankuscheln möchte), mein Boxpartner (wenn ich mich streiten möchte), mein Held, mein Ratgeber, mein Vorbild, mein Anker, mein allerbester Freund. Und das Beste ist, dass ich all das auch für ihn bin.

Ich hab Malea heute gar nicht in der Schule gesehen – du?«, frage ich Gregory auf dem Nachhauseweg.

Zum Glück hab ich mich wieder etwas entspannt. Nachdem ich morgens erst mal von meinem Zimmerfenster aus geprüft hab, ob auch draußen keine schimpfenden Leute an unserem Gartenzaun stehen, hat mich die Schule wunderbar abgelenkt. Bestimmt hat Tessa übertrieben. Bestimmt war das gestern einfach nur ein einzelner Idiot und es wird nichts weiter passieren. Ein bisschen bereue ich aber, diese Anzeige aufgegeben zu haben.

Gregory schüttelt mit dem Kopf. »Nee, hab sie auch nicht gesehen. Malea muss sich irgendwo auf dem Schulhof versteckt haben. Die war schon gestern so komisch.«

Ich grinse. »Vielleicht hat Rema recht. Vielleicht ist sie wirklich in der Pubertät.«

»Hey«, lacht Gregory, »wir sind auch in der Pubertät.«

»Aber wir sind freundlicher zu den Menschen um uns herum, oder?«, antworte ich etwas empört.

»Logo! Besonders du zu Katinka am Samstag!« Gregory bufft mich in die Seite und schmatzt mir gleich danach einen Kuss auf die Wange. Sozusagen als Besänftigung.

Okay, das war nicht gerade meine beste Leistung. Ich senke den Kopf und giggele peinlich berührt. Ich muss wirklich an meiner dämlichen Eifersucht arbeiten!

Jetzt zum Beispiel! »Soll ich Katinka fragen, ob wir an dem Eisbär-Thema zusammen arbeiten wollen?« Das ist ja wohl ein echt großzügiges Angebot von mir, oder?

Gregory lacht so laut, dass dieses Mal ich ihn buffe. »Ey! Mach dich nicht über mich lustig! Das meine ich ganz ernst.«

Gregory nimmt mich in den Arm, hebt mich hoch und wirbelt mich einmal um sich herum. »Ich hab keine Ahnung, Olivia Martini, warum ich dich so gern mag, aber ich mag dich UN-HEIM-LICH gern!«

Er setzt mich wieder ab und grinst mir sehr fett und sehr direkt in die Augen. »Aber manchmal spinnst du echt. Ich glaube, du schaffst die Eisbären-Story ganz gut alleine. Und Katinka sitzt ja sowieso noch an ihrem Bericht über die giftigen Pflanzenschutzmittel.«

Wir schlendern die Kastanienallee hoch auf unser Haus zu.

»Und überhaupt«, meint Gregory und grinst so süß, dass jetzt *ich* ihn am liebsten küssen würde, »bloß weil du ein schlechtes Gewissen hast, musst du Katinka nicht gleich zu deiner besten Freundin machen.«

Hihi – auch wenn ich mich glasklar durchschaut fühle, macht sich Erleichterung in meinem Bauch breit. Und da recke ich mich hoch und küsse ihn doch. Hach, mit Gregory sieht einfach nichts wie eine Katastrophe aus!

Hand in Hand stapfen wir durch den Vorgarten und schließen die Haustür auf. Was für ein ungewohntes Gefühl, in ein leeres Haus zurückzukommen!

»Ich rufe mal schnell Cornelius auf dem Handy an, ob es schon Neuigkeiten gibt«, rufe ich Gregory über die Schulter zu und schmeiße meine Schultasche auf die Treppe.

Gregory lässt seine daneben fallen und beugt sich runter zum Boden, wo die Post liegt, die durch den Briefkastenschlitz geworfen wurde.

Dann folgt er mir in die Küche und legt den kleinen Stapel Briefe auf den Tisch. »Hier! Guck die schnell durch! Wenn was Wichtiges dabei ist, kannst du das Cornelius gleich sagen.«

»Gute Idee!« Ich blättere durch die Briefe.

Telefonrechnung, Krankenkasse, Werbung, Werbung, Werbung und ein Brief von einem Verlag für Iris – alles nicht so wichtig, als dass es nicht warten könnte. Und ein Brief von einer Rechtsanwaltskanzlei.

»Das könnte wichtig sein«, meint Gregory. »Rechtsanwälte sind immer wichtig.«

»Hm.« Ich gucke den Brief nachdenklich an. Er ist an Cornelius adressiert. Was hat Cornelius mit einem Rechtsanwalt zu tun?

»Krüger, Klippke und Rosenkranz«, lese ich halblaut vor. »Anwaltskanzlei ...«

»Los, ruf Cornelius an!« Gregory hält mir unser Haustelefon vor die Nase. »Ich will wissen, wie es Iris geht.«

»Ich auch«, lächele ich und wähle die Nummer.

Zwanzig Minuten später sitzen Gregory und ich bei Rema und Walter Walbohm nebenan auf der Terrasse und starren stumm auf die wild lila blühenden Hortensienstauden. Javier und Ramón, die ja bei Walter wohnen, haben genauso betretene Gesichter. Was natürlich kein Wunder ist.

»Na-na-na!«, macht Walter, während er jetzt ein Glas Orangensaft und selbst gemachten Obstquark vor uns auf den Tisch stellt. »Nichts wird so heiß gegessen, wie es gekocht wird.«

Bevor ich es verhindern kann, stöhne ich statt einer Antwort tief auf.

Gregory hilft Walter beim Verteilen der Schüsselchen, doch ich hab sowieso keinen Appetit.

Und auch Rema sieht heute wenig interessiert an Quark aus. Obwohl sie sonst felsenfest davon überzeugt ist, man stehe kurz vor dem Hungertod, wenn man länger als zwei Stunden keine Nahrung zu sich nimmt. Blass und geistesabwesend streicht Rema ein paar Krümel vom Tisch, die aus den Vogelfutterspendern am Haus hinter uns herübergeweht sein müssen.

»Also, ich gehe jetzt!«, verkündet sie, bevor wir auch nur einen einzigen Schluck Saft getrunken haben.

»Nein, das tust du nicht!« Walter legt seine Hand beruhigend, aber fest auf Remas Zitterfinger. So, als ob er sie damit festhalten wolle. »Du hast gehört, was Cornelius gesagt hat. Völlige Ruhe, kein Besuch.«

Er räuspert sich. Ich schätze, auch Walter ist bei Weitem nicht so ruhig, wie er uns glauben machen will.

»Und außerdem«, fährt er fort, »ist Cornelius die ganze Zeit bei ihr und hat versprochen, heute Abend wieder anzurufen.«

»Hrrrrgh!« Jetzt stöhnt Rema. Doch sie bleibt brav sitzen.

Ich finde ja, wenn etwas Schlimmes passiert ist, macht Stillsitzen alles noch schlimmer. Ich fühle mich, als würde ich jeden Moment platzen. Vor Sorge.

Unruhig stehe ich auf und schaue Gregory hilfesuchend an. »Wollen wir mit Hugo spazieren gehen?«

Alles ist besser als vom Warten verrückt zu werden.

»Das ist doch Maleas Job«, meint Walter Walbohm. »Wo ist sie eigentlich?«

»Keine Ahnung.« Ich zucke die Schultern.

»Und wo ist Kenny?«, fragt Rema.

Weil Iris nicht zu Hause ist, ist Kenny nach der Schule mit zu Bonbon-Bentje gegangen. Die beiden tauchen bestimmt irgendwann am Nachmittag hier auf. Kenny findet es leider immer ein bisschen langweilig bei Bentje.

Unser kleiner Hugo jedenfalls hüpft um uns herum, wie ein Ping-Pong-Ball mit Fluffefell und versucht sein Bestes, einen nach dem anderen von uns durch heftiges Anstupsen zum Spielen aufzufordern. Ihm ist anscheinend auch langweilig. Leider hat er Pech.

»Vielleicht ist Malea wieder direkt nach der Schule zum Tierheim gegangen, um Momo abzuholen, und von da zur Lauschigen Eiche«, überlege ich. »Manchmal isst sie mittags bei den Senioren.«

Walter nickt und versucht, einen Scherz zu machen. »Dabei hätte sie heute bei euch doch gar nichts zu befürchten gehabt. Iris kocht ja nicht.«

Gregory, Javier und Ramón grinsen höflich, doch keiner sieht sehr fröhlich dabei aus.

Als ich Cornelius eben anrief, war Iris gerade in den OP geschoben worden. Verdacht auf akute Blinddarmentzündung! Selbst, wenn alles gut geht, bedeutet das mindestens eine Woche Krankenhaus. Und mit einem Baby im Bauch ist jede Operation zehnmal riskanter. Nicht nur für Iris, sondern vor allem auch für unser Baby.

Ich war so geschockt, dass ich den Hörer an Gregory weitergereicht habe, damit der Cornelius noch ein paar Fragen stellen kann. Nur leider wusste auch Cornelius noch nicht viel mehr. Auf jeden Fall sieht Iris' Zustand nicht mehr so harmlos aus wie noch gestern Abend.

Walter, der Gute, kann wohl auch nicht lange still sitzen.

Denn nachdem er sich nach dem Früchtequark noch übereifrig bemüht hat, uns wenigstens ein paar Kekse, Käsestückchen oder Oliven reinzuschieben, schießt er jetzt schon wieder aus seinem Gartensessel hoch. »Ich hab ja Aurorachen ganz vergessen! Vielleicht hat die Appetit.«

Doch nach einer Minute ist er schon wieder da.

»Ausgeflogen«, brummelt er in seinen nicht vorhandenen Bart. »Muss unbedingt das Loch hinten im Zaun reparieren. Dem Huhn kann ja sonst was passieren, wenn sie ständig auf der Straße spazierengeht.«

Aurora ist das klügste Huhn, das ich kenne. Außerdem ist sie einfach gern unterwegs und passt gut auf, dass sie nicht unter irgendwelche Räder kommt.

»Die ist bestimmt heute Abend wiederrrr da«, versucht Javier Walter aufzumuntern.

Walter Walbohm nickt und lächelt wacker. »Die kommt, sobald sie Hunger kriegt.«

»Oderrr sie ist mit Malea mitgegangen«, überlegt Ramón.

»Das kann auch sein«, meint Rema. »Das tut sie ja gerne mal.«

»Wir gehen jetzt auf jeden Fall auch!« Energisch nicke

ich zu Gregory rüber. Ich kriege allmählich Beinekribbeln, wenn ich hier noch länger tatenlos sitze.

Gregory sieht nicht ganz so begeistert aus, es ist wirklich pottheiß, doch das ignoriere ich. Schnell laufe ich rüber zu unserem Haus, komme mit Hugos Hundeleine wieder und ernte dafür von unserem süßen Fellknäuel ein wahres Freudengeheul.

Da erhebt sich endlich auch Gregory. »Na dann!«

Bevor wir gehen, dreht er sich zu den Spaniern. »Trefft ihr euch gleich mit Tessa und Dodo oder wollt ihr mit runter zum Fluss kommen?«

»Wir warrrten auf Tessa und Dodo«, meint Javier. Dann schaut er zu dem Loch, durch das Aurora gerne entwischt. »Und vielleicht reparrrierrren wirr noch den Zaun hierrr.«

»Ach, ihr Goldjungs!«, grinst Walter Walbohm.

Und das sind sie wirklich. Walter lässt die beiden ja immer umsonst bei sich wohnen, aber dafür packen sie auch an, wo sie können. Tessa hat echt Glück mit ihrem Javi! Und Dodo natürlich auch mit Ramón.

Als ich langsam mit Gregory und dem glücklich an der Leine hüpfenden Hugo (wird es jungen Hunden eigentlich nie zu heiß?) runter zum Fluss gehe, wird auch mir wieder etwas leichter zumute. Bestimmt geht es Iris heute Abend schon wieder besser.

Tessa

Wir müssen wohl doch noch ein weiteres und, wie es scheint, ziemlich wichtiges Kapitel in unseren kommenden Mega-Bestseller »Flirten, Stylen und andere Lebenstipps von Tessa-Tiara Martini und Dorothea Dunst« aufnehmen: Notfallregeln – wenn alle anderen Regeln versagen! (Ich fürchte allerdings, da werden Dodo und ich noch gründlich recherchieren müssen. Notfälle waren in unserem Leben eigentlich gar nicht vorgesehen.)

Irgendwie hab ich überhaupt keine Lust nach Hause zu gehen«, grummele ich, als Dodo und ich nach der siebten Stunde (ich hasse siebte Stunden!) aus der Schule kommen.

Es ist so heiß, dass uns die Klamotten am Körper kleben. (Asquerosa – scheußlich! Am Körper einer Lady hat wirklich NIE etwas zu *kleben*! Iiiih!)

Hitzefrei wäre auch eine schöne Alternative gewesen. Doch die Schulsekretärin hat gnadenlos behauptet, dass dafür ein Grad gefehlt habe. Ein einziges Grad! Honesto, ehrlich! Ich gehe mal davon aus, dass deren Thermometer kaputt ist.

»Ich brauche eine Dusche!«, stöhnt Dodo neben mir.

Ja, das auch. Uns zu zwingen, bei solchen Temperaturen fast den ganzen Tag mit Unterricht zu verbringen, grenzt an Folter.

»Wir machen uns bei euch frisch und gehen dann runter zum Fluss und lassen unsere Beine ins Wasser hängen«, schlägt Dodo vor. Vielleicht, um mich aufzumuntern.

Eigentlich müssten wir für morgen noch Mathehausaufgaben machen. Wie man so grausam sein kann, das Schülern so kurz vor den Sommerferien noch anzutun, ist mir ein Rätsel. Aber wenn ich morgen Ärger kriege, weil ich bei diesem Wetter natürlich NICHT Mathe machen konnte, bringe ich ein ärztliches Attest mit. Echt, ich kippe gleich um! Die Schule kann froh sein, wenn wir morgen überhaupt kommen!

»*Mit* Javier und Ramón oder ohne?«, gebe ich düster zurück.

Da bleibt Dodo stehen. »Also wirklich, Tessa, ich finde jetzt übertreibst du! Ich kann ja gut verstehen, dass Javi so viel um dich herum ist ...« Sie macht eine kleine Pause. »... obwohl ich das immer sehr schön finde, wenn ...« Sie grinst. »... ähm, wenn Ramón um mich ..., aber ...«

»Was, ABER?« Okay, ich weiß, ich klinge vermutlich gereizt. Möglicherweise *zu* gereizt.

Nicht schön. Eine Lady bewältigt ihr Leben selbstverständlich souverän und locker.

Und übrigens ist »Immer souverän und locker bleiben!« eine unserer Goldenen Regeln. (Allerdings haben wir diese Regeln bei deutlich anderen Temperaturen aufgesetzt.) Doch für jeden Grundsatz gibt es selbstverständlich Ausnahmen.

Dodo starrt mich halb erschrocken, halb genervt an. »Du siehst total aggressiv aus!«

Ehrlich?

Huuu – nein! Das will ich aber nicht! Nichts ist so hässlich wie ein Gesicht mit fiesem Blick! Geht gar nicht! Und dann die Falten, die sich durch diesen Ausdruck womöglich eingraben!

Ich mache sofort ein paar Anti-Falten-Übungen. Karpfenmund, Lächelmund, Karpfenmund, Lächelmund, schön die Muskeln locker halten.

Dodo sieht deutlich erleichtert aus. Doch ich merke, dass sie was denkt, was sie nicht sagt. Und leider kann ich mir auch vorstellen, was das ist. Das macht mich dummerweise schon wieder ein wenig – hm – okay, aggressiv. (Ich fürchte, Hitze hilft nicht gerade in seelisch schwierigen Situationen!)

Tapfer versuche ich trotzdem, ruhig und sachlich zu antworten: »Kannst du nicht verstehen, dass es manchmal zu viel ist, jemanden *ständig* zu sehen, auch *wenn* man den im Prinzip total gern hat?«

Doch weil Dodo immer noch guckt wie eine Eier legende Henne, puste ich ihr zum besseren Verständnis noch ein bisschen Wahrheit zwischen die Ohren. (Die schwarzen Creolen stehen ihr ganz ausgezeichnet!)

»DU gehst ja spätestens abends nach Hause und siehst Ramón dann erst wieder am nächsten Nachmittag oder am nächsten Abend!« Ich fürchte, meine Stimme ist nicht *hundertprozentig* vorbildlich ruhig. »ICH aber sehe Javi zum Frühstück, zum Mittagessen, zum Abendessen und zu allen Stunden davor, danach und dazwischen!«

So – ich nehme an, das hat ihre Denkzellen erreicht!

Jetzt kann sie mich entweder als undankbar beschimpfen, oder sie kapiert endlich, wie schlecht es mir geht.

Denn – jaaaa, caramba, zum Teufel auch! – es GEHT mir

schlecht! Und eigentlich würde ich sogar lieber heulen, statt wütend zu werden.

Weil mich niemand versteht.

Und weil es sich wirklich so anfühlt, als würde Javi an meinem Hals hängen und mir die Kehle zudrücken. Während alle anderen drum herumstehen und den Kopf schütteln und mich kritisieren, weil sie finden, dass ich mich darüber auch noch freuen sollte. Dass ich erwürgt werde? Nein, ich freue mich NICHT!

Hach!

Das alles ist so anstrengend und so schwer zu erklären, dass ich mich erschöpft auf die Bank am Ende des Parks fallen lasse.

»Oh Gott, Tessie, du weinst ja!« Dodo lässt ihre Tasche auf den Boden fallen, setzt sich neben mich und nimmt mich in den Arm. »Tessie, wein doch nicht!«

Ich fummele ein Taschentuch aus meinem Jeansrock und tupfe die Tränen weg. Sowieso total albern, wegen so was zu heulen!

»Ich wusste nicht, dass es SO schlimm für dich ist, Javi jeden Tag zu sehen«, gibt Dodo leise zu. »Warum sagst du ihm nicht, dass du eine Auszeit brauchst?«

Auszeit! Das ist ja bloß ein anderes Wort für Schlussmachen. Aber das WILL ICH DOCH NICHT!

»Ich *will* ja, dass er hier ist«, wispere ich leise, »ich würde mich total nach ihm sehnen, wenn er in Spanien wäre.«

Dodo guckt wie ein Spielzeugauto. Etwas eingerastet und nicht sehr flexibel im Ausdruck.

Ich kann es ihr nicht verdenken. Ich verstehe ja auch nicht richtig, warum ich mich fühle, wie ich mich fühle. Aber ich fühle mich nun mal so! Und das kann ich schließlich nicht einfach mit Make-up überdecken und weglächeln.

Dodo nickt. So, als ob sie genau verstehen würde. Dabei versteht sie ganz offensichtlich noch weniger als ich.

»Verstehe«, murmelt sie tapfer.

Das lässt mich grinsen. »Mann, Dodo, ich kapiere ja selbst nicht genau, was mit mir los ist! Aber ich muss doch meine Gefühle ernst nehmen, oder?«

»Auf jeden Fall!«, bestätigt Dodo aufrichtig. »Eine Lady nimmt sich selbst immer ernst!«

»Eben!«, gebe ich schon etwas zufriedener zurück.

Ich überlege eine Weile. »Ich weiß, dass ich Javi liebe. Aber ich weiß auch, dass ich nicht vierundzwanzig Stunden am Tag mit ihm zusammen sein will. Noch nicht. Oder vielleicht auch nie. Ich meine, findest du, ein Mann und eine Frau sollten ständig zusammen sein? Ist das Liebe?«

Dodo kraust ihr Näschen und wischt sich unauffällig eine Schweißperle weg, die gerade sehr niedlich ihren Nasenrücken runterlief.

Dann schüttelt sie den Kopf. »Naranjas – Quatsch! Liebe kann alles sein. Liebe ist für jeden anders, oder?«

»Bingo! Genau das finde ich auch!«, bestätige ich heftig. »Und im Moment ist für mich Liebe, dass Javi in Barcelona wohnt und ich hier. Und wenn er uns besucht, dann freue ich mich. Aber letzte Woche und diese Woche passiert einfach so viel, dass ich überhaupt nicht mehr dazu komme, ab und zu in Ruhe ein paar Atemübungen zu machen. Oder eine gemütliche Gesichtsmaske. Oder einfach nur mal aus den Fenster zu schauen, ohne dass ich von unten eine Stimme höre, die hoch ruft: *Bist du da oben, mi amorrrr?*«

Wir kichern beide, weil ich Javis süßen Akzent wirklich gut nachmachen kann.

»Das kann ich total gut verstehen«, meint Dodo. »Warum erklärst du ihm das nicht einfach so?«

»Weil Javi gerade auf einem total anderen Stern ist!«, jammere ich. »Gestern Abend hat er mir ’ne Riesenszene gemacht, weil ich allein zur Bandprobe gegangen bin. Ich meine, hallo? Was will Javier denn bei der Bandprobe von SOS? Er kennt die Jungs doch überhaupt nicht.«

Uii, da hab ich bei Dodo aber wohl auf den falschen Knopf gedrückt, denn ihre Augen kriegen ein leichtes Funkeln. »Also, DAS kannst du ihm aber nicht übel nehmen, Tessie, honesto! Nach dem, was mit Henry passiert ist...!«

»NICHTS – nada! Nichts ist passiert!«, unterbreche ich meine beste Freundin gereizt. Wie oft will sie mir das, was eben *nicht* passiert ist, eigentlich noch vorhalten?

»Und Jasper sieht, unter uns gesagt, auch nicht gerade übel aus!« Dodo ist nicht zu stoppen. »Du hast selbst gesagt, dass Jasper ...«

Jetzt werde ich doch wieder sauer. »Was willst du damit sagen? Dass ich mit keinem gutaussehenden Jungen mehr reden sollte, bloß weil ich einen Freund habe?«

»Mmpfff«, macht Dodo unwillig. Weil sie genau weiß, dass das ja wohl kompletto Blödsinn wäre. »Man kann aber Javier verstehen, wenn er Angst davor hat, dass du mit Jasper rumflirtest.«

»Wenn Angst dazu führt, dass mich jemand nonstop kontrollieren will, dann ist Angst keine gute Idee!«, antworte ich genervt. »Kontrolljunkies machen Beziehungen kaputt. Das weiß jedes Grundschulkind.«

»Claro, da ist auch was dran«, gibt Dodo zu. »Egal, du musst Javi sagen, was du mir gesagt hast. Erzähl ihm einfach, wie es dir geht, was du fühlst ...« Sie lächelt. »... UND natürlich, wie sehr du ihn liebst. Dass das Eine nichts mit dem Anderen zu tun hat.«

»Das wird er nicht kapieren«, gebe ich zurück.

»Ya lo creo! Das glaub ich dir!«, grinst Dodo. »Wenn nicht mal wir beide es verstehen!«

Ich drücke Dodos Hand. Eine Freundin wie Dodo zu haben, ist das Beste, was es auf der Welt gibt. Selbst in Situationen, in denen wir beide nicht viel verstehen, verstehen wir *uns.*

»Es ist einfach so schwierig, mit Javier zu reden«, fange ich an, »ich hab schon mehrere Male versucht, ihm zu erklären, wie ich mich fühle. Aber statt mir etwas mehr Raum zu geben, kam er plötzlich mit dem Vorschlag, dass ich zu ihm nach Barcelona ziehen sollte.«

»DU nach BARCELONA? Samstag hast du gesagt, er wolle hierher kommen.« Jetzt sieht Dodo das erste Mal alarmiert aus. »Spinnt der? Ich meine, wir gehen doch hier zur Schule. Und wenn wir später nach der Schule in der Welt Gas geben wollen, dann brauchen wir eine richtig gute Ausbildung. Und überhaupt!«

»Genau!«, stimme ich ihr genauso empört zu. »Ja, es ist echt unfassbar! Javi dachte ernsthaft, ich würde mit sechzehn von der Schule abgehen. Und dann? Was hätte ich dann machen sollen? Soll ich für den Rest meines Lebens in Spanien am Strand Kaffee verkaufen?«

»Hihi, jetzt klingen wir beide echt wie meine Mutter!«, kichert Dodo. »Solche blöden Sachen sagt sie auch immer.«

»Naranjas – Quatsch!« Doch ich muss auch kichern

Trotzdem. Ich *will* meine Schule zu Ende machen. Und ich *will* meinen eigenen Weg gehen. (Sogar, wenn das zufällig mal das Gleiche ist, was Dodos Eltern wollen, hihi! Dodos Eltern sind nämlich totalmente spießige Biederbürger. Und normalerweise wollen Dodo und ich deshalb *auf keinen Fall* Sachen machen, die ihre Eltern vorschlagen.)

»Erst nachdem Javi kapiert hat, dass ein Umzug nach

Barcelona in den nächsten paar Jahren für mich nicht in Frage kommt«, erzähle ich, »erst da kam er mit dem Vorschlag, dass er dann eben hierher zieht.«

Ich merke, wie sich schon wieder eine kleine Träne in mein Auge drängt. Auch wenn meine Stimme wütend klingt, innen drin macht mich das alles einfach nur sehr traurig. Ich mag Javi wirklich. SEHR.

Unauffällig wische ich den Tropfen unter meinem Auge weg und rede weiter: »Aber ich will genauso wenig *hier* mit ihm zusammenleben. Ich will überhaupt noch nicht mit irgendjemandem leben. Ich will *mein eigenes Leben* leben und erst wenn ich das eine ganze Weile getan habe, erst dann will ich gucken, ob ich mein Leben vielleicht mit jemandem teilen will. Also in zehn Jahren oder so. Frühestens.«

»Sehr richtig!«, nickt Dodo heftig. »Und das hat er nicht verstanden?«

Ich schüttele den Kopf. »Nicht die Bohne! Neulich hat er mir sogar einen Heiratsantrag gemacht.«

»Er hat dir einen HEIRATSANTRAG gemacht?«

Meine mich endlich verstehende Freundin, die eine Sekunde vorher noch kerzengerade und mit ernstem Blick mir in allem recht gegeben hat, hechelt plötzlich wie Hugo, wenn Malea ihm Leberwurst vor die Nase hält.

Dodos Augen werden ganz sternchenförmig. »Oh Gott, wie romantisch!«

»ROMANTISCH?« Ich vermute, Dodo bekommt die Hitze nicht.

»Was ist denn daran bitte romantisch?«, blaffe ich. »Dir schmelzen wohl gerade die Gehirnzellen weg, was? Wer heiratet denn mit sechzehn?«

Dodo sieht beleidigt aus. »Viele! Das Gesetz erlaubt

Ehen ab sechzehn.« Sie überlegt. »Allerdings nur, wenn die Eltern zustimmen.«

»HA!«, schnaube ich. »Das wäre noch mal ein ganz anderes Thema.«

Mehr brauche ich ja wohl nicht sagen. Mit gekrauster Stirn gucke ich Dodo von schräg unten an. Ich meine, heiraten, ich, hallo? Iris und CORNELIUS?

Dieses Mal folgt Dodo meinen Gedanken mühelos. Und wiehert los. »Hahaha! Stell dir mal die Gesichter von deinen Eltern vor!«

Nicht nur die Gesichter! Ich kann auch Cornelius' Herzanfall direkt vor mir sehen. Von dem Bellkoller, der diesem Anfall vorausgegangen sein würde, hätten sich unsere Ohren für die nächsten drei Jahre nicht erholt.

»Aber jetzt im Ernst, Dodo!« Kann es sein, dass meine beste Freundin bei bestimmten Themen etwas beschränkt ist?

So wie mein Horizont es wäre, wenn ich mit sechzehn schon heiraten würde!

Kann man mit einem Ehemann alleine durch die Welt reisen? Kann man mit Vollgas Bestseller schreiben und sich genau die Karriere erarbeiten, die Dodo und ich uns knallhart erarbeiten werden? Tsssss!

»Jetzt komm mal bitte wieder auf den Teppich!«, ermahne ich meine Freundin. »Javier hat das doch nur gesagt, damit er mich an sich binden kann. Er will bloß nicht, dass ich ihm weglaufe. Das ist alles. Das hat ja wohl nichts mit Romantik zu tun.«

Ich hole Luft, um das Nächste auch mit genug Power in Dodos Hirn zu blasen. »Und wenn du jetzt sagst, dass das von seiner Seite aus doch verständlich ist, dann … dann …«

Ich weiß nicht, was ich dann tue, aber ich weiß, dass Dodo dann wirklich überhaupt nichts kapiert.

Dodo sieht unentschlossen aus.

»Es ist aber schon irgendwie total irre«, bemerkt sie leise. »Dass er dich gefragt hat, meine ich. Findest du nicht?«

»Sí, sí, doch, doch«, grunze ich gar nicht ladylike (in dieser Hitze wird man nachlässig), »echt irre ist das. Verrückt. Total loco!«

Zur Sicherheit zeige ich ihr einen Vogel.

»Hm«, macht Dodo und sieht dabei leider immer noch ein wenig – ähm – abwesend aus.

Ich fürchte, sie stellt sich gerade vor, wie es wäre, wenn ihr Ramón *sie* bitten würde, ihn zu heiraten. Oh Gott, Dodo würde doch nicht so dämlich sein und JA sagen?

Prüfend gucke ich sie an.

Dodo seufzt und schließt als Antwort die Augen.

Dann öffnet sie sie wieder. »Es ist manchmal ganz schön schwierig, immer das Richtige im Leben zu tun, was?«

Ich nicke. »Claro que sí, sicher ist es das! Aber wenn man sich selbst ernst nimmt und auf seine Gefühle hört, ist eigentlich meistens claro, was das Richtige ist, oder?«

Dodo seufzt noch mal. »Mir wird oft erst klar, wie meine Gefühle sind, wenn ich mit dir darüber geredet habe.«

»Mir auch«, stimme ich zu. »Wenn wir darüber reden, kann ich es plötzlich besser ausdrücken. Und wenn ich es in Worte fassen kann, verstehe ich es selbst auch endlich.«

Denn das stimmt. Ich weiß jetzt plötzlich, *warum* ich mich fühle, wie ich mich fühle. Und dass das nichts Ungewöhnliches ist, sondern totalmente normalo. Es ist simplemente, ganz einfach zu früh für Javi und mich, so eng zusammen zu sein.

»Tessie?« Dodo drückt noch mal meine Hand. »Ich bin so froh, dass wir befreundet sind.«

»Ich auch!« Ich drücke ganz fest zurück.

Ja, jetzt weiß ich endlich, wie ich Javi verklickern kann, worum es mir geht. Und zwar hoffentlich, ohne dass er gleich durchdreht. Denn – caramba! – dieses spanische Blut, das kann manchmal ganz schön wild durch die Gegend schießen!

(Aber irgendwie finde ich genau dieses spanische Blut natürlich auch schrecklich anziehend, hihi!)

Jessa

Ahora todo va sobre ruedas – jetzt geht es mir schlagartig besser!

Einen kleinen Moment lang bleiben Dodo und ich noch auf der Bank sitzen. Hier ist es wenigstens schattig. Zu Hause wartet sowieso kein fertiges Essen auf uns, dafür Javier und Ramón. Doch ein bisschen Dodo-Zeit will ich noch genießen.

Und an irgendwelche blödsinnigen Mathehausaufgaben werde ich heute nicht mal denken. (Bin doch keine Selbstmöderin!) Die Zeit haben wir also auch gespart.

Ich würde allerdings gerne wissen, wie es Iris geht. Livi hat mir vorhin eine SMS in die Schule geschickt, dass Iris operiert wird. Inzwischen müsste sie aus dem Operationssaal wieder raus sein.

»Ich versuche kurz, Cornelius anzurufen«, lasse ich Dodo wissen, doch die hat sowieso ihre Augen geschlossen und döst.

Ein paar Minuten später bin ich beruhigt. Es war tatsächlich der Blinddarm. Aber irgendwas scheint auch mit ihren Blutwerten nicht in Ordnung zu sein. Ob beides zusammen hängt, wusste Cornelius noch nicht. Jetzt ist Iris jedenfalls wieder in ihrem Zimmer auf Station und erholt sich von der OP.

Schnell schreibe ich Livi eine SMS mit den Neuigkeiten und kopiere den Text dann auch für Malea. Hab zwar keine Ahnung, wo sie ist – in der Schule hab ich sie heute überhaupt nicht gesehen –, aber bestimmt freut sie sich, zu hören, dass Iris auf dem Wege der Besserung ist. *Klick* – beide Nachrichten abgeschickt.

Erleichtert berichte ich danach Dodo.

»Kommt Cornelius heute wieder nach Hause?«, fragt Dodo.

»Warum?«, frage ich zurück.

Irgendwie habe ich Dodo im Verdacht, dass es sie weniger interessiert, wo Cornelius heute Nacht schläft, sondern mehr, ob unser Haus sturmfrei ist.

»Nein, er bleibt auch die nächsten Tage bei Iris im Krankenhaus.«

Auf Dodos Lippen erscheint ein kleines Lächeln.

»Komm jetzt bitte nicht auf die Idee, dass Javi und Ramón noch mehr Zeit bei uns verbringen«, grunze ich warnend. Ich meine, haben wir gerade ausführlich über mein Problem geredet oder hab ich das nur geträumt?

Sie lächelt herzallerliebst. »Nö, aber ich dachte, äh, *ich* könnte vielleicht mehr Zeit bei euch verbringen?«

Eins muss man Dodo lassen, sie hat eine unheimlich gewinnende Art, einen um den Finger zu wickeln. Da kann sogar ich mir noch ein paar Kringellocken von abschneiden.

Ich muss unwillkürlich lächeln.

»Ich dachte ja nur«, grinst Dodo. »Ich muss fast immer schon zum Abendessen zu Hause sein. Wenn ich aber bei dir schlafe und deine Eltern nicht da sind, könnten wir abends total lange mit den Jungs im Garten liegen und quatschen und so. Ohne dass gleich jemand schreit: *Morgen ist Schule*!«

Das ist tatsächlich eine ziemlich nette Vorstellung.

Und jetzt, wo ich endlich weiß, dass ich mit meiner Gereiztheit Javi gegenüber nicht einfach spinne, sondern dass ich ihm nur deutlich sagen muss, wo meine Grenzen sind und dass ich auch genügend Zeit für mich allein brauche, ja, da bin ich plötzlich gar nicht mehr gereizt. Sondern würde mich über so einen gemütlich Abend total freuen.

»Wir könnten grillen!«, schlage ich vor. »Wollen wir am Rödermarkt vorbei gehen und schnell noch ein paar Leckerlis kaufen?«

»Leckerlis?«, fragt Dodo irritiert. »Wuff?«

Ich lache. »Nein, ich meine leckere Chips und Nüsse und so was!«

»Oh, jaaaa!« Dodo ist Feuer und Flamme. »Wir können Auberginen mit Öl in Alufolie wickeln und im Feuer rösten und Zucchini-Spieße machen und ...«

»Hör auf!« grinse ich. »Das klingt nach total viel Arbeit! Wir könnten uns auch einfach Pommes frites zum Aufbacken holen und zum Nachtisch Eis.«

»Auch gut«, findet Dodo und zieht mich hoch. »Los, lass uns runter in den Ort gehen und gucken, was wir finden!«

»Und lass uns Javi und Ramón Bescheid geben!«, werfe ich ein. »Du rufst deine Eltern an, und ich Javi.«

Eine gute halbe Stunde später klatschen wir uns ab. Bingo! Wer will sich den Abend mit Mathe verderben, wenn er auch in wunderbarer Gesellschaft köstliche Sachen futtern kann?

Voll beladen mit Essenstüten stapfen wir den kleinen Hügel wieder hoch Richtung Kastanienallee. Als wir auf halbem Weg am Freibad vorbeikommen, kommt mir eine Idee. Das Freibad hat bis zehn Uhr abends auf.

»Wollen wir später – so um neun oder so – mit den Jungs schwimmen gehen?«

Dodos Augen leuchten auf. »Geniale Idee, Tessa! Das wäre so cool! Wir vier – im Mondschein!«

Ich hole die Gute aus dem Mondschein wieder runter auf den staubtrockenen Erdboden. »Es ist um zehn Uhr immer noch hell, Dodo. Nix Mondschein. Wir haben Juli, schon vergessen?«

Meine romantische Freundin sieht beinahe enttäuscht aus. »Och, schade! Aber wenigstens wird es um die Uhrzeit leerer sein.«

»Auf jeden Fall«, nicke ich.

Der Lärm, der über den Zaun bis zu uns auf die Straße dringt, klingt nach mindestens tausend glücklichen kleinen Kindern. Aber tausend kleine Kinder, auch wenn sie glücklich sind, sind nicht das, was ich mir unter einem gemütlichen Abend mit unseren Freunden vorstelle.

Zufrieden denke ich daran, wie lauschig es später sein wird, wenn nur noch wenige Leuten da sein werden. Ach, Sommer hat echt Vorteile!

»Wie läuft es eigentlich mit dieser Ausschreibung zu dem Plattenvertrag?«, unterbricht Dodo meine Gedanken.

Ich ziehe eine Grimasse. »Ach, das war ein schöner Traum! Aber jetzt wird es nur eine von Cornelius' spleenigen Ideen bleiben. Wir haben an einem Song gearbeitet, den er an diese Plattenfirma schicken wollte, aber …«

»Aber?«, fragt Dodo erstaunt. »Du siehst nicht gerade begeistert aus. Gefällt dir der Song nicht?«

»Doch«, sage ich, »der Song war eigentlich echt cool. Ich hab den Text geschrieben und Cornelius und Matte haben die Musik komponiert. Leider ist er nicht fertig geworden. Gestern Abend wollten wir die Aufnahme noch mal neu mixen, um sie heute abzuschicken.«

Ein bisschen traurig seufze ich: »Heute war der Einsendeschluss für alle Songschreiber-Bewerbungen. Aber dann ist ja gestern das mit Iris passiert. Und Iris und ihr Baby sind natürlich wichtiger als dieser Song.«

Ich lächele tapfer. (Eine Businessfrau muss vor allem Enttäuschungen wegstecken können, sonst kommt sie nicht weit im Leben).

»Bestimmt gibt es nächstes Jahr noch mal so eine Ausschreibung«, sage ich. »Dann kann ich es ja noch mal versuchen. Und überhaupt …« Ich grinse. »Sooo gut war der Song auch wieder nicht. Um zu gewinnen, hätte er natürlich der Mega-Hammer sein müssen! Da machen schließlich richtige Profis mit.«

»Und der Gewinner kriegt einen Plattenvertrag?«, fragt Dodo.

»Nein, nein«, winke ich ab. »Das war keine Ausschreibung zu einem Plattenvertrag, sondern zu einem Songschreibervertrag. Der Gewinnersong wird von einem richtigen Top-Sänger aufgenommen werden.«

»Och«, macht Dodo enttäuscht, »da hättest du ja dann gar nichts davon gehabt.«

»Claro que sí hätte ich davon was gehabt!«, gebe ich zurück. »Ich meine, ähm, also *wenn* Cornelius und ich gewonnen hätten. Was natürlich sowieso kompletto unwahrscheinlich gewesen wäre. Aber wenn unser Song von jemandem aufgenommen worden wäre, der richtig big im Business ist, dann wären wir als Songschreiber natürlich auch bekannt geworden. Und vielleicht hätten wir dadurch weitere Jobs bekommen und …«

Ich breche ab, denn ich merke, dass ich doch viel enttäuschter bin als ich zugeben mag. Wenn Cornelius den Song rechtzeitig fertig gemixt hätte, hätten wir immerhin eine Chance gehabt.

Ach, a mí plin – ist mir egal! Durch Rückschläge wird man nur stärker. (Oder man ist ein Weichei, und das bin ich nicht).

Ich straffe meine Schultern und gucke Dodo an. »So, und jetzt hören wir auf, von dem blöden Songschreiber-Vertrag zu reden, ja?«

Iris ist wirklich muy importante – viel wichtiger.

»Und außerdem«, fällt mir noch ein, »bin ich, was Musik angeht, sowieso total auf SOS konzentriert.«

Automatisch wird mein Gesichtsausdruck ernst und bestimmt. Wenn etwas nicht geklappt hat, muss man sofort das nächste Ziel anvisieren.

Wenn ich etwas tue, nehme ich das immer ernst. Genauso wie mich selber. Und SOS bedeuten mir wirklich totalmente viel. Mit denen will ich unbedingt weiter machen.

»Jasper und ich schreiben ja auch 'ne Menge, weißt du doch. Aber das ist noch lange nicht gut genug, um es irgendwo hinzuschicken.«

Dodo nickt. »Ich mag eure Lieder trotzdem schon sehr.«

»Danke«, lächele ich, »ich auch. Trotzdem wissen Jasper und ich beide, dass wir noch viel besser werden müssen.«

Plötzlich bleibt Dodo stehen. »Guck mal, Tessa, ist das da vorne nicht Aurora?«

Ich gucke in die Richtung, in die Dodo zeigt.

Oh ja, tatsächlich! Sieht wie unser Huhn aus, das in gemächlichem Tempo gerade auf den Zaun des Freibads zuwackelt und jetzt... Nein! Spinnt die?

»Die ist unter dem Zaun durch!«, staunt Dodo. »Die ist tatsächlich ins Freibad rein. Da sind mindestens fünfhundert Leute drin. Ich fasse es nicht!«

»Der ist wohl auch zu heiß«, murmele ich überflüssigerweise.

Wir rasen über die Straße und erreichen den Maschendrahtzaun beide gleichzeitig. Der Szene, die sich dort vor unseren Augen entwickelt, können wir nur zusehen. Gleichermaßen gebannt… und hiflos.

Dass Aurora gerne im Ort spazieren geht, ist eine Sache. Dass sie auf ihren Ausflügen aber ins städtische Freibad flattert, ist ein totalmente anderes Ding und noch nicht ein einziges Mal da gewesen. O-oh, ich rieche Ärger!

Doch, um sie zurückzurufen, ist es zu spät.

(Abgesehen davon, wäre sie sowieso nicht gekommen. Ich glaube, Hühner sparen sich ihre beschränkt große Hirnmasse auf, um das zu tun, was sie selber wollen. Gar nicht doof eigentlich. Man muss immer wirtschaftlich denken).

Direkt hinter dem Zaun hat sich eine Gruppe mittelalter Damen auf einer großen Decke gemütlich eingerichtet. Na ja, im Moment sehen sie nicht mehr ganz so gemütlich aus, sie fangen bereits an zu kreischen.

Tsss, man könnte meinen, die haben noch nie ein Huhn gesehen! Honesto, manche Leute sind vielleicht hysterisch! Dabei wackelt Aurora nur ganz harmlos über deren Decke.

Okay, jetzt wackelt sie nicht nur über die Decke, sondern auch mitten durch die liebevoll aufgebauten Schüsselchen und Tellerchen mit Nudelsalaten und Oliven. Na ja, war halt der kürzeste Weg. Ich bin sicher, Aurora hat's nicht böse gemeint. Außerdem schmecken ihr Oliven gar nicht.

Nein, Aurora ist weder an den Frauen noch an Futter interessiert. Sie nimmt direkten Kurs auf das Babyschwimmbecken, das nur ein paar Meter entfernt ist. Am Rand bleibt sie stehen, spreizt genüsslich ihre Flügel, schüttelt die Federn aus und steckt vorsichtig die erste Kralle ins Wasser. Wie um zu prüfen, ob es auch die richtige Temperatur hat. (Hihi, genau so macht das Rema auch immer, wenn sie schwimmen geht!)

Gleich danach tippelt Aurora mit zielsicheren Schrittchen ins babyfreundlich-seicht abfallende Becken und – caramba! Ich bin total baff! – setzt sich aufs Wasser.

Anders kann man das nicht nennen. Da ist kein Platschen, kein Blubbern zu hören. Ohne zu zögern, gleitet sie lautlos aufs Wasser wie … wie … ja, wirklich, elegant und sanft wie ein Schwan. Oder wie das hässliche Entlein, das plötzlich zum Schwan wird. Leicht wie ein Ball aus Federn schwebt Aurora auf dem Wasser, als hätte sie ihr Leben lang nur auf diesen Moment gewartet.

»Ich wusste gar nicht, dass Hühner schwimmen können«, haucht Dodo neben mir.

»Aurora kann fast alles!«, höre ich mich (zu meinem Erstaunen) sagen.

Was natürlich Quatsch ist. Hühner können natürlich nicht alles. Aber offensichtlich mehr als wir vermuten.

Ich kann nicht anders, ich bin richtig stolz auf unser Huhn. So viel ladylike Grazie hätte ich von ihr wirklich nicht erwartet. Ich sehe unsere struppige Aurora plötzlich mit ganz anderen Augen.

Bingo! Da sieht man es mal wieder! So vielen von uns wird viel zu wenig zugetraut. Man sollte eben niemals vorschnell urteilen, bloß weil jemand sich in alltäglichen Situationen ein wenig dusselig anstellt. Es ist nur zu gut möglich, dass dieser Jemand unentdeckte, vielleicht sogar atemberaubende Talente hat.

Aurora so majestätisch schwimmen zu sehen, raubt jedenfalls mir fast den Atem. Haaatschi! Und, okay, die dämlichen Pusteblumenflusen, die ich gerade inhaliert habe, tun wahrscheinlich auch ihren Teil dazu. HUST! Röchel!

Leider werden die Nudelsalat-Damen durch mein Gekeuche auf uns aufmerksam. Böse schauen sie zu uns rüber, als wären wir Räuber, die es auf ihre, jetzt lose auf der Decke rumkugelnden, Oliven abgesehen hätten.

»Die denken, wir wollen umsonst über den Zaun ins Freibad kommen«, flüstert meine Freundin, deren Kopf hier im Schatten wieder ausgezeichnet zu funktionieren scheint.

»Keine Angst, wir stehen hier nur so – äh – ein bisschen rum!«, rufe ich den Damen daher höflich zu, um ihnen zumindest diese Sorge zu nehmen.

Zugegeben, das war wohl auch keine richtig tolle Erklärung, denn die vier Frauen gucken nun noch böser.

Dodo zupft nervös an meinem Arm. »Lass uns hier abhauen! Das sieht echt komisch aus, wenn wir so glotzen.«

»Noch nicht!«, wispere ich eigensinnig zurück.

Denn als ich mich ausgehustet habe, muss ich sofort wieder zu Aurora rübergucken. Keine Sekunde will ich von diesem Anblick verpassen. Wie eine Königin schwebt sie auf dem Wasser. Eine echte Hühnerkönigin! Oh, sooo schön!

Dummerweise fängt jetzt das erste Kleinkind beim Anblick von Aurora im Becken an zu kreischen. »Mamaaaaaaaa! Wuuuaaaaaaa! Daaaaaaaa! Huuuuuuuhuhuuuuuhn!«

Ich gucke mindestens so enttäuscht und verstört wie Aurora. Ihre kleinen schwarzen Knopfaugen blicken hektisch von links nach rechts und zurück. Irritiert versucht sie, die Situation einzuschätzen. Oh je, die ganze entspannte Hühnerköniginnenschönheit ist dahin!

Um zu seiner Mami zu kommen, rudert der kleine Kreischkegel im Wasser so wild mit den Armen, dass Aurorachen in diesem Wellengang Mühe hat, ihren Schnabel mit den beiden Luftlöchern über der Oberfläche zu halten.

Natürlich kreischen gleich noch ein Dutzend anderer Babys mit. Uuuujeee! Und deren Mütter erst! Ich bin tatsächlich kurz davor, über den Zaun zu klettern und der armen Aurora zu Hilfe zu eilen.

Nur das Auftauchen von einem der Bademeister, der nun im Galopp zum Becken eilt, hält mich davon ab. Sein Gesicht gleicht erschreckend dem von Vampirgraf Dracula, bevor er zum Biss ansetzt.

Ähnliche Gedanken müssen wohl auch die armen Kleinkinder haben, als der Bademeister ins Wasser platscht, um die Kids vor dem gefährlichen Huhn zu retten. Während der Mann sich ein Kind nach dem anderen greift und auf dem trockenen Rasen absetzt, steigert sich das Gekreische zum Orkan.

Und dieses Mal kreischt Aurora mit. Denn das ist selbst für ihre Martini-Familie erprobten Nerven zu viel.

»Toooooooock!«, kreischt unser Huhn empört. »TOOOCK-tock-tock-TOOOOK!«

Doch weil Dracula nun auch nach Aurora greifen will (ich fürchte allerdings, NICHT, um sie zu retten), pickt unser resolutes Hühnchen los. Selbstverteidigung ist erste Hühnerköniginnenpflicht!

»Au!«, quietscht der muskulöse Dracula und reibt sich den schmerzenden Handrücken. »Autsch! Aua! AUUUUU!«

Nicht nur ich muss leise grinsen, sondern auch die Kleinkinder finden das plötzlich sehr komisch. Hoch auf den sicheren Armen ihrer Mütter thronend, haben sie sich schnell beruhigt. Jetzt quietschen und johlen sie jedes Mal lauthals und hocherfreut, wenn Aurora einen Treffer gelandet hat und Dracula gleich darauf »AUUUU!« quiekt.

»Jaaaaa!«, juchzt ein kleiner Dreijähriger und klatscht begeistert in die Hände.

»Meeeehr, meeeehr!«, grölt ein wild herumhopsendes Mädchen und feuert Aurora auch noch an. Das Ganze entwickelt sich zur reinsten Kindershow.

Dodo und ich werfen uns besorgte Blicke zu.

Doch ich kenne Dodo. Die versucht nur noch, besorgt zu gucken. Eigentlich ist sie schon kurz vorm Losprusten. Und wenn Dodo lacht, dann lacht sie.

Auch die Mütter sehen inzwischen ziemlich amüsiert aus und müssen sich beherrschen, um nicht bei jedem Treffer von Aurora zu applaudieren.

Ohne mit dem eifrigen Schnabelhacken in die reichlich vorhandene Muskelmasse des Bademeisters aufzuhören, beobachtet Aurora aus den Augenwinkeln das immer größer werdende Publikum.

Oh, ich würde meinen Lieblingsnagellack verpfänden, wenn ich wüsste, was jetzt durch ihr Hühnerhirn geht! Der Bademeister jedenfalls hat jeglichen Angriff aufgegeben und kauert nur noch – den Rücken Auroras Schnabel zugewandt, die Arme schützend über dem Kopf haltend – im Gras neben dem Pool.

Möglicherweise ist Aurora ein so einseitiger Kampf zu langweilig. Ohne Vorwarnung flattert sie jetzt ein paar Meter weiter und hält dann kurz inne. Ihr Blick wird etwas starr – uuups, ist das ein Klamottenhaufen, auf dem sie sitzt? , doch schon ein paar Sekunden später trippelt sie eilig weiter.

Dodo und ich recken unsere Köpfe, um zu sehen, was sie vorhat.

Madre mía – ach, du meine Güte! Unser Huhn hat jetzt die große Eistheke im Visier. Zielsicher nimmt sie Kurs auf die Reihe von Buden hinten vor dem kleinen Wäldchen. Dodo und ich müssen uns ganz schön verrenken, um sie nicht aus den Augen zu verlieren.

Äh, Moment, Aurora wird doch niemals hoch genug flattern können, um in die voll mit verschiedensten Eissorten gefüllten Behälter …?

Äh, doch, ganz offensichtlich kann sie.

»Qué pasa – was ist denn jetzt los?« Auch Dodo sieht etwas besorgt aus.

Ungläubig verfolgen wir, wie Aurora ein weiteres erfrischendes Bad nimmt. Nur dieses Mal in cremig-schmierigen, dafür bestimmt noch kühleren Eiswannen.

Leider können wir den Aufschrei der wartenden Schlange von Leuten nicht würdigen. Denn nur ein paar Meter entfernt von uns kreischt gerade eine der Baby-Mütter am Kids-Pool noch lauter auf.

»MEINE SEIDENBLUSE!« Mit schwerst verzerrtem Ekel-Gesicht hält sie ein zitronenfarbenes Top (gar nicht mal hässlich) an zwei ausgestreckten Fingern hoch.

»Das HUHN!«, setzt sie dann keuchend hinzu.

»Manda cojones – ach du KACKE!«, entfährt es Dodo neben mir, während wir mit aufgerissen Augen das arme Seidentop anstarren.

»Me lo has quitado de la boca!«, erwidere ich geschockt. »Du hast mir das Wort aus dem Mund genommen!«

Das Top ist hin. Seide kann man nicht einfach in die

Waschmaschine stopfen. Ich kann nicht anders, ich leide mit der armen Frau mit.

Deswegen hat Aurora also eben kurz angehalten. Uuuuuuh! Aber auch Hühner müssen natürlich irgendwann mal.

Die Babymutter hält ihr ohne Zweifel bewundernswert teures Teil (meine Profiaugen schätzen so was in Zehntelsekunden ein!) dem Bademeister vor die Nase, als wolle sie von ihm den Kaufpreis erstattet haben.

OINK! Mir dämmert gerade Fürchterliches.

»Dodo!« Ich zupfe meine Freundin unauffällig am Shirt. »Vielleicht sollten wir lieber jetzt …«

Doch Dodo wischt meine Hand weg wie eine lästige Fliege und … wiehert los. »Wiiiiihahahahaaaaaa! Da, Tessa, DA!«

Ich lenke meinen Blick zurück zur Eistheke, auf der sich Aurora gerade wieder zu voller Schönheit aufrichtet. Die gleiche Prozedur wie eben. Flügel spreizen, Hals recken, Federn ausschütteln. Nur dass dieses Mal nicht Wasser nach allen Seiten spritzt. Nein, die Tropfen, die jetzt wie eine Fontäne den Leuten um die Haare klatschen, sind deutlich größer und haben eine festere Konsistenz. Sie sind auch nicht durchsichtig, wie Wasser, sondern bestehen hauptsächlich aus tiefroten Erdbeertönen und sattbraunen Schokoladentönen.

Ich recke meinen Kopf. Na gut, ich bin mir nicht ganz sicher, es könnten auch ein paar blaubeerfarbene Spritzer dabei gewesen sein.

Aurora jedenfalls sieht sich sichtlich zufrieden um. Ich glaube, sie genießt ihren Ausflug und königlichen Auftritt in vollen Zügen.

Mit einem lässigen Hopser springt sie runter zum

Boden, wo die Menge ihr nur allzu bereitwillig Platz macht. Was vermutlich auch an der Masse von Eis liegt, die unser Huhn umhüllt.

Dodo und ich sind so gebannt von Auroras Bühnenabgang (Kopf hoch erhoben, ohne mit der Wimper, äh, einer Feder zu zucken – Dodo und ich hätten das nicht besser hingekriegt – was für ein Selbstbewusstsein!), dass wir den Bademeister erst bemerken, als er direkt vor uns steht. Und die Nudeltanten, die von ihrer Decke aus aufgeregt auf uns deuten, sehen nicht viel freundlicher als Graf Dracula aus.

»Kennt ihr dieses Huhn?«, zischt uns der Bademeister stinksauer zu.

Aurora?

Huiiii – mein Kopf schreit »Alarm!«.

Denn, okay, das sind so die Fangfragen im Leben! Da heißt es, schnell mitdenken!

In der Geschwindigkeit einer Supermarktkasse, addiert mein Hirn die bisherigen Tatsachen: Nudelsalate und Oliven, vermutlich aus dem Delikatessgeschäft an der Ecke – mindestens zwanzig Euro. Ein voll gekacktes Edel-Top – locker hundert Euro. Eine komplette Auslage von Eisbehältern (die Kugel 80 Cent, aus wie vielen Kugeln besteht wohl eine ganze Eiswanne?), die garantiert nicht mehr dem vorgeschriebenen Hygiene-Standard entsprechen – okay, das übersteigt meine Mathekräfte. Ich sage mal so: Das ist sehr, sehr viel Geld. *Zu viel!*

Ob wir dieses Huhn kennen?

»*Das Huhn*?«, antworte ich und schenke Graf Dracula den überraschtesten Blick, den ich zustande bringe. (Das Beherrschen unserer Gesichtsmuskeln gehört zu unserer Lady-Grundausbildung.) »Wie kommen Sie denn darauf? Das Huhn da haben wir noch *nie* gesehen!«

Tja, und was für ein Zufall! Denn genau in dieser Sekunde fällt Dodo und mir außerdem ein, dass die Lebensmittel in unseren Tüten dringend in den Kühlschrank müssen.

Entschuldigend halte ich eine der Papiertüten hoch. »Wir müssen leider weiter!«

Auch wenn ich mir den Rest von Auroras genussvollem Tag im Freibad zu gerne angesehen hätte, die Rechnung könnte teuer werden. Und wie gesagt Chips und Erdnüsse müssen natürlich sehr, sehr dringend aus der Hitze raus.

Ebenfalls eine unserer wunderbaren Goldenen Regeln: Die Lady von Welt weiß *ganz genau*, wann der richtige Moment für einen strategisch wichtigen Ortswechsel gekommen ist! Nämlich …

… JETZT!

Und – zack – hechten Dodo und ich ohne weiteren und an dieser Stelle völlig überflüssigen Small Talk zurück zur Straße und beeilen uns, unauffällig, aber sehr, sehr zügig, nach Hause zu kommen.

Kenny

In unserer Familie haben alle Hobbys. Maleas Hobby ist spionieren. Tessas Hobby ist total-schön-aussehen. Livis Hobby sind Hühner (die sie manchmal aus Gefängnissen rettet), und auch schmelzendes Eis mit unglücklichen Eisbären, und Kuhbabys, die nicht bei ihren Müttern bleiben dürfen, und all so'n Kram, und es macht Livi total glücklich, wenn sie Tieren helfen kann. Aber weil einen solche Sachen ab und zu auch ein bisschen traurig machen, hat Livi noch andere Hobbys. Livory zum Beispiel.
Bentjes Familie hat auch Hobbys. Das Hobby von Bentjes Mama ist bügeln. Das Hobby von Bentjes Papa ist sich-vor-seiner-Familie-verstecken. Das Hobby von Bentje ist meine Familie und alles, was bei uns passiert.

Bentjes Mama sagt: »Es ist so ein herrlicher Tag, heute wollen wir es uns richtig fein und gemütlich machen!«

Sie schleppt ihr Bügelbrett und ihr nagelneues Bügeleisen (ohne Kabel!) nach draußen, baut alles auf und fängt an, Hosen und T-Shirts plattzumachen.

Bei Bentjes Mama liegen immer riesige Stapel von Zeugs, das sie platt machen muss. Obwohl sie nur ein Kind hat. Das Komische ist, dass meine Mama nirgends solche Klamottenhaufen liegen hat. Obwohl sie vier Kinder hat.

Bentje und ich gucken zu. Mit den Füßen planschen wir in Bentjes altem Babypool aus Plastik. Der ist ungefähr drei Zentimeter lang und vier Zentimeter breit. Wenigstens unsere großen Zehen passen rein. Den Pool hat Bentjes Mama aufgepustet, damit wir es ebenfalls fein und gemütlich haben.

Bentje sieht genauso ungemütlich aus wie ich.

»Können wir nicht lieber ins Freibad gehen, Mama?«, fragt Bentje.

»Du kannst das Bügelbrett bestimmt mitnehmen!«, schlage ich vor. Bestimmt hat Bentjes Mama dann viel mehr Lust dazu.

Alleine dürfen wir leider nicht. Aber bevor ich hier noch länger langweilig im Garten rumhocke und meine große Zehe bade, würde ich auch mit Bügelbrett schwimmen gehen.

Leider guckt Bentjes Mama so unglücklich, als hätten wir behauptet, dass das Bügeln in Deutschland gerade eben verboten wurde.

»Könnt ihr nicht hier spielen?«, fragt Bentjes Mama.

»Hmmmmm«, macht Bentje, obwohl sie sonst immer total geradeaus ist und sagt, was sie denkt.

»Nö!«, sage ich deswegen für Bentje.

Bentjes Mama guckt noch trauriger. »Und wenn ich euch eine riesige Saftschorle mit Erdbeeren mixe?«

»Groß genug, dass wir darin baden können?«, frage ich.

Das würde vielleicht auch Spaß machen. Meine Schwestern haben bestimmt noch nie in Saft gebadet.

Bentjes Mama starrt mich an, als hätte ich was Blödes gesagt. Dabei scheint es überhaupt gar nicht blöd gewesen zu sein, denn jetzt packt sie die Bügelwäsche endlich weg und dafür einen Korb mit Handtüchern und Trinkflaschen.

»JA!«, jubeln Bentje und ich und klatschen uns ab und versprechen unseren restlichen Zehen, dass sie auch gleich nass werden dürfen.

Das freut unsere Zehen total, hihihi!

Ich finde, sobald man sich durch die Schlange ins Freibad gedrängelt hat, kriegt man sofort gute Laune. Außerdem trifft man voll viele Leute, die man kennt.

»Guck mal, Bentje, da ist Sinan!«, rufe ich und dann noch lauter: »SIIIINAN!«

Sinan ist mein Freund und ich bin seine Freundin. Das ist so. Das haben wir mal so abgemacht.

Obwohl Bentje neulich behauptet hat, dass Sinan nicht mehr mein Freund sein kann, weil wir uns schon mindestens drei Wochen lang nachmittags nicht mehr verabredet haben. Aber ist das Quarkkäsequatsch oder ist das Quarkkäsequatsch? Wenn Mama mal ein paar Wochen keine Zeit hat, um mit Papa irgendwas allein zu machen (zum Beispiel im Restaurant essen gehen oder so), dann heißt das ja wohl nicht, dass Mama und Papa nicht mehr zusammen sind.

Ein bisschen Sorgen mache ich mir aber doch. Ich mag Sinan nämlich voll gern.

»Er kommt nicht mal rüber«, sagt Bentje jetzt mit spitzem Mund. Dann sieht sie immer aus wie ihre Mutter.

»Aber er hat mir gewinkt«, sage ich.

»Er hat *uns* gewinkt«, sagt Bentje. »Das bedeutet gar nichts. Das ist was ganz anderes als wenn er nur dir winken würde.«

Da finde ich Bentje ein bisschen doof und hab gar keine Lust mehr, mit ihr schwimmen zu gehen. Deswegen laufe ich rüber zu Sinan und buffe ihn in die Seite (weil er mir den Rücken zudreht und mich gar nicht hat kommen sehen) und rufe: »Na?«

Sinan dreht sich um und lächelt.

Oh, Sinan kann soooo himbeerrot-schlagsahneweiß-knalllakritzig lächeln! An Sinan glänzt alles, seine Lippen, seine Zähne und seine Haare. Voll schön!

»Hey Kenny!«, lächelt Sinan. »Wir wollen gerade Köpfer vom Einmeterbrett machen. Machst du mit?«

Ich muss immer mitlächeln, wenn Sinan mich anlächelt. »Klar, mach ich mit, klar!«

Leider fällt mir ein, als ich jetzt hinter Sinan her zu den Einmeterbrettern gehe, dass ich gar keinen Kopfsprung kann. Und von einem Sprungbrett bin ich auch noch nie gesprungen. Aber vielleicht macht das nichts? Vielleicht kann man so was einfach? Ich meine, ohne es *vorher* zu können?

»KENNYYY?« Das ist Bentjes Mama. »Kommst du bitte? Wir gehen HIER rüber!«

»Ja, gleich!«, rufe ich fröhlich zu Bentjes Mama rüber und steige dann zusammen mit Sinan auf das Sprungbrett.

Uiiiii, das sieht aber ganz schön hoch von hier oben aus! Und das Wasser da unten ist ganz schön tief unten.

»Danach springen wir vom Dreier!«, ruft Sinan laut.

Aber das meint er vielleicht gar nicht ernst, denn Jakob und Levin lachen und rufen: »Ja, ja, ja, du Angeber! Mach du mal als Erster!«

Und da lacht Sinan auch.

Doch dann springt er vom Einer. Einfach so. Mit dem Kopf zuerst.

Ssssst!, macht es, als er im Wasser landet. Und dann sieht man eine Weile gar nichts.

Doch als ich gerade anfange, mir Sorgen zu machen, ob

Sinan da unten vielleicht was passiert ist, ploppt sein lachender Kopf viel weiter hinten im Becken wieder hoch. So weit ist er nach dem Sprung unter Wasser getaucht. Voll hühnerhammertoll!

Sinan lacht und winkt und ruft: »Jetzt du, Kenny! Los!«

Da muss ich wieder lächeln und mach mir gar keine Sorgen mehr, ob ich das nun kann oder nicht. Ich gehe nach vorne auf das Sprungbrett – das ist echt wackelig –, und bleibe dann stehen, um zu gucken, wo Sinan hingeschwommen ist.

Er hält sich am Beckenrand fest und guckt.

Und da springe ich. Genau wie er. Ich stoße mich mit den Füßen ab und springe mit dem Kopf zuerst ins Wasser.

Aaarrrggghhglll-blupppfffffff!

HA!

Ich weiß gar nicht, wie ich das gemacht hab, aber mein Kopf taucht wieder auf und ich schwimme einen kleinen Kreis, weil ich im ersten Moment gar nicht weiß, wo ich eigentlich bin.

Dann sehe ich Jakob und Levin und Moritz neben dem Sprungbrett stehen und johlen. »Voll cool, Kenny, voll cool!«

»Du bist der beste Bauchklatscher des Freibads!«

Bauchklatscher?

Egal. Ich bin gesprungen. Und fühle mich voll großartig.

Stolz schwimme ich zu Sinan rüber und Sinan lächelt. »Das war klasse, Kenny!«

Da muss ich auch wieder lächeln.

Totaler Stinkerkäse, dass Bentje behauptet, dass Sinan und ich nicht mehr zusammen sind! Sinan und ich sind voll toll zusammen.

»KENNY!«

Huch? Wieso steht denn Bentjes Mama so aufgeregt am Beckenrand. Ist was passiert?

»Komm sofort da raus!«, ruft Bentjes Mama. »Du kannst doch noch gar nicht springen!«

»Doch«, grinse ich, »doch, das kann ich! Hast du nicht gesehen?«

Und dann gehe ich mit Bentjes Mama rüber zu Bentje und dem großen Badelaken, das Bentjes Mama auf der Liegewiese ausgebreitet hat, und esse Erdbeeren und Kekse.

Ich finde Freibad echt schön. Bentje und ich mümmeln auf der Decke und quatschen.

»Was hast du heute bei den Fragen geantwortet?«, will Bentje wissen, während sie versucht, drei Erdbeeren auf ihrer Nase zu balancieren.

Aber daran kann ich mich leider gar nicht mehr so genau erinnern.

Heute in der Schule hat unsere Klassenlehrerin ein Spiel mit uns gemacht.

Sie hatte sich drei voll schwere Fragen ausgedacht und an die Tafel geschrieben. Die Fragen waren so schwer, dass Moritz und Ahmet sich beschwert haben. Weil wir nämlich noch nicht mal die Fragen verstanden haben. Da hat unsere Lehrerin aber bloß gegrinst.

»Das gehört mit zum Spiel!«, meinte sie. »Ich möchte, dass ihr für alle drei Fragen eine Antwort auf euer Blatt Papier schreibt und dann zusammenfaltet und abgebt.«

»Und wenn wir keine Antwort wissen?«, hat Romy gefragt.

»Dann denkt ihr euch eine aus«, hat unsere Lehrerin gesagt.

»Wie doof ist das denn?«, fand Bentje.

»Aber NICHT bei euren Nachbarn abschreiben!«, hat

unsere Lehrerin gesagt. »Ihr müsst euch schon selbst eine Antwort ausdenken.«

»Einfach ausdenken?«, hat Sinan ungläubig gefragt.

Ja, das hat mich auch gewundert. Denn ich meine, in Mathe oder so sagt unsere Lehrerin nie, dass wir uns die Antwort einfach *ausdenken* sollen.

Unsere Lehrerin aber meinte noch mal: »Das gehört mit zum Spiel.«

Ich konnte nicht viel Lustiges an dem Spiel entdecken, dabei sollten Spiele ja wohl lustig sein, oder? Aber Erwachsene lachen ja oft über andere Sachen als Kinder. Und weil unsere Lehrerin echt nett ist, haben wir ihr die Freude gemacht und alle Antworten zu allen drei Fragen auf unser Blatt Papier geschrieben.

Die Fragen waren:

1. Wer ist Jane Austen?
2. Was ist ein Boiler?
3. Was sind die Beatles?

»Findest du echt, dass man solche Sachen wissen muss, wenn man in die zweite Klasse kommt?«, hat Justus gefragt.

»Nein«, hat unsere Lehrerin gesagt, »das finde ich nicht. Aber ich wüsste trotzdem gern, was ihr auf diese Fragen antwortet.«

Und dann hat sie uns noch ermahnt, wenigstens *zu versuchen*, auf die richtige Antwort zu kommen.

Ha! Ich hatte voll keine Ahnung. Außer bei Nummer drei. Mein Papa ist schließlich Drummer in einer Rockband. Da weiß man ja wohl, wer die Beatles sind!

»Wusstest du nicht, dass die Beatles eine Band sind?«, frage ich Bentje zurück.

Bentje guckt mürrisch. »Das wusstest du nur, weil dein Papa auch in einer Band spielt!«

Ich nicke. »Klar.«

»Und die anderen Fragen?«, fragt Bentje.

Ich zucke mit den Schultern. »Ich glaube, eine Auster, also das Wort, das habe ich schon mal bei meiner Mama gesehen.«

Bentje guckt noch mürrischer. »Das hat was mit kochen zu tun? Dann ist das auch voll ungerecht. Dann wusstest du das nur, weil deine Mama so viel kocht.«

»Wieso?«, frage ich. »Deine Mama kocht doch auch jeden Tag.«

»Aber nicht so komische Sachen wie deine«, muffelt Bentje. »Meine Mama hat noch nie eine Auster gekocht.«

Ich versuche, mich zu erinnern, was ich bei der ersten Frage hingeschrieben hab. Ich glaube, dass ich die Wörter auf einem von Mamas Büchern gesehen habe. Also hat Bentje Recht. Bei uns stehen echt viele Kochbücher rum. Und die meisten hat meine Mama geschrieben.

Ich will aber nicht, dass Bentje so mürrisch guckt. Und außerdem hatte ich wirklich keine Ahnung bei den ersten beiden Fragen. Aber weil unsere Lehrerin gesagt hat, wenn wir keine Ahnung haben, sollen wir uns eine Antwort ausdenken und aufschreiben, was uns gerade dazu in den Kopf kommt, deswegen hab ich das gemacht. Genau das aufgeschrieben, was mir in den Kopf kam. Aber darüber will ich jetzt echt nicht mehr nachdenken.

Vor allem, weil wir im Freibad sitzen und gute Laune haben sollten. »Los, lass uns schwimmen gehen!«

»Okay«, muffelt Bentje, aber guckt schon ein bisschen weniger mürrisch.

Ich drehe mich um zu Bentjes Mama, denn die sagt jetzt bestimmt gleich, dass wir nach so vielen Erdbeeren auf keinen Fall schwimmen gehen sollen. (Das machen Mamas immer. Warum geben sie einem im Schwimmbad dann ständig was zu essen?) Aber nee, die quatscht voll interessiert mit einer anderen Mutter, die ein Handtuch weiter liegt. Bestimmt übers Bügeln oder so.

»Glaub ich ja nicht!«, ruft Bentjes Mutter gerade laut und guckt ganz fassungslos. »Vor ungefähr einer Stunde? Und was hat es dann gemacht?«

Die andere Mutter richtet sich auf und erzählt ganz begeistert weiter: »Die haben natürlich mit bestimmt einem Dutzend Bademeister versucht, es einzufangen. Doch das kleine Ding ist denen immer wieder zwischen den Beinen durchgeflutscht. Das hättest du sehen sollen!«

Die Frau lacht und Bentjes Mama hört total gespannt zu.

»Und dann?«, fragt Bentjes Mama.

»Irgendwann blieb dem armen Viech nur noch ein einziger Ausweg«, erzählt die Frau, »die lange Treppe hoch zur riesigen Wasserrutsche…« Die Frau kichert. »Und drei Minuten später kommt es tatsächlich mit Vollkaracho die Rutsche runtergerutscht.«

Bentjes Mama fallen gleich die Augen aus dem Kopf. »NEIN! Und dann?«

»Dann schwamm es ganz friedlich im Becken und die Bademeister hätten es bestimmt leicht einfangen können. Doch in dem Moment kamen von irgendwoher ziemlich militante Tierschützer dazu und brüllten, dass das Jagen von dem armen Ding Tierquälerei sei, und schon war die größte Streiterei im Gange. Eigentlich hätte man das Fernsehen anrufen müssen!« Die Frau lacht noch mal.

»Und wo ist es jetzt?«, fragt Bentjes Mama.

»Keine Ahnung«, grinst die Frau. »Als sich alle nur noch angebrüllt haben, muss es sich aus dem Staub gemacht haben, beziehungsweise aus dem Wasser.« Die Frau kichert.

»So was!«, staunt Bentjes Mama. »Da haben wir ja richtig was verpasst!«

»Kommst DU?«, Bentje zieht an meinem Arm und hat wohl gar nicht zugehört.

Aber ich.

Ich möchte zu gerne wissen, was das war, wovon die Frau da erzählt hat. Ein Tier war im Freibad? Was denn für ein Tier? Hier sind doch gar keine Tiere erlaubt.

»KOMM JETZT!« Bentje guckt leider schon wieder ziemlich mürrisch.

Da laufe ich lieber mit. Oh, ich finde nichts schöner als den ganzen Tag im Wasser zu planschen!

Und jetzt springe ich noch mal vom Einmeterbrett. Ist das cool, oder ist das cool?

Livi

Es ist ja so ein Ding mit dem Kochen. Irgendwie beruhigt es die Nerven. Ich kann Iris fast verstehen. Und, ja, man ist echt versucht, noch was und noch was in die Gerichte zu mixen. Weil man was ganz Besonderes kochen will und weil was Neues erfinden Spaß macht. Aber weil ich weiß, dass genau das beim Essen meistens gar nicht mehr so viel Spaß macht, halte ich mein Rezept lieber bescheiden:

Man koche ein Kilo Nudeln (das sind meistens zwei Packungen, ich nehme immer diese kleinen Spiralnudeln) in einem riesigen Topf mit sehr viel Wasser für 10 Minuten. Danach kann man in einer Pfanne auf ganz schwacher Hitze und mit viel Olivenöl frisches Gemüse weich braten. Ich mache meistens: fünf große Zucchini, sechs Paprikaschoten (grüne, gelbe oder rote), sieben oder acht kleingeschnippelte Möhren, drei Auberginen, mindestens ein halbes Kilo Tomaten, vier Zwiebeln oder vier Stangen Porree (nicht beides) und zwei Dosen Mais (damit es bunter aussieht). Man kann aber auch ganz andere Gemüsesorten verwenden. Dann fülle man die weich gekochten und relativ trockenen Nudeln in eine große Auflaufform. Obendrauf verteile man das gebratene Gemüse schön gleichmäßig über die Nudeln und gieße zum Schluss Sauce darüber. Ich nehme einfach ein Glas Tomatensauce (KEINEN Ketchup – bäh, sondern richtig schöne Tomatensauce mit Stückchen drin und Kräutern). Wenn man will, kann man oben drauf noch ein paar Käsescheiben verteilen. Das gibt dann eine leckere Kruste. Fertig und ab in den Ofen für ungefähr dreißig Minuten bei 180 Grad!

Tipp: Wenn man keine so große Familie hat wie wir, nehme man von allem etwas weniger. Äh, ziemlich viel weniger.

Kenny knallt in die Küche, danach ihre Tasche auf den Esstisch und mir außerdem auch noch fast in den Nudelauflauf, den ich gerade versuche, zusammenzumixen.

Nudeln, Tomaten – plus praktisch alles an Gemüse, was ich im Kühlschrank gefunden habe. Ein bisschen Pfeffer, Salz, obendrauf klatsche ich ein paar Scheiben Gouda, und – zack – rein in den Ofen!

»Na, war es schön bei Bentje?«, frage ich und gebe Kenny einen Kuss.

»Nö«, meint Kenny, »aber dann sind wir ins Freibad gegangen und da war es schön.«

»Toll!« Ich spüle schnell die Pfanne ab.

»Was gibt's zu essen?«, fragt meine kleine Knallerschwester.

»Das, was du gerade eben gesehen hast«, lächele ich.

»Und wann?« Nicht nur Kennys Kulleraugen sehen hungrig aus.

»Dauert nicht lange. Wenn du im Freibad warst, musst du sowieso erst duschen«, erkläre ich (als ob Kenny das nicht wüsste!) und frage mich, ob ich im späteren Leben als Mutter wohl auch so klingen werde. (Wird man automatisch ganz schrecklich vernünftig, wenn man für kleine Kinder zu sorgen hat?)

»Ich dusch später«, nölt Kenny. »Erst will ich was essen.«

»Du duscht *jetzt*!«, sage ich freundlich, aber bestimmt.

Ich weiß genau, dass Kenny später zu müde sein wird, um noch duschen zu gehen. (Puh, vielleicht überlasse ich diesen Part später doch lieber dem Vater meiner Kinder!)

»Nö!«, sagt Kenny.

»Doch!«, sage ich. »Und jetzt mach mal ein bisschen Platz auf dem Tisch da, dann backe ich uns vielleicht noch Kekse zum Nachtisch. Aber dazu muss ich den Teig ausrollen können.«

»Au ja!«, ruft Kenny und räumt bereitwillig ihre Tasche ein Stück weiter.

Mit halbem Auge sehe ich, dass sie die nun auf den Stapel Post von heute morgen geknallt hat. Ach, egal. Platte Briefe können ja nicht viel platter werden als sie sowieso schon sind.

Huch? Okay, platter vielleicht nicht, aber nasser!

Aus Kennys Tasche tropft ein kleines, aber stetiges Rinnsal über die Papiere auf dem Tisch und von dort runter auf den Boden.

»Kenny!« Ich bin mit einem Satz am Tisch und reiße Kennys Tasche hoch. »Hast du da was Nasses drin?«

»Klar«, sagt Kenny, »klar! Ich hab doch gesagt, wir waren gerade im Schwimmbad.«

»Och, nee!« Ich lasse die Tasche auf den Boden fallen und versuche, die Post zu retten.

Der oberste Brief ist bereits halb aufgelöst. Mist! Ausgerechnet der, der vom Anwalt kam.

Ich fetze den wasserdurchtränkten Umschlag auf und zupfe den Brief raus, bevor der sich auch mit Wasser vollsaugt. »Mann, Kenny, du kannst doch keine nassen Sachen auf Papierstapel legen!«

Automatisch fällt mir der Briefkopf ins Auge. *Krüger, Klippke und Rosenkranz, Fachanwälte für Adoptionen, Pfleg-*

schaften und Vormundschaftsrecht. Nanu? Was haben denn Iris und Cornelius mit solchen Themen zu tun?

»Mmmrmpfff«, macht Kenny und sieht wegen des Wassers ein bisschen schuldbewusst aus.

Das versöhnt mich sofort. Ist ja nix passiert.

Zusammen mit der restlichen Post lege ich den Anwaltsbrief auf unsere Anrichte, scheuche Kenny ins Badezimmer und widme mich meinem Keksteig. Ja, kochen und backen beruhigt wirklich die Nerven. Und außerdem kann man dabei in Ruhe nachdenken.

Es war so schön am Fluss mit Gregory und Hugo!

Unser kleiner Hund ist wie ein Irrer die Wiesen rauf- und runtergerast und hat rauf- und runtergeschnuppert und rauf- und runtergebellt. Weiß der Kater, was für Spuren er da verfolgt hat, hihi! Mimis Spuren bei uns im Garten verfolgt er jedenfalls zu gern. Manchmal denke ich, dass Mimi extra ein paar wilde Schlangenlinien im Garten läuft, statt auf direktem Weg dorthin zu gehen, wo sie hinmöchte (meistens auf ihren Lieblingsplatz in einer Astgabel im Baum vor meinem Fenster), nur damit Hugo ein bisschen mehr Spaß hat. Mimi und Hugo kommen prima miteinander aus.

Nur die arme Aurora hat immer noch nicht so richtig viel Spaß mit unserer vierbeinigen Raketenkugel und hält sich lieber an uns Zweibeiner. Oder sitzt in ihrem Nest bei Walter Walbohm. Heute zum Beispiel hab ich sie noch überhaupt nicht gesehen.

Wen wir aber am Fluss gesehen haben, das waren die beiden Irren, die Sonntagmorgen vor unserer Haustür standen. Ich bin auf der Bank sofort hinter Gregory in Deckung gerutscht, bevor die mich entdecken konnten, doch der Mann und die Frau waren mit ganz anderen Dingen beschäftigt. Sie regten sich lautstark über zwei Häufchen Hundekot auf der Wiese auf.

Okay, das nervt mich auch. Ich meine, ist ja wohl selbstverständlich, dass man die Kackhäufchen von seinen Hunden aufhebt, sodass kleine Kinder nicht in braunen Ekelmatsch fallen müssen. Doch das, was die beiden von gestern Morgen da trieben, war echt der Hammer.

Mit offenem Mund guckten Gregory und ich aus sicherer Entfernung zu, wie der Mann und die Frau jeden, der auf der Wiese saß, ansprachen, ob das ihre Kackhaufen seien. Die Reaktion von den Leuten war zum Teil echt köstlich. Einige verstanden die beiden natürlich falsch und dachten, ihnen würde gerade unterstellt werden, selbst auf die Wiese gemacht zu haben. Ein älterer Herr war so erbost, dass er ihnen sogar mit seinem Krückstock drohte, hihihi! Ich meine, ehrlich, ich bin ja nun wirklich Umweltschützer, aber man kann es auch übertreiben!

»Haben Sie eigentlich Augen im Kopf?«, schrie ein anderer Vater von drei kleinen Kindern. »Ich habe überhaupt keinen Hund dabei. Wie soll mein Hund dann wohl diese Haufen da fabriziert haben?«

»Vielleicht haben sie ihn danach versteckt!«, gab die Frau zurück.

Und der Mann setzte allen Ernstes nach: »Man sollte Sie anzeigen!«

Doch als die Polizistin, die nachmittags immer durch unseren Ort spaziert, um zu gucken, ob auch alles in Ordnung ist, den Uferweg hochkam, gingen die beiden lieber weiter. Und räumten die Haufen nicht mal selbst weg.

Mir hat das natürlich sofort wieder Sorge gemacht.

»Meinst du, die haben uns angezeigt?«, hab ich Gregory gefragt.

»Quatsch!«, hat Gregory gemeint. »Sonst hätte heute schon längst die Polizei bei euch geklingelt.«

Das stimmt natürlich auch wieder. Bei uns hat keiner geklingelt.

Beruhigt knete ich meinen Keksteig und freue mich auf einen ruhigen Abend. Cornelius will später noch mal anrufen, doch Iris geht es nach der kleinen Operation schon viel besser. Scheint wohl wirklich der Blinddarm gewesen zu sein.

Drrrrrrring!

Ich wische meine Teighände ab und gehe zur Tür. Nanu? Wer kommt denn um diese Uhrzeit zu uns? Malea, Tessa und die Spanier haben doch Schlüssel. Und außerdem ist unsere Haustür sowieso meistens auf.

»Guten Tag?« Etwas überrascht begrüße ich vor unserer Haustür einen freundlich aussehenden Mann, den ich noch nie gesehen habe.

»Guten Tag, mein Name ist Runge, ich komme vom Deutschen Tierschutzbund.«

Er hält mir irgendeinen Ausweis vor die Nase, den ich leider nicht lesen kann, weil mein Herz direkt in Panikmodus gewechselt ist und ich durch den heftigen Adrenalinschuss im Blut kaum was erkennen kann. Tierschutzbund? Äh, TIER-SCHUTZ-BUND?

»Sie sind angezeigt worden.« Er lächelt tatsächlich immer noch. Dann guckt er mich prüfender an. Vermutlich denkt er, dass ich etwas jung aussehe. »Kann ich vielleicht mit deinen Eltern sprechen?«

»Nein!«, ist alles, was ich rausbringe.

Denn das stimmt ja. Die sind im Krankenhaus.

Endlich bringt mein Gehirn immerhin einen vernünftigen Satz zustande: »Moment, ich hole jemanden.«

Jetzt brauche ich wirklich Unterstützung. Und zwar jede, die ich kriegen kann.

Ich lasse meinen Auflauf Auflauf sein und rase rüber zu Walter Walbohm und Rema. Es ist also doch passiert.

HILFE! Das ist doch wohl alles nicht wahr!

Kenny

Manchmal, wenn ich mich doll nach Mama sehne, aber sie nicht zu Hause ist, weil sie zum Beispiel auf Lesereise mit ihren Strandgefieder-Büchern ist, habe ich einen guten Trick. Ich bitte Livi einfach, irgendwas auf dem Herd anbrennen zu lassen. Dann riecht das Haus sofort voll kuschelig, fast so, wie wenn Mama da ist, und ich hab gar kein Heimweh mehr.

Ich hab brav geduscht und laufe runter in die Küche. Hmmmm, das riecht echt lecker! Es riecht so wie bei Mama, wenn sie was kocht, was es auch bei anderen Leuten gibt. Also, wenn sie nicht Gänseblümcheneintopf oder Paprikapfoten mit Marzipankartoffelfüllung macht. Ich gucke mal neugierig in den Ofen. Oh, da drin sieht es genauso aus, wie es oft bei Mama aussieht. Ziemlich braun. Ähm, schwarz. Aber vielleicht gehört das so?

Wo ist denn Livi? Hier ist ja überhaupt keiner.

Dafür höre ich Stimmen aus dem Garten. Was machen die denn alle im Garten?

Draußen sind Walter Walbohm, der redet, und Rema und meine Livi, die noch weißer im Gesicht aussieht als sonst, und Javier und Ramón, die auch reden. Anscheinend zeigen sie einem fremden Mann unseren Garten.

Wieso will der denn alles sehen? Sogar den alten Schuppen, in dem Papas Rasenmäher steht und meine alten Spielsachen, für die ich zu groß geworden bin. Oh, da muss ich aber schnell hinlaufen! Nicht, dass der was von meinen Sachen mitnimmt. Mit denen will ich doch noch mal spielen.

Der Mann lächelt. »Vielen Dank! Da bin ich beruhigt, das war wohl falscher Alarm. Ich werde gleich einen Bericht schreiben, dann brauchen Sie sich keine Sorgen mehr zu machen. Hier sieht es wirklich nicht nach einem Schlachthof aus.«

Ein Schlachthof? Ist das nicht so ein Ort, wo Tiere getötet werden? Spinnt der?

Walter Walbohm schüttelt den Kopf. »Was es für verrückte Leute gibt! Wie kann man eine Zeitungsanzeige bloß so falsch verstehen?«

Der fremde Mann guckt ein bisschen unglücklich. »Wenn Sie wüssten, was wir für Anrufe kriegen! Die meisten Anzeigen, die gemacht werden, sind natürlich berechtigt. Aber es gibt auch Leute, die nichts anderes zu tun haben, als sich Hirngespinste auszudenken und uns unnötig Arbeit zu machen.«

Rema nickt und fasst sich an ihr Herz. »Ach je, ach je! Na, bloß gut, dass jetzt alles wieder in Ordnung ist!«

Als der Mann schon gehen will, dreht er sich noch mal um. »Ach so, das sollte ich Ihnen noch sagen: Das Ehepaar hat uns am Telefon erzählt, dass es auch die Lokalzeitung eingeschaltet hat und dass die morgen, am Dienstag, einen Bericht über die Geschehnisse in Ihrem Garten bringen werden.«

»Aber in unserem Garten gibt es doch gar keine Geschehnisse!«, kreischt Rema und fasst sich noch mal an ihr Herz.

Da laufe ich lieber schnell zu Remi hin und fasse nach ihrer Hand und drücke sie ganz fest.

»Kenny!«, ruft Rema überrascht. »Was machst du denn hier?«

»Nun ja«, sagt der Mann und beachtet mich gar nicht, »wenn der Artikel am Dienstag erscheint, wird die Zeitung die falschen Anschuldigungen wohl am Mittwoch wieder richtigstellen müssen., Ich wollte Sie nur vorwarnen. Ich würde Ihnen raten, morgen früh gleich beim Tagesspiegel anzurufen.«

»Aber wenn die die Richtigstellung erst am Mittwoch drucken, liest es ja morgen der ganze Ort!«, haucht Livi und wird noch weißer. »Und glaubt vermutlich, was da steht.«

Der Mann zuckt die Schultern. »Das tut mir sehr leid. Bestimmt wird es noch ein paar Missverständnisse geben, aber die können Sie in den nächsten Tagen ja aufklären.«

Livi sieht aus, als ob sie gleich anfängt zu weinen. Ich verstehe gar nicht so richtig, warum.

Als der Mann endlich weg ist und wir alle in die Küche gehen und Livi plötzlich schnuppert, laufen ihr tatsächlich die Tränen die Backen runter. »Mein Auflauf! NEIN!«

Oh je! Der Auflauf sollte anscheinend doch nicht so schwarz sein.

Ich versuche, Livi zu trösten. »Macht doch nichts! Wir können ja einfach nur die Kekse essen.«

Aber ich habe das Gefühl, dass Livi gar nicht wegen des Auflaufs weint.

Sie jammert immerzu: »Unsere ganze Arbeit! Die ganze Stadt wird denken, dass *Auroras Freunde* eine Tierquälerorganisation ist! Und selbst wenn die Zeitung einen Tag später eine Richtigstellung druckt – die liest doch nicht jeder,

der den Artikel vom Dienstag gelesen hat. Unsere Gruppe *Auroras Freunde* wird für immer einen total schlechten Ruf haben. Der geht NIE MEHR WEG! Dieser Scheiß-Zeitungsartikel. Und jetzt am Abend ist es zu spät. Die Zeitungen für morgen sind längst im Druck!«

Oh neeeee, nun schluchzt Livi richtig!

Das tut mir so weh, dass ich voll Bauchschmerzen kriege. »Livi, liebe-liebe Livi, bitte nicht weinen!«

Walter Walbohm setzt sich an unseren Küchentisch und räuspert sich ungefähr fünfzehn Mal. »Also … also, wirklich! Also, das ist doch eigentlich sehr ungewöhnlich!«

Hilfesuchend guckt er zu Rema. »Das ist doch …! Das ist doch ein Skandal! Eine Zeitung kann doch nicht einfach etwas drucken, nur weil irgendjemand, der nicht alle Tassen im Schrank hat, irgendeinen Dünnsinn behauptet!«

»Ach je, ach je!«, stöhnt Rema und lässt sich neben Walter auf einen Stuhl fallen.

»Kann man nicht verrrrhinderrrrn, dass die Zeitung ausgelieferrrt wirrrd?«, fragt Javi.

Und Ramón fällt ihm fast ins Wort: »Claro que sí! Das machen wirrrr! Wirrr fahrrren zurrr Druckerrrei und brrrechen die Türrrr auf und stoppen die Drrrruckmaschinen und …«

»Und was?«, fragt Walter Walbohm. »Dann kriegen wir erst recht Ärger. Und zwar von der Polizei.«

»Aberrrr das ist so ungerrrecht!« Javier sieht richtig grollig aus.

»Können wir gar nichts tun, um zu verhindern, dass der Artikel morgen in der Zeitung erscheint?«, fragt Rema mit traurigem Gesicht.

»Nein«, antwortet Walter und seufzt kilometertief. »Ich glaube nicht.«

»Buhuhuuuu!«, weint Livi. »Buuuhuuuuuhuuuuuu …!«

Und da laufe ich lieber ganz schnell rüber zu Sibylle und Goldi Hahn, um Gregory zu holen.

Ich hab nicht genau verstanden, was genau morgen in der Zeitung stehen wird. Aber es macht Livi auf jeden Fall schrecklich unglücklich. Wenn *ich* ganz unglücklich bin, brauche ich Mama oder Papa oder Rema oder eine von meinen Schwestern. Aber Livi braucht Gregory. Das weiß ich.

Als ich aus dem Haus renne, pralle ich fast in Malea rein.

»Hallo Malea«, rufe ich, »Livi ist ganz traurig. Was ganz Komisches ist passiert. Ich muss schnell Gregory holen.«

»Hmm«, macht Malea nur.

Ich drehe mich kurz um. Malea sieht auch ein bisschen komisch aus.

Huch? *Ziemlich* komisch sogar.

Egal. Erst mal muss ich Livi helfen.

Malea

Ich würde zu gerne wissen, ob James Bond als Kind auch so viele Abenteuer erlebt hat wie ich.

Kann ich ja nicht ahnen, dass der Kerl mich wirklich zur Schule fahren wollte! Dass man nicht in fremde Autos einsteigt, weiß ja wohl jedes Brüllbaby!

Also habe ich gebrüllt, als der mich am Arm zu seinem Wagen ziehen wollte. (So ein richtiger Angeberschlitten, offenes Verdeck und so.) Leider war kein Mensch in der Nähe, der mich hätte hören können. Dass ich ihm dann ins Gesicht gespuckt hab, war also reine Notwehr.

Zum Glück sieht er das auch so. Obwohl er sich mindestens dreimal beklagt hat, dass einer meiner Treffer direkt in sein rechtes Auge ging. (Ich hab gar nicht besonders gezielt. Ehrlich! Aber James Bond wäre stolz auf mich gewesen.) Tja, man darf halt nicht an Kindern zerren!

Noch ein paar Sekunden mehr und ich hätte bestimmt auch sein linkes Auge getroffen, aber er hielt mir eilig was vors Gesicht, sodass ich weder weitere Spucke abfeuern, noch was sehen konnte. Außer das Ding. Was ein so Ausweis von seinem Job war, wie ich in dem Moment sehen konnte, in dem ich ihn in die Hand nahm und las, was da stand. Ein Foto von dem Kerl war auch drauf.

Der Typ sah Meermeilen erleichtert aus, als ich plötzlich grinste und »Ach so!« sagte.

Doch als ich fragte »Und was wollen Sie von mir?«, meinte er, das sei eine längere Geschichte, aber er müsse ganz, ganz dringend mit mir reden.

»Ich hab Zeit«, sagte ich sehr cool und merkte, wie sich das erste Mal seit Tagen wieder ein richtig schönes Geheimagentengefühl in meinem Körper ausbreitete. Oh, wie ich das vermisst hab!

Ein richtig gutes Geheimagentengefühl ist schöner als alle Gefühle der Welt. Es kribbelt weich und wunderbar, es prickelt spannend und geheimnisvoll, und man fühlt sich groß und stark und glücklich.

Wir setzten uns in sein Auto und dann erzählte er.

»Puh!«, sagte ich, nachdem er fertig war, denn das war 'ne hammerhaiharte Story.

»Und jetzt brauche ich Informationen von dir«, sagte er.

Ja, das war tintenfischklar.

»Soll ich dich zur Schule fahren und du erzählst mir ein bisschen?«, fragte er.

Ich überlegte. Mit dem Auto würden wir in zwei Minuten da sein. Und dann fing ja auch bald der Unterricht an. Wir würden also kaum zehn Minuten Zeit haben. Gerade jetzt, wo es so einen Spaß machte, mit dem Typ zu verhandeln.

Denn – mistiger Meerdrachen – genau das würde ich tun! Das wurde mir in dem Moment klar. Weil mir nämlich gerade eine wellenwunderbare, glücksgeniale Idee gekommen war!

(Eine glücksgeniale Idee ist eine Idee, die ganz viele verschiedene Leute und nicht nur einen einzigen Menschen glücklich machen kann.)

Das passiert manchmal. Dass ich eine wellenwunderbare, glücksgeniale Idee habe, meine ich.

Nur oft kann ich diese Ideen dann leider nicht in die Tat umsetzen. Weil die Welt viel zu blöd und erwachsen ist, als dass sie auf geniale Ideen von Kindern hören würde.

Doch jetzt hatte ich eine Chance. Eine einmalige Chance! Und die würde Malea Bond am Genick packen, wie sonst nur James die übelsten Schurken. HA!

Mit entschlossenem Gesichtsausdruck sah ich ihm direkt in die Augen. »Ich glaube, wir brauchen *mehr* Zeit.«

Er guckte ein bisschen doof. »Oh! Äh – ach ja?«

»Ja!« Ich nickte. Knallhart.

Oh, Malea Bond ist keine leichte Beute! Schon gar nicht für solche Leute, wie diesen Typen. Nee, Malea Bond ist clever. Die schlägt nicht nur ein paar Ganoven in die Flucht, sondern auch locker zwei Zappelfische mit einer Klappe. Oh, das machte soooo einen Spaß!

»Ich schlage vor, wir gehen irgendwo anders hin. Vielleicht ins Bella Roma«, sagte ich mit meiner allerbesten und festesten Geheimagentenstimme.

Der Mann guckte. Und schluckte. »Ins Eis-Café? Ich muss eigentlich gleich ...«

Ich nickte noch mal. Knallhart.

»Und die Schule?«, fragte er. »Kriegst du keinen Ärger, wenn du fehlst?«

»Kleine Fische!«, gab ich zurück.

Denn irgendwie kriegte ich bei der Vorstellung, heute mal die Schule zu schwänzen, ein noch besseres Geheimagentengefühl. Ich merkte sogar, wie die ganze Müdigkeit verschwand und mein Frust und überhaupt alles, was in den letzten Tagen so blöd gewesen war.

Ich werde morgen in der Schule einfach sagen, ich sei

nochmal umgekippt. Babyeierleicht! Nach Samstag wird mir das garantiert jeder glauben.

Dann gingen wir. Ins Bella Roma. Oder besser, wir fuhren. In seinem offenen Sportwagen. Mit Malea Bond vorne auf dem Beifahrersitz. Woooooaaaah! Soooo cool!

Im Bella Roma bestellte ich den größten Eisbecher, den es auf der Karte gibt. Da grinste der Kerl ein bisschen, aber sagte, das sei okay und außerdem schließlich Spesen.

Ich glaube, Spesen sind so Sachen für die Leute, wie er, ihr Geld später von ihrem Boss wieder zurückkriegen. Vielleicht hätte ich mir zwei Eisbecher bestellen sollen.

Während ich ihm die Sache, zu der er mich befragte, erklärte, wartete ich nur auf den richtigen Moment, um ihm meine wellenwunderbare und absolut glücksgeniale Idee zu erklären. Eine Hand wäscht die andere oder so.

Keine halbe Stunde später, während wir noch über andere Dinge quatschten, kam der Moment. Ich schlug zu und erzählte ihm, was ich mir wünschen würde. Und – oh, du glücksgeniales Seesternchen! – der Typ schlug ein. In meinen Handel. Meine Idee wird wahr!

Aaaaah, was für gute Arbeit ich geleistet habe!

Nur jetzt, wo ich wieder nach Hause komme, finde ich, dass der Empfang doch etwas bescheiden ist. Ich meine, eigentlich müssten mir doch alle um den Hals fallen und mich auf einem Stuhl hochheben und durchs ganze Haus tragen und dabei »Malea ist die Grö-hö-hößte!« singen. Oder so.

Na schön, sie wissen ja noch gar nicht, was ich gemacht habe. Aber nachdem Kenny mich in der Tür zwar fast umgenietet, aber noch nicht mal gefragt hat, wo ich den ganzen Tag war, bin ich schon etwas geknickt.

Trotzdem schiebe ich die Enttäuschung beiseite und

gehe ich in die Küche. Schließlich versteht Kenny sowieso nur die Hälfte, wenn ich erzähle, was passiert ist.

Hui, was für eine tiefseekrakig finstere Stimmung ist denn hier? Heiliger Seegrassalat!

Rema, Walter Walbohm, die Spanier und Livi hocken mit meergrottig düsteren Gesichtern am Tisch und sagen kein Wort. Auf dem Herd steht eine verbrannte Auflaufschüssel. (Nanu, ist Iris schon wieder zurück?)

»Hallo!«, sage ich mal, weil sonst keiner was sagt.

»Hallo Malea!«, antworten Walter und die Spanier, und Rema fragt: »Na, meine Süße, hattest du einen schönen Tag?«

Einen schönen Tag? Hallo? Ich war nicht in der Schule, nicht beim Mittagessen. Ich hätte inzwischen auch nach Argentinien entführt worden sein können, und alles, was ich kriege, ist ein: *Hattest du einen schönen Tag?* Vermutlich hätten die mich noch nicht mal vermisst, wenn ich erst nächstes Wochenende wieder aufgetaucht wäre!

Ich werde so wütend, dass ich mich direkt auf dem Absatz wieder umdrehe! Pffff, die können lange warten, bis ich ihnen erzähle, was ich heute gemacht habe! Ich geh lieber in mein Zimmer und spiele mit Hugo. So!

Und klar wie Tintenfischbrühe – was höre ich, als ich schon halb im Flur bin?

»Was ist denn mit Malea los?« Das ist Ramóns Stimme.

»*Pubertät!*« Das ist Remas Stimme. »Lasst sie einfach eine Weile in Ruhe. Malea braucht ein bisschen Zeit für sich.«

HA! Ich brauche keine Zeit für mich!

Oder – hm – eigentlich doch. Hm. Oder – ach, ich weiß nicht. Auf jeden Fall finde ich es total doof, dass mich kein einziger Mensch in meiner Familie fragt, wo ich den ganzen Tag war.

Ich hebe meine Tasche vom Boden im Flur auf und gehe rüber zur Treppe, als mir – PENG – die Eingangstür fast ins Gesicht fliegt. Dahinter giggeln Tessa und Dodo mit riesigen Einkaufstüten ins Haus. Danke!

»Huch, Malea!«, japst Tessa, als sie direkt vor mir steht. »Hab dich gar nicht gesehen.«

Und schon stolzieren die beiden weiter zur Küche. Kein »Hallo!« oder »Wo warst du denn bloß? Ist was passiert? Wir haben dich in der Schule gar nicht gesehen!«.

Ich sag's ja, ich könnte in den Ozean gefallen und schon längst an einer einsamen Insel gestrandet sein, meinen Schwestern würde das frühestens Weihnachten auffallen. Und selbst dann würden sie wahrscheinlich sagen: »*Pubertät!* Die findet sich schon wieder an.«

Ich pfeife nach Hugo, der fröhlich angerannt kommt, und stapfe die Treppe hoch. Die können lange warten!

Aber morgen muss ich unbedingt wieder zur Lauschigen Eiche. Wegen meiner glücksgenialen Idee natürlich. Oh, wie die sich freuen werden! Und da freue ich mich doch auch wieder ein bisschen.

Tessa

»Según va avanzando el día, el calor se vuelve más insoportable – je weiter der Tag voranschreitet, desto unerträglicher wird die Hitze!« Ein bisschen Spanischlernen jeden Tag muss sein. Und besonders in Spanien kann man diesen Satz immer gut gebrauchen. Ein echter Small Talk-Starter.

Hola, mi corazón – mein Herz!«, ruft Javi mir entgegen, als ich mit Dodo in die Küche komme.

Er schießt förmlich von seinem Stuhl hoch und umarmt mich, als wäre ich gerade von einer monatelangen Nordpolexpedition zurückgekommen. (Übrigens auch eine hübsche Vorstellung bei diesen Temperaturen. Ob das Eis dort hart genug ist, um in High Heels darauf laufen zu können?)

»Wie warrrr die Schule?«

»Wie immer.« Belanglos wische ich seine Frage mit einer Handbewegung weg, treffe aber dabei leider sein Gesicht, das sich gerade vorbeugte, um mir einen Kuss zu geben.

Beleidigt macht Javier einen Schritt zurück. »Ah, muchas gracias – vielen Dank!«

Ups! Ich schenke ihm schnell ein bezaubernd entschuldigendes Lächeln und hauche ihm zur Sicherheit noch einen Kuss auf seinen Mund.

Mmhmmm, das muss man ihm lassen, er hat ganz wunderbar kussfreundliche Lippen! Ach, ich hab Javi wirklich, wirklich lieb! Ob ich ihm schnell noch einen zweiten …?

Dodo unterbricht meine Gedanken.

»Wir haben was zum Grillen mitgebracht!«, schmettert sie in ihrer herrlich unbekümmerten Art in den Raum.

Und das ist ein wahres Glück, denn hier herrscht scheußliche Trauerstimmung. Meine Güte, qué pasa – was ist denn bloß los? Und – oh nein – wischt Livi sich da gerade ein paar Tränen weg?

Dodo und ich packen unsere Tüten auf die Anrichte und setzen uns an den Tisch. Zehn Minuten später wissen wir, was passiert ist.

Madre mía, ich kann verstehen, dass Livi am Boden zerstört ist. Und ich sage es nur ungern (ich bin ja von Natur aus bescheiden), aber ICH HATTE Livi gewarnt, dass da noch Ärger auf sie zukommen könnte!

(Selbstverständlich sage ich das nicht laut. Die Kunst einer Lady ist es, zu wissen, wann man etwas aussprechen und wann man besser die Klappe halten sollte.)

»Madre mía!«, flüstere ich stattdessen mitfühlend, streichele Livis Hand und zermartere mir das Hirn, wie ich meine kleine Schwester aufmuntern könnte.

Man könnte natürlich alle Dienstags-Zeitungen im Ort aufkaufen, sodass kein einziger Stadtbewohner sie lesen kann, aber so viel Geld hat Livi nie im Leben. Und Dodo und ich auch nicht. Außerdem machen die ersten Kioske im Ort schon um fünf Uhr auf und wer, bitte, will so früh aufstehen?

Immerhin sieht Livi wieder etwas gefestigter aus. Und als Rema mit einem unglücklichen Seitenblick auf einen pechschwarzen Auflauf (wer hat den denn gekillt?) »Aber essen müssen wir heute trotzdem noch!« seufzt, legen Dodo und ich los. Wie gut, dass wir so reichlich eingekauft haben!

Ramón und Javi packen Decken und Liegestühle in den Garten und schmeißen den Grill an. Dodo – die Fabelhafte! – mixt für Rema und Walter Walbohm erst einmal einen coolen Abenddrink (ein paar Ananasstücke, Mangostücke und Melone, alles in den Mixer, dann schön sprudeliges Mineralwasser drüber, ein paar Eisstücke rein, umrühren, fertig). Den scheinen sie nötig zu haben. Ich schütte die Chips und Erdnüsse in hübsche Schälchen, schneide dann die grünen und roten Paprika, die Auberginen und die Zucchini in große Scheiben, hole die Fleischburger und die Veggie-Burger (damit Livi auch was Vegetarisches essen kann) aus den Tüten und packe alles auf den Grill.

Nach wenigen Minuten duftet es bereits herrlich nach einem gemütlichen Abend. Und als Kenny plötzlich aus dem Garten von Goldi und Sibylle mit Gregory im Schlepptau auftaucht, sieht Livis Gesicht fast schon entspannt aus. Was würde sie nur ohne ihre große Schwester machen?

Gerade, als wir auch das allerletzte Stück vom Grill verputzt haben, klingelt das Telefon.

»Oh, hallo Cornelius!«, ruft Livi und stellt schnell auf laut, sodass wir alle mithören können.

Iris hat ihre OP gut überstanden. Doch leider sind ihre Blutwerte wieder schlechter geworden, sodass Cornelius ziemlich besorgt klingt. »Wenn sie nicht schwanger wäre, wäre das alles überhaupt kein Problem!«

»Isst sie denn wenigstens vernünftig?«, fragt Rema.

Rema ist ständig besorgt, dass eine von uns – oder auch sie selbst – nicht genug Essen zu sich nehmen könnte.

(Was sie selbst angeht, ist diese Sorge allerdings relativ unbegründet. Selbst wenn Rema sämtliche Nahrung eine

Woche lang verweigern würde, würde sie noch bequem in Kleidergröße neunundfünfzig passen. Was ihr übrigens ausgezeichnet steht. Eine echte Lady lässt sich natürlich nicht von dämlicher Mager-Model-Werbung beeinflussen, sondern ist deswegen bezaubernd, weil sie IHREN EIGENEN Stil entwickelt und trägt. Auf unsere Rema können wir stolz sein).

»Aber ja«, antwortet Cornelius, »es geht Iris wirklich nicht schlecht. Sie kann schon wieder aufstehen und ihr ist kaum noch übel. Viel besser als am Wochenende!« Dann wird er stiller. »Nur ich ..., ich mache mir einfach Sorgen.«

Rema und Walter Walbohm fragen noch nach ein paar Werten und versuchen, Cornelius seine Angst zu nehmen. Auf jeden Fall wird Iris noch bis Ende der Woche im Krankenhaus bleiben müssen. Und Cornelius wird sie keine Minute allein lassen.

»Können wir sie endlich besuchen?«, fragt Kenny.

»Aber ja«, sagt Cornelius, »morgen könnt ihr kommen. Vielleicht nur noch nicht alle auf einmal ...«

Und als Rema noch mal besorgt nachfragt, versichert er: »Nein, nein, wirklich, macht euch keine Gedanken, sie ist schon wieder ganz die Alte.«

»Er sagt, *wir* sollen uns keine Gedanken machen, aber er selbst ...!«, flüstert Gregory.

Livi nickt und rollt mit den Augen.

»Iris sorgt sich am meisten, ob bei euch alles in Ordnung ist«, hören wir Cornelius aus dem Lautsprecher.

»Alles bestens!«, tönt Walter Walbohm sofort laut.

»Wunderbar in Ordnung!«, bestätigen Rema und Kenny.

»Alles gut!«, piepst Livi tapfer.

Und Gregory und ich setzen noch ein »Könnte nicht besser sein!« drauf.

Cornelius scheint hörbar erleichtert. »Ach so, das hätte ich fast vergessen ... Eine der Krankenschwestern kam vorhin zum Spätdienst und erzählte uns eine wilde Story über ein HUHN, das wohl das Freibad komplett zerlegt hat, äh, und ...«

»Wie bitte, ein HUHN?«, ruft Rema erstaunt. »Wie kann denn ein Huhn ...?«

»Genau meine Meinung«, unterbricht sie Cornelius. »Aber scheint tatsächlich passiert zu sein. Und ihr kennt ja Iris! Nun ist sie fast am Durchdrehen, weil sie sicher ist, dass das Aurora war! Das Huhn hat wohl einen ziemlichen Sachschaden angerichtet und außerdem tausend Leute in Angst und Schrecken versetzt. Aber unsere Aurora würde doch so was nicht machen, oder?«

»Auf keinen Fall!«, ruft Walter Walbohm empört. »Aurora ist das sanftmütigste Huhn der Welt – was für eine absurde Idee!«

Eigentlich gehört Aurora ja Walter. Und wenn einer sein Huhn angreift, stellt er sich sofort schützend davor.

»Natürlich, natürlich!«, rudert Cornelius schnell zurück. »Genau meine Meinung! Ich frage ja nur, damit Iris endlich aufhört, durchzudrehen, bloß weil sie ihre Familienküken mal ein paar Tage allein lassen muss. Äh, unsere Aurora *sitzt doch* lieb und brav bei euch im Garten, ODER?«

»Ich guck mal schnell, Papa!«, ruft Kenny und saust schon los.

Ich halte den Atem an. (Merkt man, dass ich den Atem anhalte? Ganz uninteressiert gucken! Wir haben nichts gesehen. Absolut gar nichts. Schon gar kein Huhn im Freibad.)

Dodo neben mir sieht aus, als hätte sie zwei Auberginen quer im Hals.

»Haltung!«, zische ich ihr unauffällig zu.

Panisch guckt sie zu mir zurück.

Oh, ich kenne diesen Blick! Madame Dunst steht kurz vor einem hochexplosiven Lachanfall!

Aus rein erzieherischen Gründen trete ich Dodo mal kräftig auf den Fuß. Das lenkt den drohenden Vulkanausbruch in Dodos Kehle hoffentlich in andere Richtungen.

»AUUUUU!«, quietscht Dodo. »Spinnst du?«

»Oooh, tut mir leid!«, hauche ich und werfe ihr einen letzten warnenden Blick zu.

Mach nur weiter so und du kannst deinen Fuß heute Abend in Gips nach Hause tragen!, sagt dieser Blick

»Hrrrpppp«, grunzt Dodo. Und hält die Klappe.

Bingo, geht doch! Wir sind halt ein gut eingespieltes Team.

»Aurorachen liegt hier unter den Robobembombüschen!«, hören wir Kennys Stimmchen aus dem Garten.

»Da bin ich aber beruhigt.« Cornelius atmet hörbar aus. »Iris macht sich immer viel zu viele Sorgen.«

Ich mache mir allerdings gerade auch ein bisschen Sorgen. Das letzte Mal, als Dodo und ich unser Haushuhn gesehen haben, war sie von oben bis unten mit sommerbunten Eiscremefarben eingetunkt. Als jetzt ihr Kopf hinter Kenny aus den Büschen auftaucht, erwarte ich einen Moment lang das Schlimmste. Doch ein Huhn in strahlend weißem Federkleid wackelt langsam auf uns zu.

(Ich muss unbedingt mein weißes Kleid von letztem Sommer aus dem Schrank kramen. Weiß sieht vor dem blauen Himmel und dem knallgrünen Rasen ja einfach totalmente estupendo, nämlich großartig aus!)

»Nein, nein, Aurora kann das nicht gewesen sein!«, lacht Rema jetzt. »Glaub mir, die ist tiefenentspannt und sieht wirklich nicht aus, als ob sie wilde Sachen im Kopf hätte. Ich glaube, die Hitze macht sie müde und schläfrig.«

Ja, etwas müde sieht unser munteres Hühnchen tatsächlich aus. Aber ob diese Müdigkeit von der Hitze kommt, wage ich stark zu bezweifeln.

»Ah, gut!«, kommt Cornelius' befreit klingende Stimme am Ende des Gesprächs zurück. »Wir brauchen wirklich nicht noch mehr Sorgen!«

Dodo und ich wechseln einen besorgten Blick. Nein, zusätzliche Sorgen brauchen Iris und Cornelius definitiv nicht. Dass Iris im Krankenhaus liegt und Baby Fünf womöglich in Gefahr ist, ist besorgniserregend genug. Das, was Iris jetzt braucht, ist Ruhe, um sich zu erholen. Und keine hühnerverrückten Aufregungen.

Und die wird sie auch nicht kriegen. Denn zum Glück haben Dodo und ich heute Nachmittag ja *absolut nichts* Verdächtiges gesehen. Vor allem nicht im Freibad. Und *auf keinen Fall* ein Huhn!

»Klappe!«, wispere ich mit zuckersüßem Lächeln zu Dodo rüber, als die ihren Mund gerade wieder öffnet.

»Ich wollte nur Ramón fragen, ob er noch ein Stückchen spazieren gehen will«, gibt Dodo ein wenig säuerlich zurück und bedenkt mich mit einem Blick Marke *Hältst du mich für doof?*

»Sorry!«, wispere ich noch leiser.

Als Nächstes verabschieden sich Rema und Walter Walbohm und gehen Hand in Hand rüber in Walters Haus. Kurz danach verschwinden Livi und Gregory. Malea hat sich vorhin nur kurz einen Riesenteller Grillsachen geholt und hat sich dann sofort wieder oben in ihrem Zimmer eingemuschelt. Das heißt, dass Javi und ich allein sind.

Ach, nee, Kenny ist ja auch noch hier! Sollte ihr vielleicht mal jemand sagen, dass sie ins Bett gehen muss?

»Oh, du bist so schön sauber, Aurorachen!«, giggelt Kenny und streicht sanft über die schneeweißen Federn unseres Huhns.

Ja, das ist sie in der Tat. Möchte wissen, wie sie es geschafft hat, all das bunte Eis von ihren Federn wieder runterzukriegen, mit dem sie heute von der Eistheke davongeflattert war! Als hätte sie irgendwo ein säuberndes Bad genommen. Dabei haben wir bei uns im Garten ja noch nicht mal einen Ententeich. Erstaunlich!

»Hora de dormir!«, ruft Javier plötzlich neben mir und klatscht in die Hände, als wäre Kenny ein dressiertes Hündchen. »Schlafenszeit!«

Kenny kichert. »Bringst du mich ins Bett und liest mir eine Geschichte vor?«

»Claro que sí – natürrrlich!«, antwortet Javi, mein Held, und springt schon auf. Er gibt mir einen Kuss auf die Nase. »Bin gleich wiederrrr da!«

Ich lächele. »Lass dir Zeit!«

Aber nicht zu viel, denke ich. Denn plötzlich finde ich es unheimlich romantisch hier bei uns im Garten. Wenn Iris und Cornelius nicht da sind. Und alle meine Schwestern Ruhe geben.

Und ist es nicht totalmente klasse von Javi, dass er Kenny ins Bett bringt und nicht etwa ich das machen muss? Stattdessen kann ich mal nachdenken …

Huch? Und dringend meinen Lidstrich nachziehen! Denn das ist doch nicht etwa mein Eyeliner, den ich mir da gerade von der Backe gewischt habe? Ich sag's ja, man kommt zu nichts!

Eilig laufe ich ins Haus, husche die Treppe hoch ins

Badezimmer und fange konzentriert an, mich um meine Augen zu kümmern. Dabei kann ich sowieso am besten nachdenken.

Ich denke an Iris und wie sie da wohl in ihrem Krankenhauszimmer liegt und sich Sorgen um Baby Fünf macht. Ein Glück ist Cornelius bei ihr.

Als ich an Cornelius denke, fällt mir der Song ein, mit dem er und ich bei dem Plattenfirma-Wettbewerb mitmachen wollten. Ende dieser Woche wird es einen bis jetzt völlig unbekannten Songschreiber geben, der nun einen Vertrag kriegt. Einen richtig professionellen Vertrag bei einer richtig professionellen Plattenfirma! Der Glückliche!

Ich muss sehr tief durchatmen, sooooo glitzerperlenmäßig und umwerfend schön ist diese Vorstellung! Äh, *wäre* diese Vorstellung gewesen, wenn Cornelius und ich …

Aber das hätten wir natürlich sowieso nicht. Jedenfalls wahrscheinlich nicht. Auf der anderen Seite kann man das nie wissen. Ach, hätten wir doch wenigstens mitgemacht! Die Ausschreibung lief ja schon ein paar Monate. Warum haben Cornelius und ich den Song nicht schon früher fertiggemacht?

Vale – okay, das lag an mir! Ich hatte einfach keine Zeit. Ich musste mich schließlich um SOS kümmern. Wir haben so viele Songs neu zu lernen und dann schreiben Jasper und ich ja auch beide auch noch Lieder.

Puneta – Mist!

Die Enttäuschung, dass wir jetzt nicht mal die perlenstaubglitzerig-klitzekleinste Chance haben, diesen Songschreiber-Vertrag zu gewinnen, fängt nun doch fies an, in meinem Bauch zu nagen. Schnell wische ich sie mit einer entschlossenen Handbewegung beiseite. No importa –

macht nichts! Iris ist eine Million Mal wichtiger. Cornelius und ich werden uns eben nächstes Jahr bewerben. Und zwar rechtzeitig.

Trotzdem seufze ich noch mal leise. Denn … schade ist es schon. Muy, muy schade.

Beim Thema Musik wandern meine Gedanken automatisch weiter zu SOS und Jasper. Ja, Jasper …

Hm. Ob Javi wirklich Angst hat, dass das mit Jasper so was werden könnte wie mit Henry früher?

Javier reagiert in manchen Dingen wirklich übertrieben und ist dann auch noch auf so eine schrecklich heißblütige Art eifersüchtig. Allerdings …wie würde *ich* mich fühlen, wenn Javier in Barcelona mit einem Mädchen befreundet wäre? Ich meine, ziemlich eng – also, jeden Tag und so – befreundet wäre?

Y qué – na und?, antworte ich mir selbst, ohne zu zögern. Wäre ja noch schöner! Als ob eine Lady mit vorbildlicher innerer Haltung zu so was Albernem wie Eifersucht neigen würde!

Während ich schnell noch meine hitzegeplagte Frisur in Ordnung bringe, versuche ich, mir diese imaginäre Freundin von Javier vorzustellen. Bestimmt wäre sie hübsch, alle Spanierinnen sind hübsch. Sie hätte lange schwarze Haare und würde diesen stolzen, Ausdruck im Gesicht haben. Unheimlich viel Energie hätte sie garantiert – so was findet Javi toll. Und tanzen könnte sie – caramba!

Okay, ein bisschen doof finde ich das jetzt doch! Was soll das? Wieso braucht Javier eine tanzende Freundin in Spanien, wenn er doch mich hat?

Hm.

Plötzlich lausche ich in den Flur. War da was?

Von ganz oben tönt Javiers dunkle Stimme aus Kennys

Zimmer. Ich kann zwar nicht hören, was er ihr vorliest. Aber total süß, dass er so was macht!

Genüsslich versinke ich wieder in meine Gedanken und mein Gesicht. (Das hier ist doch nicht etwa ein Pickel?) Bis ich ein komisches Geräusch höre.

Da war jetzt wirklich was! Es klang wie das Kratzen einer Katze. Ist was mit Mimi? Ist sie etwa wieder auf dem Dach gestrandet und kommt nicht mehr runter?

Ich horche genauer. Da kratzt wirklich was. Wie ein leises Knistern oder Knirschen. Das Kratzen und Knistern kommt aus Maleas Zimmer.

Schnell gehe ich über den Flur und klopfe. Wenn da drin was zu hören ist, kann sie ja nicht schon schlafen. »Malea?«

Stille. Die Geräusche drinnen haben aufgehört. Leise öffne ich die Tür.

Vor mir hockt meine Agentenschwester auf dem Boden und schaut erschrocken zu mir hoch.

Ich schaue verdutzt runter. »Was *machst* du denn da?«

»Ich …« Mit einer großen Schere in der Hand sitzt Malea in einem Meer aus Zeitungsschnipseln. Vor ihr ein riesiges weißes Blatt Papier, auf das sie schon einige Schnipsel geklebt hat.

Als ich mich neugierig rüberbeuge, versucht sie, ihre Arbeit mit ihrem Körper zu verdecken.

»Was machst du denn da?«, wiederhole ich neugierig.

»Interessiert dich doch sowieso nicht!«, gibt sie patzig zurück. »Und außerdem geht's dich nichts an!«

Qué amable – wie nett! Meine höfliche, kleine Schnüffelschwester hat offenbar schlechte Laune. Na, soll sie! »Buenas noches – gute Nacht!«

»Ja, du mich auch!«, raunzt Malea mir hinterher.

Also, das ist jetzt aber wirklich ein bisschen frech! Ich hab ihr doch nichts getan! Möchte echt mal wissen, was seit ein paar Wochen mit der los ist. Ist man so, wenn man in die Pubertät kommt? Glaube ich nicht. Dodo und ich waren auch mit zwölf schon zuckersüß und herzallerliebst.

Na, meinetwegen kann Malea rumschnippeln und Schnipsel aufkleben, solange sie Lust hat! Gehe ich eben wieder in den Garten und warte auf Javi.

Ja, und merkwürdig …, als ich die Treppen runtersteige, merke ich, dass ich lächele. (Auch wenn meine Haare mir wie Stroh – die Hitze! – vom Kopf abstehen.) Weil ich mich freue. Auf Javi.

Und das, nachdem ich seit Tagen Dodo nichts anderes erzählt habe, als *wie* genervt ich von ihm bin – tsssss!

Livi

Warum fallen einem immer erst abends so viele Sachen ein?

Hat eigentlich jemand Kenny ins Bett gebracht? Es ist fast zehn.«

»Ja, ja, schon passiert.« Ich nicke nach oben, eine Etage höher, wo Kennys Zimmer ist. »Hör mal, Javier liest ihr vor!«

»Der Mann hat echte Vaterqualitäten«, grinst Gregory und schmeißt sich mit solcher Wucht auf mein Bett, dass mir klar ist, dass er von dort so schnell nicht wieder aufstehen wird. Jedenfalls nicht freiwillig. (Ob Gregory auch Vaterqualitäten hat?)

Sanft streiche ich ihm eine Locke aus dem Ohr. Ist irgendwie aufregend und schön und sehr beruhigend, ihn ein zweites Mal noch so spät abends in meinem Zimmer zu haben.

»Mach mal Platz!«, wispere ich zu ihm rüber und muss dabei lächeln. »Du liegst hier breit und fett mitten in der Mitte!«

»Hrrrrpfffüüüüü!«, macht Gregory, die alte Schnarchtüte.

Der ist doch nicht wirklich jetzt und hier auf der Stelle schon eingeschlafen?

Ich starre ihn mittelmäßig fassungslos an. Wir wollten doch noch reden! Übermorgen! Und was mit der Zeitung und dem schrecklichen Artikel werden soll! Und wie wir das alles….! Der kann mich doch nicht einfach damit allein lassen?

»Hrrrppppppfffffffffffffftttt!«, macht Gregory mit Augen, die aussehen, als seien sie bombenfest zubetoniert.

Okay, er war sehr müde! Aber das bin ich auch! Ich merke, wie ich ein bisschen sauer auf ihn werde. Allerdings höre ich automatisch Gregorys Stimme in meinem Kopf.

Oh, ich kenne ihn zu gut! Gregory würde jetzt sagen: »Stress nicht so rum, Livi! Wir gehen morgen noch vor der Schule zur Zeitung und stellen alles richtig. Mehr können wir nicht tun.«

Und ich? Ich würde wahrscheinlich bibbern: »Aber…!«

»Nix, aber!«, würde Gregory sagen und mir einen Kuss geben.

»Und jetzt?«

»Jetzt schlafen wir!«, würde Gregory sagen. »Morgen klären wir die Sache auf, und dann wird alles wieder gut.«

»Ehrlich?«, würde ich fragen.

»Ehrlich!«, würde Gregorys beruhigende Antwort kommen.

Ich streiche ihm auch die Stirnhaare aus dem Gesicht und quetsche mich neben ihn.

»Gregory?«, flüstere ich. Er antwortet nicht. »Ich hab dich superlieb!«

»Hrrrrrpffffüüüüüü!«, schnorchelt es aus Gregorys Mund.

Doch ein bisschen sehen seine Lippen plötzlich so aus, als würden sie zufrieden lächeln. Und da gebe ich ihm sehr vorsichtig, damit er nicht aufwacht, einen Kuss.

Aus dem Flur höre ich, wie Javi sich bemüht, leise die Treppe runterzugehen. Ich lehne mich zurück und schaue aus dem weit offenen Fenster raus, am Baum vorbei, hoch zum Himmel, wo der Mond gerade erst aufgegangen ist. Langsam fängt es an, richtig dunkel zu werden. Oh, was passiert bloß gerade alles!

Plötzlich, als ich über den Tag nachdenke, sehe ich diesen Anwaltsbrief wieder vor mir. *Krüger, Klippke und Rosenkranz, Fachanwälte für Adoptionen, Pflegschaften und Vormundschaftsrecht,* konnte ich auf dem Briefkopf lesen, als ich den Brief aus dem nassen Umschlag zog.

Meine Augen wandern wieder zum Fenster und zum Himmel. Wie schön es da draußen ist! Wie ruhig und friedlich!

Äh, Moment, hab ich gerade »*für Adoptionen*« gesagt?

Ruckartig richte ich mich im Bett auf. ADOPTIONEN?

Durch die hastige Bewegung kommt Gregory neben mir ins Wackeln. »Ha-ha-huuuu-ffffppppfffüüüü!« Doch ich achte nicht auf ihn.

WAS war das? Wieso hab ich da vorhin eigentlich nicht sofort geschaltet? Oh, es passiert einfach zu viel auf einmal!

Adoptionen, das heißt…, das heißt…! Schluck! HEISST DAS, dass Iris und Cornelius etwa…??

Stopp! Ganz langsam und vernünftig denken! Das heißt zumindest, dass Iris und Cornelius anwaltliche Hilfe in einer Adoptionssache brauchen. Und warum braucht man da wohl Hilfe? Kristallklar. Weil man entweder jemanden adoptieren will oder jemanden adoptiert HAT.

Völlig verstört lasse ich mich in die Kissen zurücksinken. Iris und Cornelius, MEINE ELTERN, haben jemanden adoptiert!!!

Ich versuche trotzdem ruhig weiterzuatmen. Oder gerade deswegen. Bevor ich nämlich durchdrehe. Denn, WEN von uns vieren sie adoptiert haben, liegt ja wohl marmeladenfett auf der Hand!

Kenny und Malea sind schon rein vom Aussehen her die kleineren Ausgaben von Iris und Cornelius. Tessa würde Cornelius sogar noch mehr ähneln als Malea, wenn sie nicht ihre Haare blond gefärbt hätte. Und ich? Ich sehe, wie KEINER von unseren Eltern, aus.

Hab ich noch nie.

Ich ähnele auch charakterlich keinem von beiden besonders.

Natürlich behauptet Rema, ich käme eben nach Opa Richard, aber… Hat sie das womöglich immer nur gesagt, um keinen Verdacht bei mir aufkommen zu lassen? Wollten Iris und Cornelius das geheim halten? Dass ich adoptiert bin?

Jetzt fängt mein Herz doch an zu rasen und ich habe das Gefühl, nicht genug Sauerstoff zu kriegen. Ich muss sofort mit Iris und Cornelius sprechen! Sie MÜSSEN mir die Wahrheit sagen.

Aber – oh Gott, es wird ja immer schlimmer! Wenn ich nun wirklich adoptiert bin, wer sind dann meine richtigen Eltern?

Ich schnappe mir mein Handy, drücke die Taste für Cornelius und … lege sofort wieder auf. Stattdessen hole ich tief Luft. Nein, das kann ich nicht tun. Ich kann Cornelius jetzt nicht damit belasten. Nicht, wo er sich heute schon genug Sorgen macht. Und vermutlich wird das Thema Adoption für ihn und Iris auch nicht gerade einfach sein. Warum sonst hätten sie es mir so lange verschwiegen?

Wuuaaaaa! Habe ich etwa in Wirklichkeit ganz schreckliche Eltern? Haben mich Iris und Cornelius vielleicht aus einer furchtbaren Familie mit furchtbaren Problemen gerettet? Wurde ich vielleicht geschlagen, so wie der kleine Junge am Samstag im Freibad und deswegen meinen richtigen Eltern weggenommen?

Oh, ich wusste es immer! Ich wusste immer, dass ich nicht in diese Familie gehöre, dass ich nicht zu den anderen passe. Nicht mal zu meinen Schwestern. Zwar bin ich offenbar nicht als Kind im Krankenhaus vertauscht worden, wie ich immer dachte, aber ich bin adoptiert. Ich weiß nicht, was schlimmer ist.

Ich merke, dass ich am ganzen Körper zittere. Dabei sind es noch mindestens dreißig Grad hier im Zimmer. Auf Gregorys Stirn stehen sogar im Schlaf kleine Schweißperlen.

Ich ziehe mir die Decke vom Fußende hoch und hülle mich darin ein, als wäre sie ein Schutzmantel. Der mich aber nicht schützt. Ich bibbere wie ein Wackelpudding auf der Waschmaschine. Und genauso fühle ich mich auch. Wie ein hilfloser Pudding im emotionalen Schleudergang.

Warum haben sie mir bloß all die Jahre nichts gesagt?

Ich versuche, klar zu denken. Bestimmt wollten sie nicht, dass ich mich weniger wert fühle als Tessa, Malea und Kenny. BIN ich weniger wert als Tessa, Malea und Kenny, weil ich adoptiert bin?

Es gibt ja immer dicke Akten, wenn Kinder adoptiert werden. Dort wird alles festgehalten. Wer die richtigen Eltern sind. Warum das Kind zur Adoption freigegeben wurde. Wann genau es adoptiert wurde. Eben alles. Ob diese Akte – *meine* Akte – in dieser Anwaltskanzlei liegt?

Krüger, Klippke und Rosenkranz, Fachanwälte für Adoptionen, Pflegschaften und Vormundschaftsrecht.

Heiße ich überhaupt Olivia? Martini werde ich ja wohl kaum heißen.

Hilfe, mir wird schlecht! Das kann man doch gar nicht alles an einem Tag verkraften! Erst kommt Iris ins Krankenhaus und wir müssen um Baby Fünf fürchten. Dann wird der Ruf von *Auroras Freunden* zerstört. Und zum Schluss erfahre ich auch noch, dass ich gar nicht Olivia Martini bin. (Wer bin ich dann??) Mein Leben fühlt sich gerade wie ein Albtraum an!

UND GREGORY SCHLÄFT!

»WAAAAAAAAA!«

Ich muss wohl laut geschrien haben, denn Gregory schießt aus dem Kissen hoch, als hätte er auf einer Sprungfeder gelegen. »WAS? W-w-was ist los?«

Gleich danach klopft es an der Tür. »Livi?« Maleas Nase schiebt sich ins Zimmer. »Alles okay?«

Ich kann nicht dagegen an. Ich breche in Tränen aus. Ich kann nicht antworten, ich kann nur weinen. Und zittern.

»LIVI!« Gregory umarmt und drückt mich so fest, dass ich kaum Luft bekomme. »Livi-Livi-Livi, was ist denn los?«

Zwischen meinen verklebten Wimpern hindurch kann ich Maleas sorgenvoll geweitete Augen sehen. Unsicher, was sie tun kann, steht sie hilflos an der Tür und sieht dabei so erschüttert aus, dass sie mir fast leid tut. Ich kann sehen, wie sehr sie mitfühlt, wie sehr sie das mitnimmt, dass ich so heftig weine. Da muss ich natürlich noch mehr weinen.

Was werden bloß Tessa, Kenny und Malea sagen, wenn sie erfahren, dass *ich* gar nicht ich bin? Wie werden *sie* sich damit fühlen? Werden meine Schwestern mich immer noch mögen? Meine Schwestern, die gar nicht meine Schwestern sind!

Nur mühsam kann ich meiner Zunge befehlen, den anderen wenigstens Bruchstücke meiner Gedanken mitzuteilen. Nur, weil Gregory so ruhig bleibt und immer wieder geduldig nachfragt, fangen die beiden an, zu verstehen.

»Du meinst den Brief, den wir heute Mittag gefunden haben?«, fragt Gregory.

Ich nicke.

»Malea?«, bittet Gregory. »Würdest du in die Küche laufen und kurz den Brief holen. Auch wenn man das normalerweise nicht macht. Ich glaube, diesmal sollten wir unbedingt nachgucken, was genau da drin steht, bevor Livi hier noch komplett am Rad dreht.«

Malea verschwindet wie der Blitz und steht drei Sekunden später mit dem Brief wieder vor uns. »Dieser hier?«

Ich nicke. Schon bei dem Anblick schnürt sich mir die Kehle zu.

Ohne zu zögern, faltet Gregory den Brief auseinander.

»Eine Rechnung«, stellt er fest. Leise studiert er das Papier weiter. »Eine Rechnung, gerichtet an Cornelius, über eine Konsultation – das ist, glaube ich, ein Besuch beim Rechtsanwalt mit Fragen und so –, also eine Konsultation in Sachen Olivia Viktoria Rübe.« Er sieht uns an. »Das ist alles.«

»Wer ist denn Olivia Viktoria Rübe?«, fragt Malea verdutzt.

Gregory zuckt die Schultern. »Vielleicht eine Verwandte von euch?«

Verwandte? Ich habe den Namen Rübe noch nie gehört, das weiß ich genau. Dafür ist der Name Olivia ja wohl der heftigste Beweis, den wir hätten kriegen können. Mir schießt der Schreck wie eine geballte Faust in den Bauch. Wer *Olivia Viktoria Rübe* ist? Ja, gibt es denn jetzt noch den geringsten Zweifel?

Mir wird so flau, dass ich froh bin, dass ich sitze.

Gregory guckt mich an und versucht ein beruhigendes Grinsen. »Hey-hey, Livi, langsam! Du denkst doch jetzt nicht etwa …? Diese Olivia Rübe kann doch irgendjemand sein. Sooo selten kommt der Name Olivia ja auch nicht vor. Vielleicht jemand, mit dem Cornelius zusammenarbeitet?«

»Quatsch!«, geben Malea Agentenhirn und ich wie aus einem Mund zurück.

Und falls es Gregory immer noch nicht begriffen haben sollte, hauche ich: »Das bin ICH.«

Mindestens eine Minute lang ist es so still im Zimmer, dass wir draußen die Blätter im Nachtwind rascheln hören können. Die ersten Sterne tauchen am Himmel auf. Die Luft wird kühler. Das Leben wäre wunderschön …, wenn sich mein ganzes Leben nicht gerade um hundertachtzig Grad auf den Kopf gestellt hätte!

Ich heiße OLIVIA VIKTORIA RÜBE! Und nicht Martini.

Sogar Gregory, meinem unerschütterlich positiven Gregory, hat es die Sprache verschlagen. Nicht mal von Geheimagentin Malea kommt was.

Erst nach einer weiteren Minute schüttelt Gregory den Kopf. »Also … das ist ja nun wirklich noch nicht sicher!«

»Genau«, stimmt Malea eilig zu. Allerdings sehr leise. »Absolut sichere Beweise haben wir noch nicht!«

Viel mehr scheint ihnen aber auch nicht einzufallen.

»Wir müssen das überprüfen«, stellt Malea messerscharf fest.

»Ich könnte einfach Cornelius fragen«, erwähne ich leise, »aber so, wie es Iris gerade geht …?«

»Nein, das kannst du nicht«, meint Gregory bestimmt. »Wir müssen warten, bis Iris wieder gesund ist. Dann solltest du ihn fragen, damit wir hundertprozentig Bescheid wissen.«

Malea nickt und sieht erleichtert aus. »Genau. Kein Problem.«

KEIN PROBLEM?

Haben die überhaupt die blasseste Ahnung, wie ich mich fühle?

Ich kann unmöglich – ganz, ganz unmöglich! – noch endlose Tage in diesem Zustand rumlaufen! Oder anders gesagt, mit der winzigen Chance rumlaufen, dass ich vielleicht doch nicht Olivia Viktoria Rübe bin. Was natürlich völlig unwahrscheinlich ist. Denn woher sollte ich sonst meinen Vornamen haben?

»Zufall?«, meint Gregory und versucht ein schiefes Grinsen.

»Es gibt keine Zufälle«, murmelt meine erfahrene Agentenschwester.

Ich kann ihr nur zustimmen.

Wie auch immer – ich brauche Gewissheit!

»Meine Akte ist bestimmt in dieser Anwaltskanzlei«, werfe ich nach einer Weile in den Raum.

»Tja, das hilft uns auch nicht weiter«, seufzt Gregory.

Auch meine kleine Agentenschwester schaut trübe zum Boden Was mich fast wundert. Sonst blitzt es doch bei jeder Herausforderung sofort in ihren Augen.

Doch während ich sie beobachte, blitzt es plötzlich bei mir. Ich glaube, das erste Mal im Leben verstehe ich, wie ihr Gehirn funktioniert, denn die Drähte in meinem Gehirn glühen gerade in ganz ähnlicher Richtung. In agentenklarer Malea-Richtung nämlich. Dass ich nichts tun kann, das kann ich doch nicht einfach so hinnehmen!

Wie komme ich in diese Kanzlei und an die Akte? Natürlich kann ich nicht hingehen und sagen: *Guten Tag, darf ich mal in Ihre vertraulichen Akten gucken?*

Während ich noch meine agentenreifen Gedanken versuche in Form zu bringen, wirft mir Gregory einen total insensiblen Satz um die Ohren: »Aber, weißt du, Livi, ich an deiner Stelle würde mir da sowieso keine Gedanken machen. Ich meine, ist doch egal, ob du adoptiert worden bist. Wo ist der Unterschied?«

WO DER UNTERSCHIED IST? HALLOOO?

Wo ist der Unterschied zwischen Tag und Nacht, Kälte und Wärme, Himmel und Hölle, zwischen Angst und Geborgenheit! Das ist ja wohl ein Unterschied wie rote Haare und normale!

»Auch wenn du adoptiert bist, bist du immer noch unsere Schwester«, versucht Malea, mich leise zu trösten und drückt kurz meine Hand.

Ich seufze und drücke zurück.

»Klar«, gebe ich zu, »natürlich …«

Doch die Traurigkeit tief in mir drinnen zeigt mir, dass sich das für mich leider nicht so anfühlt.

»Natürlich ist das ein Schock«, gibt Gregory immerhin zu. »Und es braucht bestimmt eine Weile, bis du – ähm, bis man das verkraften würde. Wenn man denn wirklich adoptiert *wäre.*«

»Genau! Das wissen wir ja überhaupt nicht sicher!«, sagt Malea etwas lauter.

Umso wichtiger, dass ich Gewissheit kriege!

Gregory und Malea versuchen noch ein Weilchen, mich aufzumuntern. Doch wie kann man jemanden aufmuntern, wenn man nichts Genaues weiß? Außerdem, Gregory kämpft schon wieder mit zufallenden Augen, es war ein langer Tag.

»Lass ihn doch schlafen«, meint Malea. »Ich geh jetzt auch ins Bett. Ich hab nämlich morgen *richtig* viel vor. Und dafür muss ich fit sein.«

Ich nicke, höre aber kaum hin. Malea hat immer viel vor. Aber mein eigenes Leben platzt gerade wie ein roter Luftballon und liegt vielleicht schon morgen in nicht mehr zu reparierenden, wabbeligen Gummiteilchen vor mir. Und dann? Was mache ich dann?

Als Malea aus dem Zimmer ist, kuschele ich mich an Gregory, der natürlich bereits kilometertief ins Schnarchland unterwegs ist. Doch dann fängt mein ausgeborgtes Agentenhirn an zu arbeiten …

Wie komme ich an meine Akte? Und das schnell. Damit ich wenigstens anfangen kann, mich mit den Tatsachen abzufinden. Oder habe ich doch noch die winzige Hoffnung, dass das alles nicht wahr ist? Denn, wenn es wahr ist, dann ….

Ich glaube nicht, dass ich darüber hinwegkommen würde. Alles wäre anders. Alles. Meine Schwestern wären nicht meine Schwestern, Rema nicht meine Rema, und ich käme auch definitiv nicht nach Opa Richard. Nein, ich käme ja aus einer ganz anderen Familie. Aus einer mir *völlig fremden* Familie.

Natürlich habe ich immer gesagt, dass ich ganz sicher nicht in unsere Familie gehöre. Natürlich habe ich immer gesagt, dass mich hier keiner versteht. Natürlich habe ich immer gesagt, dass mich Welten von meinen drei verrückten Schwestern trennen. Aber das heißt doch nicht, dass ich das auch möchte!!

Ich MUSS die Wahrheit erfahren. Je eher desto besser.

Ich schlafe ein paar Stunden, aber wache viel zu früh wieder auf. Draußen dämmert gerade der Tag. Wenigstens sind keine Sahara-Temperaturen mehr im Zimmer. Tagsüber wird das ganze Haus so aufgeheizt, als hätten wir eine Fußbodenheizung, die auf vierzig Grad eingestellt ist. Also reißen wir nachts alle Fenster weit auf, damit die Räume abkühlen, und halten sie am Tag geschlossen, damit die Hitze nicht ins Haus kommt.

Draußen weht ein leichter Wind, ich kann die Blätter im Baum vor meinem Fenster rascheln hören.

Moment mal!

Heiß? Die Häuser sind aufgeheizt? Man kann nur nachts lüften?

In meinem Kopf schaltet sich gerade wieder mein Malea-Hirn an. Genau! Es ist tagsüber zu heiß, um die Fenster zu öffnen, also muss man das nachts tun...

Mit einem Ruck springe ich aus dem Bett. Gregory neben mir grunzt nur und schläft weiter.

Ich lächele ihm zu und wispere leise: »Ich geh nur mal ein bisschen spazieren, ja? Bin gleich wieder da!«

Malea

Vielleicht IST man einfach Geheimagentin oder man ist es nicht. Vielleicht kann man das gar nicht lernen. Vielleicht BIN ich es einfach.

Huch? Wieso wache ich denn mitten in der Nacht auf? Wie spät ist es? Erst halb fünf?

Ich stelle meinen Wecker auf den Nachttisch zurück und schaue aus dem offenen Fenster. Immer noch südseewarm hier drinnen und draußen zwitschern schon die ersten Vögel. Die Sonne ist noch nicht aufgegangen, aber draußen ist schon so ein magisches, halbhelles Licht. Das sieht aufregend und geheimnisvoll aus.

Ich richte mich im Bett auf, damit ich besser in den Garten gucken kann. Hoppeln da die ersten Frühaufsteher-Hasen rum? Das wusste ich gar nicht, dass die schon so früh auf sind. Ich schlafe ja normalerweise gerne lange.

Dann horche ich zum Flur hin. Die arme Livi liegt nicht etwa im Bett und weint wieder? Vielleicht bin ich davon aufgewacht?

Nein, alles still.

Ich hab gestern noch mein tolles Plakat fertig gemacht. Mit dem werde ich die Leutchen in der Lauschigen Eiche überraschen. Vielleicht erlaubt mir Andrea sogar, es im

Wohnzimmer des Seniorenheims aufzuhängen. Das wäre klasse. Je mehr die Alten darauf gucken und ein bisschen in den Texten rumlesen, desto mehr Lust kriegen sie bestimmt auf meine Idee. Auf meine wellenwunderbare und absolut glücksgeniale Idee!

Auf das Plakat hab ich lauter kleine Zeitungsartikel geklebt. Das macht vielleicht Lust, auch selbst Artikel zu schreiben.

Ich lächele zufrieden. Diese ganze Sache, also alles zusammen, hab ich wirklich mega-agentenstark hingekriegt! Livi wird morgen – ach nee, ist ja schon heute –, also Livi wird heute ganz schön staunen! Ich muss lächeln, weil ich mich darauf freue, wie sich alle freuen werden. Die Alten in der Lauschigen Eiche und Livi!

Obwohl mein Bauch da auch wieder anfängt, ein bisschen zu drücken. Auf mich achtet hier überhaupt keiner mehr. Mich fragt keiner, was ich gemacht habe, wie mein Tag war oder wie es mir geht. Tessa nicht, Rema nicht und Livi nicht.

Na gut, Livi hat auch echt hammerhaiharte Sorgen. Und jetzt noch das mit der Adoption. Ich kann nicht glauben, dass das wahr ist! Dass Livi nicht unsere richtige Schwester ist.

Nicht mal Rema kümmert sich so um mich wie sonst. Und dass sie ständig hinter meinem Rücken dieses blöde Wort sagt! *Pupsertät,* nennt Kenny das. Das passt viel besser. Geht mir echt alles total auf die Nerven!

Kugelfischklar, Rema macht sich natürlich schreckliche Sorgen um Iris. Und Livi kann im Moment an nicht viel anderes denken, als dass sie adoptiert ist und dass heute eine wilde Lügengeschichte über *Auroras Freunde* in der Zeitung steht.

Jedenfalls denkt Livi das.

Dabei ist das natürlich gar nicht so! Diese Lügengeschichte wird heute nämlich *nicht* in der Zeitung stehen. Und dass die NICHT in der Zeitung steht, dafür können alle Malea Bond danken. Oh ja!

Wenn Malea Bond nicht so mutig und unerschrocken mit dem Kerl ein knallhartes Agentengespräch geführt hätte, dann …, ja, dann wäre alles wirklich so, wie Livi es jetzt befürchtet.

Wie leicht gehen Sachen schief im Leben. Ein paar blöde Missverständnisse, zwei fiese und gehirndumme Leute und PENG findet man sich im tiefsten Meerschlamm wieder!

Aber nicht, wenn man eine weltklasse Geheimagentinnen-Schwester wie Malea hat!

Haaaa! Malea Bond hat nicht nur das böse Ehepaar ausgeschaltet, das Livis toller Tiergruppe schaden wollte, nein, Malea Bond hat sofort noch eine weitere Chance gewittert. Und diese Chance ergriffen! Sogar der Typ wurde über seinem Eiskaffee ganz blass um die Nase vor so viel Agenten-Power.

»Du bist ja ein ganz schön harter Brocken!«, hat er gestaunt und sich im Stuhl zurückgelehnt und mit dem Kopf geschüttelt und mich von oben bis unten gemustert.

Haha, das war sooooo cool! Durch meinen Körper rieseln gleich wieder wunderbar wohlige Geheimagentenleben-Wellen, als ich mich daran erinnere.

Aber das mit den alten Leutchen, das lag natürlich auf der Hand. Es macht mich total müde, wenn ich jeden Tag so viel hin- und herhetzen muss. Ich möchte einfach nicht mehr jeden Tag zur Lauschigen Eiche gehen, weil ich dringend wieder mehr Zeit für mein Agentenleben brauche. Trotzdem will ich nicht, dass die Alten traurig werden, weil ihnen nun nachmittags ohne Hugo und Momo langweilig ist.

Und als der Typ, der übrigens Robert heißt, mir gestern Morgen auf dem Weg zur Schule erzählte, was passiert ist, nämlich dass so ein durchgeknalltes Ehepaar glaubt, dass bei uns im Garten Tiere getötet werden und dass Livis Gruppe *Auroras Freunde* damit zu tun haben soll, und dass er von der Zeitung ist und jetzt diese Geschichte schreiben soll, damit sie am Dienstag, also heute, in der Zeitung steht, da.... Da stand mir natürlich erst mal der Mund sperrangelweit offen. Aber gleich danach machte es *klick* in meinem Hirn.

Zeitung? Zeitung ist klasse!

»Wir brauchen mehr Zeit!«, sagte ich agentenfest zu ihm und fixierte ihn mit stahlhartem Malea-Bond Blick.

Dieser Robert war zwar erstaunt, aber willigte ein, mit mir zum Bella Roma zu fahren.

Und dann habe ich ihm ein Angebot gemacht. Das macht man nämlich so, wenn man unter Agenten verhandelt. Man verrät nicht alle Informationen einfach so, neenee, so geht das nicht! Die rückt man nur Stück für Stück raus. Und nur, wenn man auch was zurückbekommt.

Und dies war mein Angebot: Ich erzähle Robert alles, was ich über *Auroras Freunde* weiß. Dafür gibt er den Leuten aus der Lauschigen Eiche eine wöchentliche Kolumne.

Eine Kolumne (das Wort muss man ganz langsam aussprechen, dann ist es nicht so schwierig) ist eine Seite in der Zeitung, wo jede Woche meistens die gleichen Schreiber irgendwas zu irgendwelchen Themen sagen können. Ich glaube, das ist eine meersstarke Idee für die alten Leute. Die haben nämlich eine Menge Sachen zu sagen!

Das hab ich immer wieder gemerkt, wenn ich nachmittags da war. Was die alles früher erlebt haben! Wie schade das ist, dass diese Geschichten jetzt gar keiner mehr hört! Iris hat irgendwann mal gesagt, dass man aus diesen Lebensgeschichten eigentlich ein Buch machen müsste. Aber Iris hat immer so viel zu tun, dass sie das sowieso nicht schafft. Und jetzt kommt ja auch noch Baby Fünf.

Robert fand meine Idee gut. Sehr gut sogar.

Und jetzt hat die Zeitung tatsächlich eine ganze Seite in jeder Sonntagsausgabe frei gemacht für die Leute von der Lauschigen Eiche. Jeder von den Alten, der möchte, kann während der Woche in aller Ruhe eine Geschichte aus seinem Leben aufschreiben, und die wird dann am Sonntag gedruckt. Das ist einfach wellenwunderbar, denn endlich kann die Welt erfahren, dass alte Leute nicht einfach nur alt sind, sondern ein irre langes Leben hinter sich haben, in dem sie irre spannende Dinge erlebt haben.

Und voll aufregend war der restliche Tag auch noch! Denn Robert meinte zuerst, dass er so was nicht allein entscheiden könne, sondern erst seinen Boss fragen müsse.

Tintenfischklar, so ist das immer. Kleine Fische müssen die großen Fische fragen.

Und so sind wir vom Bella Roma direkt zur Zeitung gefahren und Robert hat mich seinem Boss vorgestellt.

Mann, sind die da alle nett bei der Zeitung! Außerdem waren alle mega-begeistert von meiner wellenwunderbaren und absolut glücksgenialen Idee!

»Warum haben wir an so was nicht selbst gedacht?«, fragte der große Boss vom kleinen Robert-Fisch und hat mir auf den Rücken geklopft. »Da muss erst ein Mädchen von zwölf Jahren kommen und uns so eine Idee vorstellen. Bravo! Ich bin jetzt schon sicher, dass unsere Leser diese Kolumne lieben werden!«

Und ich bin sicher, dass die alten Leutchen es lieben werden, endlich jemandem von ihrem Leben erzählen zu dürfen. Und sie werden die ganze Woche über voll beschäftigt sein, ihre Geschichten aufzuschreiben. Und mich und Hugo und Momo gar nicht mehr so doll vermissen, wenn wir nicht mehr jeden Nachmittag, sondern nur noch ab und zu kommen.

Und ich kann endlich wieder in aller Ruhe spionieren gehen.

Oh, ich bin absolut wellenbrechergroßartig genial!

Aber…, wo ich mich gerade so schön freue, kriege ich auch ein bisschen schlechtes Gewissen. Ich hab Livi ja gestern extra nichts gesagt, weil ich sie überraschen wollte. Doch dass sie so unglücklich ist, dass sie so schrecklich weinen muss, das wollte ich natürlich nicht. Und dann ist auch noch das Ding mit der Adoption passiert. Ich muss doch mal schnell sicher gehen, dass Livi sanft schläft und nicht etwa wieder weint.

Eilig stehe ich auf, schleiche zu Livis Zimmer rüber, drücke die Klinke mäuschenleise runter und luge in den Raum. WAS? Da liegt ja nur Gregory im Bett und schnarcht. Wo ist denn Livi?

Jetzt fängt mein Herz doch an, zu klopfen. Nicht mehr glücklich aufgeregt, sondern leicht panisch. Wo ist Livi? Sie ist doch nicht etwa abgehauen? Bloß weil wir nicht ihre richtige Familie sind? Livi, meine Livi! Ich will nicht, dass Livi nicht mehr da ist!

Mein Herz klopft wie ein Presslufthammer und ich kriege meerfette Angst. WO IST LIVI?

Stopp! Ganz ruhig. Was würde ICH tun, wenn ich Livi wäre?

Das ist nämlich der beste Agententrick überhaupt. Wenn

man rausfinden will, was jemand gemacht hat, muss man sich vorstellen, man wäre selbst diese Person. Dann geht das viel leichter. Was würde ich also tun, wenn ich Livi wäre?

Hmm, kugelfischklar, ich wäre total unglücklich, weil ich denken würde, dass morgen eine fiese Lügengeschichte in der Zeitung erscheint.

Dabei erscheint die natürlich gar nicht! Weil Malea Bond ja genau berichtet hat, was *Auroras Freunde* wirklich machen. Der Zeitungsboss hat mir nämlich erklärt, dass Zeitungsschreiber immer erst überprüfen müssen, ob eine Geschichte wirklich stimmt. Deshalb hat Robert auch versucht, eine von uns Martini-Mädchen vor der Schule zu erwischen. Und deshalb hat er mir ein Loch in den Bauch gefragt und alles über *Auroras Freunde* wissen wollen.

Und – ha! – jetzt erscheint heute tatsächlich ein Zeitungsartikel über *Auroras Freunde.* Doch da steht nur Wahres drin. Nämlich, wie klasse die sind und was die schon alles Tolles gemacht haben. Und absolut nix von dem, was die blöden Leute von Sonntagmorgen sich in ihren blöden Hirnen gedacht haben, bloß weil Livi diese Anzeige aufgegeben hat, mit der sie Leute aufrütteln wollte. (Das machen *Auroras Freunde* nämlich gerne. Leute aufrütteln, meine ich. Damit die mal anfangen nachzudenken, ob das wirklich okay ist, wie Tiere bei uns behandelt werden).

Ja, damit wollte ich Livi überraschen, wenn sie die Zeitung kauft und nicht die schreckliche Geschichte dort findet, sondern eine supertolle über ihre Arbeit mit *Auroras Freunden.* Deswegen hab ich gestern Abend nichts verraten.

Doch jetzt habe ich Angst. Angst, dass Livi weggelaufen ist, bevor sie rausfinden kann, dass heute nichts Schlimmes passieren wird.

Würde ICH weglaufen, wenn ich glauben würde, dass morgen etwas Schreckliches über mich in der Zeitung steht? Wahrscheinlich nicht. Aber ich bin auch nicht Livi. Und vielleicht ist es für Livi sogar noch schrecklicher, dass sie anscheinend adoptiert ist.

Ist sie *deswegen* weggelaufen?

Oh, ich weiß nicht! Auch Agenten können nicht immer alles wissen. Aber eins, das weiß ich genau: Ich muss Livi finden! Und ihr so schnell wie möglich sagen, dass sie sich wegen *Auroras Freunden* keine Sorgen mehr zu machen braucht.

Ich hüpfe in Hose und T-Shirt und überprüfe noch schnell alle Zimmer im Haus. Für den Fall, dass Livi sich nur irgendwo versteckt.

Nein, alles total Livi-leer. Ich husche aus dem Haus und auf die Straße. Wohin könnte Livi gegangen sein? An den Fluss? In den Ort?

Bestimmt ist sie runter in den Ort und versucht, irgendwo die erste Zeitung zu kaufen, um zu sehen, was drin steht. Wo kriegt man so früh am Morgen die ersten Zeitungen? Ah, ich weiß, am Marktplatz.

Ich fühle mich etwas wackelig, weil ich mir Sorgen um Livi mache. So ist das nämlich mit Angst. Sie macht einen wackelig. Trotzdem gehe ich immer schneller und schneller. Ich MUSS Livi finden!

Die Stadt ist menschenleer. Ich gucke an den Häusern hoch und denke, dass man im Sommer, wenn es so heiß ist, um diese Uhrzeit ganz großartig spionieren könnte. (Wenn man wach wäre, meine ich. Was ich normalerweise um diese Uhrzeit nicht bin. Vielleicht sollte ich das mal ändern?)

Als ich runter in den Ort komme und durch die leeren

Straßen mit den richtig hohen Häuserwänden rechts und links komme, sehe ich nämlich, dass alle – wirklich alle – Fenster sperrangelweit offen stehen. Haaaaaa, wie genial könnte man da alles auskundschaften!

Okay, einen kleinen Haken hat die Sache. Man bräuchte natürlich eine Leiter. Damit könnte man voll bequem in alle Wohnungen reingucken. So eine Leiter ist aber blöderweise ziemlich schwer. Ob ich es schaffen würde, morgens mit einer Leiter in den Ort zu kommen, um mal voll luxuriös zu spionieren?

Während ich mir gerade genüsslich ausmale, was man alles so frühmorgens tun könnte, fixiert mein scharfer Geheimagentenblick plötzlich was in der Ferne. Da hängt irgendwas Merkwürdiges aus einem Fenster im ersten Stock weiter unten in der Straße. Ich gehe noch ein bisschen schneller. Nee, das Etwas hängt nicht *aus* dem Fenster, sondern *am* Fenster. Ich glaub es nicht! Ist das etwa ein Einbrecher?

Ach, du dicker Kugelfisch, ich habe wirklich einen Einbrecher auf frischer Tat ertappt! Was man alles erleben kann, während der Rest der Welt schläft!

Allerdings weiß ich als Geheimagentin, dass man Einbrechern nicht einfach in aller Seelenruhe zusehen sollte, sondern dass ich jetzt handeln muss. Bullenklar, ich muss die Polizei rufen! So ein Einbrecherfisch ist nicht das Richtige für eine Geheimagentin, der gehört in andere Hände. Aber – boah, wie aufregend!

Einen winzigen Moment lang genieße ich noch den Anblick von dem Kerl, der da am Ende der Straße auf dem Fenstersims steht und sich an dem geöffneten Fenster oben festhält. Denn – hihi! – das scheint 'ne ganz schön wackelige Angelegenheit zu sein. Weil das Fenster nicht fest gestellt ist, klappt es mal mehr auf und mal weniger. Und der Einbrecher eiert hilflos vor und zurück und droht dabei ständig, von dem schmalen Sims runterzukippen. Immer wieder versucht er verzweifelt, in das Fenster einzusteigen. Doch immer, wenn er ein Bein fast drinnen hat, bläst der Wind das Fenster wieder weit auf und dem armen Kerl bleibt nichts anderes übrig, als sich daran festzuhalten. Und das Bein, mit dem er nach dem Fensterbrett angelte, schwebt wieder frei in der Luft. Nicht nur einmal fliegt der Typ fast runter. Mannomann, ganz schön gefährlich!

Ich glaube, ich muss jetzt wirklich die Polizei rufen. Auch ein Einbrecher sollte sich nicht beim Einbrechen das Genick brechen, der sollte nur einfach schnell ins Gefängnis kommen.

Um schnell näher zu kommen, renne ich, taste dabei in meiner Hosentasche schon mal nach meinem Handy und…

NEIN! Ich hab mein Handy zu Hause vergessen! Was mach ich denn jetzt?

Livi

Wenn ich in einer schwierigen Situation bin, sagt Rema manchmal: »Na, schön, Livi, das Leben hat dir also einen fiesen Kaktus direkt vor die Füße gestellt. So was passiert. Du hast jetzt zwei Möglichkeiten. Du ärgerst dich darüber, dass du vom Schicksal statt bunter Blumen einen stacheligen Kaktus geschenkt bekommen hast, oder du freust dich darüber. Keiner hat ja behauptet, dass du dich auf einen pieksigen Kaktus raufsetzen musst, oder? Warum gehst du nicht einfach um ihn herum und wartest ganz entspannt auf die schönen Blüten, die auch das stacheligste Gewächs irgendwann bekommt?«

An Remas Kaktusgeschichte muss ich gerade denken. Hilft aber auch nicht. So gar nicht.

Ich hab das Gefühl, ich hab einen ganzen Kaktuswald vor die Füße geknallt bekommen. Und der lange Kaktus, der mein bester Freund ist, lag die ganze Nacht neben mir und schnarchte. Der wird frühestens zum Frühstück wieder Blüten tragen. So lange kann ich nicht warten.

Als ich vorhin ein paar Stunden geschlafen habe, bin ich immer wieder aufgewacht. So, wie man nach einem Albtraum aufwacht. Panisch nach Luft ringend, aber gleichzeitig auch erleichtert denkend: aaaah, das war nur ein Traum!

Doch, so grausam es ist, dies hier ist kein Traum. Dies hier ist Realität. Heute ist Dienstagmorgen. Vermutlich werden jetzt die Zeitungen ausgeliefert, die in ein paar Stunden an den Kiosken im Ort verkauft werden. Zeitungen mit einem Artikel, in dem steht, dass *Auroras Freunde* Tiere schlachten. Oder so ähnlich. Was weiß ich, was dieses grässliche Ehepaar den Journalisten erzählt hat. Damit ist unser Ruf ruiniert. Dabei haben wir so lange dafür gearbeitet, dass wir ernst genommen werden, dass die Leute uns zuhören und unsere Arbeit nicht nur milde belächeln!

Alles kaputt.

Ich seufze tief auf. Es wäre schöner gewesen, wenn ich dies hier nicht allein hätte tun müssen. Aber als ich Gregory eben ganz sanft zu wecken versuchte, antwortete er nur mit einem besonders lauten Schnarch-Schnorchler. Da hab ich aufgegeben. Ich schaffe es auch allein.

Hoffe ich.

Denn der Zeitungsartikel ist ja noch nicht alles. Nicht nur meine politische Arbeit mit *Auroras Freunden* ist in allergrößter Gefahr, sondern auch mein Leben. Jedenfalls das Leben, das ich kenne. Mein Leben mit Iris und Cornelius und meinen verrückten Schwestern und – ja – auch mit Aurora und Hugo und eben allen, die dazu gehören. Ist das alles von einem Tag auf den anderen plötzlich gar nicht mehr MEIN Leben?

Iris oder Cornelius kann ich unmöglich fragen. Wir wissen ja noch nicht mal sicher, ob alles mit Iris und Baby Fünf gut ausgehen wird.

Ich seufze noch tiefer. Was natürlich auch an der Situation hier liegen kann oder deutlicher gesagt, an meiner Position in eben dieser Situation – ähm. Die ist gerade nämlioch nicht ganz so, wie ich mir das vorgestellt hatte!

Und dann sagt Rema allen Ernstes, man soll auch bei stinkigsten Kakteen im Leben in Ruhe auf die Blüten warten? DAS KANN ICH NICHT!

Echt, diese dämlichen Kaktus-Gedanken schießen mir durch den Kopf, während ich hier stehe.

Stehe? Wäre schön, wenn ich hier sicher stehen würde. Denn ich HÄNGE! In der Luft! Okay, an einem wackeligen Fenster. Waaaaaaaah!

Der blöde Wind! Wenn nur das Fenster nicht dauernd auf- und zuklappen würde! Irgendwie muss ich da rein! Irgendwie muss ich es schaffen, meinen Fuß … Ah, jaaaa, endlich!! Ich bin drin!

Ich hatte Angst, ich würde irre werden, als ich im Bett lag! Ich musste einfach was tun!

Wenn ich nur an die Akte käme!, dachte ich. Wenn ich nur einfach in diese Kanzlei marschieren könnte! Ich meine, sodass mich keiner sieht, und ich dort rumstöbern könnte und …, also wenn ich nur mal ganz kurz gucken könnte – in die Akten. Nur, um sicher zu wissen, dass ich …, also ob ICH wirklich Olivia Viktoria Rübe bin.

Ich habe zu den anderen Häusern an unserer Straße geguckt, die alle – so wie in unserem Haus – ihre Fenster sperrangelweit offen hatten. Anders kann man diese Hitze gar nicht aushalten. Ja, sperrangelweit offen …Und da wusste ich es! Ich wusste, was ich tun würde.

Ich hatte keine Ahnung, ob ich Glück haben würde. Ich habe den Brief mit der Adresse des Anwaltsbüros eingesteckt und bin los. War gar nicht so weit zu gehen. Kurz vor dem Marktplatz.

Auf dem Weg musste ich an Malea denken. Hihi, ich glaube, ich habe mir gerade mal ihren Agenten-Job ausgeborgt. Ziemlich aufregend und zugegeben – auch ein bisschen Risiko dabei –, aber… ich werde gleich wissen, wer ich bin. Das ist mir jedes Risiko wert.

Ich schaue mich im Zimmer um. Merkwürdig, hier sieht es gar nicht so aus, wie ich mir eine Anwaltskanzlei vorstelle. Keine Aktenschränke oder so. Aber unten an der Tür hing ja unübersehbar das Namensschild. *Krüger, Klippke und Rosenkranz, Fachanwälte für Adoptionen, Pflegschaften und Vormundschaftsrecht.* Also bin ich hier richtig.

Dabei sieht es hier drinnen eher wie in einem Wohnzimmer aus. Zwei Sofas, Fernseher in der Ecke, und auf dem Tischchen steht noch eine Schale mit Knabberzeug.

Haben die hier abends noch gesessen? Ist dies so eine Art Aufenthaltsraum? Aber warum sitzen die Anwälte abends hier? Die sollten doch nach ihrer Arbeit nach Hause gehen oder nicht?

»Quiiiiiek!« Erschrocken halte ich mir schnell selbst die Hand vor den Mund. Das war… das war eine KLOSPÜLUNG! Hier ist jemand! Wieso ist jemand nachts in einem Büro?

Sicherheitshalber quetsche ich mich schnell hinters Sofa und gehe in Deckung. Keine Sekunde zu früh, denn jetzt wird die Zimmertür geöffnet und irgendjemand latscht brummelnd in den Raum. Ich kann nichts sehen, weil ich mich nicht traue, die Nase hinter dem Sofa vorzurecken. Aber ich kann die Schritte zum Fenster gehen hören.

Dann sagt eine männliche Stimme: »Beknacktes Ding! Hätte ich schon längst mal reparieren sollen.« Ich höre, wie das Fenster geschlossen wird. »So, jetzt ist hoffentlich Ruhe! Man wird ja irre, wenn man dauernd von dem scheppernden Teil geweckt wird.«

Ich halte den Atem an und lausche den Schritten, wie sie sich wieder entfernen. Erst als irgendwo weiter hinten in der Wohnung eine andere Tür geschlossen wird, wage ich einen Blick ins Zimmer. Der Mann hat das Fenster doch nicht etwa abgeschlossen? Ich muss hier doch wieder raus!

Nein, ein Glück! Ich atme erleichtert aus und bewege mich dann auf Zehenspitzen in Richtung Flur. Der Mann liegt jetzt bestimmt wieder in seinem Bett und schläft hoffentlich bald wieder ein. (Wieso schlafen Anwälte in ihren Büros?)

Mein Herz rast panisch. Aber noch panischer ist die Angst in mir, dass ich tatsächlich diese merkwürdige Olivia Viktoria Rübe bin. Und DIE Angst ist tatsächlich größer als die, entdeckt zu werden. Wie automatisiert gehe ich weiter. Ich MUSS meine Akte finden.

Oh Gott! Schon wieder Schritte! Die Tür weiter hinten in der Wohnung wird geöffnet… Ich kann mich gerade noch in ein anderes offenes Zimmer fallen lassen, hinter die Tür krabbeln und lauschen…

Der Mann geht zurück in das Zimmer, in das ich eingestiegen bin. »Dämliche Hitze! Dabei kann ja kein Mensch schlafen! Wo hab ich denn meine Lesebrille gelassen?«

Etwa eine Minute lang kann ich hören, wie er hin und her geht und anscheinend sucht. Dann bleibt er stehen und redet weiter mit sich selber. »Nanu, wer steht denn da unten auf der Straße und glotzt hier so blöd hoch?«

Ich höre, wie er das Fenster wieder öffnet. »Hey! Hey, du da unten! Was glotzt du hier hoch? Ist was?«

Und dann – ich glaube, ich werde ohnmächtig! – höre ich eine junge, weiche, aber gleichzeitig feste Stimme. Eine Stimme, die ich nur zu gut kenne!

»Bei Ihnen ist ein Einbrecher in der Wohnung!«, ruft die Stimme.

Okay, ich WERDE ohnmächtig!

»Was ist los? Was quatscht du da für einen Blödsinn? Was machst du überhaupt um diese Uhrzeit auf der Straße? Wissen deine Eltern, wo du bist? Geh nach Hause!«

Aber, oh, diese Stimme ist beharrlich!

»Ganz ehrlich!!«, ruft die Stimme von der Straße laut und fest. »Ich habe ihn gerade eben durch ihr Fenster einsteigen sehen. Er muss in Ihrer Wohnung sein. Bitte! Schnell! Rufen Sie die Polizei!«

Nein, ich werde nicht ohnmächtig. Ich sterbe einfach. Das ist sicherer.

Die Stimme gibt nicht auf. »Gehen Sie doch gucken, wenn Sie mir nicht glauben! Aber seien Sie vorsichtig, der ist vielleicht bewaffnet!«

Oh, Malea! HALT DOCH BITTE DIE KLAPPE!!!

»Ich glaube, du guckst zu viele Krimis!«, höre ich den Mann antworten.

Doch er klingt verunsichert. Und gleich – gleich wird er durch die Wohnung gehen und mich finden. Ich weiß es.

»Du bleibst da unten stehen!«, kommandiert er plötzlich. »Ich hole meine Frau.«

Eilig laufen die Schritte an mir vorbei, zurück zum hinteren Teil der Wohnung, wo anscheinend seine Frau noch im Bett liegt und schläft.

Fiebrig vor Angst überlege ich, ob diese Frau genauso schwer zu wecken ist wie Gregory, und wie viele Sekunden ich wohl habe, um zum Fenster zu rennen und wieder rauszuklettern und wegzulaufen.

Ich schieße hinter der Tür hervor, hechte ins andere Zimmer und schwinge mein Bein aus dem Fenster.

Als Malea mich erkennt, wird sie ganz grün im Gesicht. »LIVI!«

Doch für lange Erklärungen habe ich keine Zeit. Ich

angele mit meinem linken Fuß nach dem Holzbalken, an dem das Schild der Anwaltskanzlei aufgehängt ist. Wo ist das blöde Ding denn nur? Ich kann nicht nach unten gucken, weil ich oben mit meinen Händen aufpassen muss, dass ich nicht abrutsche.

Zum Glück kapiert auch Malea, dass lange Erklärungen oder grüne Schock-Gesichter im Moment fehl am Platze sind. All ihre Agentenübungen zahlen sich für mich jetzt aus. Malea schaltet sofort um auf *Zusammenreißen und Funktionieren.*

»Ein bisschen weiter nach links!«, bemüht sich Malea, meinen Fuß in die richtige Richtung zu dirigieren. »Jetzt etwas höher. Höher! Ja, da!«

Okay, ich stehe. Und wie weiter?

Ich gucke nach unten. Ich wünschte, ich wäre Superwoman oder wenigstens unsere Katze Mimi und könnte jetzt einfach geschmeidig auf die Erde springen und dabei samtweich landen. Doch ich bin einfach nur Livi und würde mir sämtliche Knochen brechen. Leider scheint das Runterklettern immer schwieriger zu sein als das Raufklettern.

Während mir der Schweiß runterläuft, können wir aus der Wohnung jetzt auch die Stimme der Frau hören. »Sei vorsichtig, Herbert! Die Polizei ist frühestens in acht Minuten hier, haben die gesagt. Bitte warte doch! Nein, nicht ins Gästezimmer gehen! Bestimmt versteckt er sich da.«

»Los!«, kommt Maleas knallharte Agentenstimme von unten. »Nächster Schritt. Das schaffen wir!«

Wir, sagt sie. Und nicht etwa, das schaffst *du*!

Eine weiche Welle voll Liebe schießt mir durch den Körper. Malea, meine kleine Schwester!

Sie IST meine Schwester. Vielleicht ist es irgendwie doch egal, ob man adoptiert ist oder nicht?

»Verdammt, Livi, schläfst du da oben ein? Mach WEITER!«, tönt unerbittlich die Stimme meiner mich liebenden Schwester von unten.

Ich bringe all mein Gewicht auf den linken Fuß und versuche, mit dem rechten an die Regenrinne zu kommen, an der ich mich beim Hochklettern auch abgestemmt habe. Irgendwie scheint sie plötzlich weiter weg zu sein als beim Raufklettern. Huch, was knackt und knarrt denn unter mir jetzt so komisch?

»Livi! NEIN!« Maleas Agentenstimme klingt plötzlich doch ein bisschen panisch.

Verzweifelt taste ich oben nach mehr Halt für meine Hände. Aus den Augenwinkeln sehe ich auch noch, wie gerade jemand in die Straße einbiegt und mich ohne Zweifel gleich hier hängen sehen wird. Wenn der jetzt auch noch nach der Polizei schreit, sind wir verloren.

Und dann bricht das dusselige Teil ab! Der Holzbalken nämlich, auf dem ich stehe.

Also, stand.

Scheppernd fällt das eiserne Schild der Kanzlei auf den gepflasterten Gehweg. Mein linker Fuß baumelt haltlos an der Hauswand im Wind. Oh Gott, dass schaffe ich nicht!

»DAS SCHAFFST DU!« Maleas Stimme klingt so entschieden, dass ich nicht nur die grenzenlose Liebe zu ihr fühle, sondern plötzlich auch von irgendwoher Kraft kommt. (Verrückt, was man in Grenzsituationen im Leben alles denkt!)

Endlich finde ich Halt mit meinem rechten Fuß, greife jetzt auch mit der rechten Hand nach der Regenrinne und umklammere sie fest. Wenn das Ding ebenfalls abbricht, falle ich.

Im Hintergrund nehme ich wahr, wie auf der Straße jemand läuft. Drinnen in der Wohnung ist immer noch die hysterische Stimme der Frau zu hören, wie sie nach ihrem Herbert schreit. Ich konzentriere mich nur auf Maleas Stimme und blende alles andere aus.

Malea scheint das zu wissen. »Jetzt mit dem linken Fuß auch rüber zur Regenrinne!«

Doch bevor ich noch anfangen kann, mich mit dem Körper nach rechts rüber zu winden, fühle ich unten an meinen Füßen plötzlich Hände. Huch, Malea ist aber stark!

»GANZ RUHIG, OLIVIA!«, ruft jemand zu mir hoch, der selbst alles andere als ruhig klingt.

Ich schaue jetzt doch runter. »Cornelius!« Wo kommt der denn her?

»MEIN RÖSCHEN!«, ruft Cornelius. »ICH HALTE DICH!«

Ich merke, wie mir die Tränen in die Augen schießen. Aber nicht, weil ich solche Angst habe, abzustürzen, sondern weil ich merke, wie lieb ich Cornelius habe! Cornelius, dessen Hände zittern, aber der trotzdem alles tut, um mich zu retten.

»Auf meine Schultern!«, ruft Cornelius jetzt. »Steig auf meine Schultern!«

Erst mit dem linken, dann mit dem rechten Fuß finde ich auf seinen Schultern Halt. Jedenfalls für etwa zwei Sekunden. Nämlich bis die Schultern unter mit wegbrechen und ich tatsächlich falle.

»Livi!« Das ist Maleas Stimme. »Cornelius!«

Ich hebe meinen Kopf ein bisschen hoch und versuche, meine Knochen zu sortieren.

Dann bemerke ich Cornelius unter mir und denke, dass ihm genau das vermutlich sehr viel schwerer fallen wird als mir. Denn im Gegensatz zu ihm, bin ich weich gefallen. Nämlich auf meinen Vater drauf.

Auf *meinen Vater?*

Auch Cornelius hebt mühsam den Kopf. »Bist du heil, mein Röschen?«

Oh, ich hab ihn so lieb, dass ich sofort wieder losheule.

Und dann bricht es einfach aus mir heraus: »*Bist du mein Vater?*«

Mit geschocktem Gesichtsausdruck fährt Cornelius' Oberkörper mit einem Ruck hoch. »Olivia! Hast du einen Sonnenstich? Mitten in der Nacht?« Er schüttelt sich wie Hugo nach einem Matschbad und richtet sich zu voller Größe auf. »Erkennst du mich nicht? Ich bin's, Cornelius! Ja, DEIN VATER!«

Ich glaube, das ist alles zu viel für mich. Ich bleibe einfach sitzen und heule.

Javier

Caramba, was tut man nicht alles!

Meinst du, wirrr haben genug?«
Zum ungefähr elften Mal zähle ich die Scheine in meiner Hand. Leider werden es nicht mehr. Knapp fünfhundert Euro haben wir immerhin zusammengekriegt.

Ramón neben mir nickt. »Claro! Und wenn es doch nicht rrreicht, können wirrr mehrrr eben nicht machen.«

Das ist leider richtig. Also müssen wir hoffen.

»No digas nada a nadie!", ermahne ich Ramón noch mal. »Zu niemandem ein Worrrt!«

Ich möchte auf keinen Fall, dass mein Engel erfährt, was wir gemacht haben. Sonst würde sie sich nur verpflichtet fühlen, mir dankbar zu sein oder noch schlimmer, sich mir auch auf anderen Ebenen verpflichtet fühlen. Und das möchte ich wirklich nicht. Ich tue das nicht, um ein Danke zu kriegen oder damit sie bei mir bleibt, sondern weil ich meine Tessa liebe.

»Claro!«, nickt Ramón. »Das hierrrr bleibt auf ewig unserrrr Geheimnis.«

Ein bisschen dumm komme ich mir schon vor. Irgendwie unmännlich das Ganze. Lieber wäre ich einfach bei dieser unverschämten Zeitung reingestürmt, hätte die

Druckmaschinen mit eigenen Händen gestoppt und hätte jede einzelne Zeitung mit meinen Händen zerfetzt. Maldita sea – verdammt noch mal! Was denken die sich, einfach Lügen zu drucken!!

Doch leider steht mein sanfter Engel nicht sehr auf diese Art, Probleme zu lösen. Und eigentlich bewundere ich sie insgeheim dafür.

Ich glaube, das ist sogar ein großer Teil unserer Missverständnisse. Ich fürchte nämlich, sie hat überhaupt keine Ahnung, was genau ich alles an ihr bewundere.

Meine Tessa-Tiara ist eine selbstbewusste Frau und – okay – natürlich auch eine auffallend hübsche Frau. Als sie letzten Sommer das erste Mal bei uns an der Strandbar auftauchte, wusste ich es sofort. Ich wusste, das ist das Mädchen, das ich will. Und genau das Gleiche fühle ich immer noch jeden Tag und in jedem Moment, in dem ich sie anschaue.

Ich weiß, dass Tessa weiß, dass sie extrem attraktiv ist. Sie ist ja nicht blind. Und natürlich weiß Tessa auch, was für Reaktionen sie kriegt, wenn sie durch eine Bar mit vielen Jungs geht und keiner die Augen von ihr lassen kann. Frauen sind ja auch mit Sonnenbrille nicht blind. Aber ich bin mir nicht sicher, ob sie weiß, dass ich sie wegen ganz anderer Dinge liebe.

Tessa ist stark und klug. Sie weiß, was sie will, und lässt sich von Rückschlägen nicht entmutigen. Sie ist kein kleines Häschen, das als Anhängsel neben einem Mann herhoppelt. So was würde mir nämlich schnell auf die Nerven gehen. Kein Mann möchte ein blond-toupiertes Dummchen, das nur auf Fotos gut aussieht. Echte Schönheit ist was anderes. Echte Schönheit ist Tessa-Tiara!

Ich sage ihr das oft. *Wie schön du bist, mi ángel, mein Engel!*

Leider fürchte ich, sie hört nicht das, was ich damit meine. Denn oft lächelt sie und fummelt als Antwort an einer Haarsträhne herum, als hätte ich damit ihr Aussehen gemeint und als wolle sie deshalb nun noch perfekter aussehen.

Das ist natürlich kompletter Blödsinn!!! Ja, meine Tessa ist muy guapa, sehr hübsch, aber vor allem ist sie SCHÖN! SCHÖN und HÜBSCH ist ein Unterschied wie JA und MAL GUCKEN.

Ich habe in meinem Herzen JA gesagt zu Tessa, weil ich sie innen und außen liebe. Weil ich sie bewundere für ihren Mut, für ihre Kraft, für ihre Lebensklugheit und für ihre Liebe. Für ihre Liebe zu mir, aber auch für ihre Liebe anderen Menschen gegenüber und vor allem dem Leben gegenüber. JA, ich möchte mein Leben mit meiner Tessa zusammen verbringen. Ob wir das wirklich schaffen oder ob wir uns irgendwann trennen, das kann keiner voraussehen. Aber ich weiß, dass ich es mit Tessa wagen möchte, gemeinsam ins Leben zu starten.

Was ich natürlich immer wieder vergesse, ist, dass Tessa ja ein paar Jahre jünger ist als ich. Darüber haben wir gestern Abend, nachdem Dodo und Ramón abgehauen waren, noch lange im Garten geredet. Für Tessa ist es noch viel zu früh, über irgendeinen gemeinsamen Start ins Leben nachzudenken. Das habe ich jetzt kapiert. Was Tessa selbst aber allmählich mal kapieren muss, ist, dass ich nicht ihre blonden Locken meine, wenn ich ihre Schönheit bewundere. Manchmal habe ich sogar das Gefühl, ich sehe viel mehr wunderschöne Eigenschaften in ihr als sie das selber tut.

Nehmen wir zum Beispiel diesen Moment jetzt. Ich meine, welcher Mann latscht denn freiwillig um fünf Uhr morgens durch die menschenleere Stadt? Natürlich wollen Ramón und ich Livi helfen. Aber auf die Idee dazu bin ich erst gekommen, als ich gesehen habe, *wie sehr* es meine Tessa mitnimmt, dass Olivia so leidet.

Nicht viele Leute sehen das. Weil Tessa-Tiara so stolz ist und nie ihre innere Haltung verliert, übersehen viele, wie weich und liebevoll sie tatsächlich ist. Doch tatsächlich ist sie immer bemüht, anderen zu helfen, ihnen Tipps zu geben oder Lösungen zu finden.

Mein Engel war so besorgt um Livi, dass sie gestern Abend nicht mal mehr ins Schwimmbad wollte, obwohl das eigentlich eine maravilloso, eine wunderbare Idee war. Aber so ist sie, meine Tessa! Auch wenn man das von außen manchmal nicht sehen kann, innen drin ist sie nur corazón, nur Herz.

Und genau deswegen sind Ramón und ich jetzt hier. Ich tue das hier für meine Tessa. Weil ich weiß, dass sie nur glücklich sein kann, wenn auch alle ihre Schwestern glücklich sind. Und dafür opfere ich gern mein gespartes Geld.

»Was meinst du, Ramón, wie viele Zeitungen wirrr fürrr fünfhundert Eurrro bekommen?«, frage ich, als wir schon fast am Marktplatz sind.

»Viele!«, antwortet Ramón. »Vielleicht nicht alle, die gedrruckt werden. Aber je wenigerrr Leute diese miesen Lügen lesen, desto besserrr.«

Der Verkäufer am ersten Kiosk, der um diese Uhrzeit bereits geöffnet ist, guckt nicht schlecht, als wir alle dreißig Zeitungen kaufen, die er vorrätig hat. Das ist ein ganz schöner Stapel! Wir nehmen jeder einen Packen in die Hand und gehen weiter.

»Ich fürrrchte, wirrr haben was verrrgessen«, meint Ramón nach ein paar Schritten. »Wirrr werrrrden es nicht schaffen, alle Zeitungen zu trrragen.«

Da ist was dran. Der Stapel ist jetzt schon verdammt schwer.

»Wirrr suchen einfach den Berrricht überrr *Aurrorrras Frrreunde*, rrreißen ihn rraus und schmeißen den Rrrest in den Müll«, schlage ich vor.

»Muy bien«, nickt Ramón, »sehrrr gut.«

Es dauert eine Weile, bis wir den Artikel finden, doch auf der vorletzten Seite ist er. Sogar mit einem Foto von …

»Esto es Malea – das ist ja Malea!«, ruft Ramón überrascht. »Warrrum ist denn hierr ein Foto von Malea? Ich dachte, es geht um Olivia und Grregorry und Aurrrorrras Freunde?«

Erstaunt fangen wir an zu lesen, gucken uns dann an und… lachen. Was anderes fällt uns nicht ein. Denn der Artikel ist das dickste Loblied auf Olivias und Gregorys Gruppe, das sich die beiden wünschen könnten! Kein Wort davon, dass Tiere im Garten geschlachtet werden oder sonst irgendein Mist. Es wird nur immer wieder erklärt, wie viel gute und wichtige Arbeit *Auroras Freunde* geleistet haben.

»Genial!«, ruft Ramón.

Und ich grinse. »Jetzt könnten wirrr all diese Zeitungen eigentlich wiederrr zurrrückbrringen, oderrrr? Das sollten doch alle in derrr Stadt unbedingt lesen! Denkst du nicht?«

Ramón lacht und nickt. »Gut, dass wir nurrrr drrreißig gekauft haben und nicht gleich alle, die es im Orrrt gibt!«

Wir packen die Stapel auf eine Bank (vielleicht hat ja noch jemand Lust, umsonst eine Zeitung zu lesen), gehen zurück zum Kiosk und holen uns erstmal einen Kaffee. Dann setzen wir uns auf die Plastikstühle daneben.

»Wenigstens können wirrr jetzt in allerrrr Rrruhe den

Sonnenaufgang genießen«, lache ich erleichtert und nippe an meinem Becher.

»Oderrr noch ein Stündchen schlafen«, meint Ramón.

»Beides«, sage ich und nehme noch einen warmen Schluck. »Wie frrriedlich es morrrgens ist!«

Ramón und ich strecken die Beine aus und entspannen uns. Das Leben ist schön!

Oh-la-la! Aber anscheinend nicht für alle!

Unten an der noch geschlossenen Drogerie biegen gerade zwei Mädchen und ein Mann um die Ecke. Das eine der beiden Mädchen scheint laut zu schluchzen, wir können es in der leeren Stadt zwischen den hallenden Häuserzeilen bis hierher hören. Doch der Mann scheint nur wenig Mitleid zu haben. Eilig und unerbittlich zerrt er das Mädchen am Arm die Straße hoch.

Caramba!! Da kocht mir gleich das Blut hoch!

Da möchte man doch am liebsten hingehen und diesem Raubein eins auf die Nase geben und ihm dann das Kind entreißen. Obwohl – ich kneife die Augen zusammen, um besser sehen zu können – ein richtiges Kind ist das weinende Mädchen nicht mehr, eher eine junge Frau. Das Mädchen daneben ist deutlich jünger.

Plötzlich springt Ramón neben mir auf. »Das sind ja Corrrnelius und Olivia! Und Malea!«

»Cómo – wie bitte?« Ich erhebe mich ebenfalls.

Ich glaub's nicht, Ramón hat recht! Aber warum weint denn Olivia so schrecklich?

Oh, wir hätten eine der Zeitungen aufheben sollen. Bestimmt weiß sie noch gar nicht, wie wunderbar der Artikel über sie geworden ist. Bestimmt konnte sie vor Sorge nicht schlafen und ist dann morgens, genau wie wir, losgegangen, um herauszufinden, was in der Zeitung steht.

Doch anscheinend hat sie sich noch nicht getraut, eine zu kaufen. Sonst würde sie ja wohl kaum weinen. Aber was machen Cornelius und Malea hier?

»Was macht ihrrr denn hierrr?«, begrüßen wir uns alle gegenseitig.

Nur Livi sagt kein Wort, schnieft aber tapfer in ein Taschentuch.

Geistesgegenwärtig hechtet Ramón sofort zu der Bank zurück und drückt Livi dann eine Zeitung in die Hand. »Hierrr! Lies! Dann geht's dirrr bestimmt gleich besserrrr!«

Olivia guckt wie ein Maulwurf darauf. Als ob sie zu blind ist, überhaupt zu erkennen, was Ramón ihr hinhält.

»Ja«, sagt sie leise, als wäre sie gerade in ganz anderen Welten unterwegs, »später.«

Und dann guckt sie zu Cornelius hoch und ihre Augen füllen sich wieder mit Tränen.

Später? Por favor – also bitte! Kapiere ich jetzt wieder irgendwas nicht? Was kann für Livi denn wichtiger sein als sofort zu lesen, was hier Wunderbares steht?

»Was macht ihrrrr denn alle hierrr?«, wiederholt Ramón noch mal und guckt besonders Cornelius fragend an.

»Ich konnte im Krankenhaus nicht mehr schlafen«, fängt er an zu erklären. »Ich musste mir eine Runde die Füße vertreten, um einen klaren Kopf zu kriegen. Heute erfahren wir die letzten Ergebnisse von Iris' Blutuntersuchungen und das bedeutet...« Er seufzt. »... das bedeutet, dass wir dann wissen, ob wir am Wochenende wieder nach Hause können und alles in Ordnung ist, oder ob ...«

Er bricht ab und Ramón und ich können uns denken, was er schlimmstenfalls befürchtet. Dass Iris ernsthaft krank sein könnte.

»Wirr drrrücken die Daumen!«, versichern wir sofort.

»Danke, Jungs!« Cornelius bemüht sich um ein Lächeln. Dann nimmt er wieder Livis Arm. »Trotzdem, wir müssen weiter. Wir – ähm…« Er guckt sich um, als befürchte er, verfolgt zu werden. »Wir sollten jetzt schnellstens weit weg von hier…«

Tatsächlich schiebt er Livi einfach weiter und nimmt nicht mal die Zeitung mit. Das ist jetzt aber SEHR merkwürdig.

Ramón und ich gucken uns nur an. Wir nehmen unsere Kaffeebecher, die Zeitung und gehen den dreien hinterher. Cornelius, Livi und Malea scheinen das nicht mal richtig zu registrieren. Sie reden untereinander, als wären Ramón und ich gar nicht da. SEHR, sehr merkwürdig. So kenne ich Cornelius wirklich nicht. Ich habe fast das Gefühl, irgendetwas Schreckliches ist passiert.

Livi scheint ziemlich verwirrt zu sein.

»Bist du nun mein Vater oder bist du nicht mein Vater?«, wimmert sie mehrmals.

Cómo? Ich bin jetzt auch verwirrt.

Hatte sie einen Unfall? Gehirnerschütterung?

»Das habe ich dir doch schon gesagt, mein Röschen!«, antwortet Cornelius, ohne seinen Schritt zu verlangsamen. »Natürlich bin ich dein richtiger Vater! Aber jetzt müssen wir hier weg! Ich möchte keinen Polizisten in der Kastanienallee sehen, der dich wegen Einbruchs verhaften will!«

Einbruch?

Ramón und ich schließen etwas näher auf, um auch ja kein Wort zu verpassen.

»Meinst du, der Mann ruft die Polizei?«, fragt Malea leise.

»Das hat er doch schon getan«, antwortet Cornelius

und fügt dann mit leichtem Vorwurf in der Stimme hinzu: »Weil *du* ihn dazu ermuntert hast!«

Nun sieht auch Malea aus, als ob sie gleich heult. »Aber ich hatte doch keine Ahnung, dass Livi …!«

»Ist ja jetzt auch egal«, wischt Cornelius Maleas Entschuldigung weg. »Wo kein Einbrecher in der Wohnung ist, kann auch keine Anzeige erstattet werden. Nur solltet ihr euch in den nächsten paar Tagen vielleicht nicht direkt vor seinem Haus sehen lassen!«

»Aber der Brief!«, wimmert Livi. »Du hast doch von dem Anwalt …«

»Das habe ich dir doch schon erklärt, mein Röschen!« Cornelius klingt allmählich etwas gehetzt. »ICH bin adoptiert. Nicht DU. Ich habe durch die Anwälte versucht, meine Geburtsmutter zu finden.«

»Aber der Name!«, wimmert Livi. »In dem Brief seht doch mein Name!«

»In dem Brief steht nicht *dein* Name, sondern der Name *meiner* richtigen Mutter!«, widerspricht Cornelius. »Olivia Viktoria Rübe. Von den Martinis bin ich adoptiert worden.«

»Aber warum heißt sie denn genauso wie ich?« Livi scheint nichts, was Cornelius sagt, wirklich zu beruhigen.

»Meine Mutter heißt nicht genauso wie du«, fängt Cornelius noch mal an, »sondern du heißt genauso wie meine Mutter. Als du geboren wurdest, wollte ich dir den Namen meiner richtigen Mutter geben. Sozusagen als Ehre. Du bist die einzige von euch vieren, die nach einem unserer Eltern benannt ist. Darauf solltest du stolz sein.«

Das scheint endlich Wirkung auf Livi zu zeigen. »Ich bin wirklich, wirklich eure richtige Tochter?«

»Natürlich, du rosenroter Schafskopp!!!« Cornelius zeigt

ein erstes Lächeln. Vielleicht, weil wir gerade in die Kastanienallee einbiegen und er sich sicherer fühlt.

Er bleibt sogar stehen und drückt Livi so doll, dass sie fast keine Luft mehr bekommt. »Ich erinnere mich an jeden Tag, den du in Iris' Bauch gewachsen bist. Und an alle Tage, nachdem du auf der Welt warst!«

Das scheint Livi sehr zu beruhigen. Sie schlingt ihre Arme um Cornelius' Hals und drückt zurück. »Oh, Papa!«

Ramón und ich gucken uns an und grinsen. Denn wir wissen, was jetzt kommt. Cornelius wird seinen üblichen Spruch aufsagen, den er immer loslässt, wenn Kenny ihn Papa nennt: *Cornelius, ich heiße Cornelius!*

Doch Cornelius bleibt still. Er hält Olivia einfach nur fest. Und Malea steht daneben und sieht einfach nur glücklich aus.

Nachdem wir zu sechst (Livi hat Gregory geweckt, der schlaftrunken zu uns in die Küche wankte) ein muy grande, ein sehr großes und großartiges Frühstück verdrückt haben, sind auch Ramón und ich endlich im Bilde, was heute Nacht passiert ist. Madre mia!

Doch jetzt sind endlich alle Missverständnisse beseitigt. (Das kriegen Tessa und ich auch noch hin. Das weiß ich!)

Livi liest selig den Zeitungsartikel – das ungefähr fünftausendste Mal. Und knallt das mindestens sechstausendste Mal Malea dankbar Küsse auf die Wange.

Malea strahlt.

Und als Kenny gegen sieben die Treppe runterpoltert und ein bisschen beleidigt guckt, weil wir hier alle sitzen, und keiner sie geweckt hat, hat Livi so gute Laune, dass sie verspricht, dafür mit Kenny heute Nachmittag ins Schwimmbad zu gehen. Das versöhnt Kenny sofort.

Schließlich erhebt sich Cornelius. »Ich muss zurück ins Krankenhaus. Ich will nicht, dass Iris zu lange allein ist, wenn sie wach ist.«

Ich mag Cornelius sehr. Man kann sehen, dass er seine Iris so liebt, wie ich meine Tessa. Und, wer weiß, vielleicht werden Tessa und ich auch irgendwann so lange zusammen sein und vier Kinder haben und …

Aaaaaah, lo sé, ich weiß, ich mache schon wieder den gleichen Fehler! Ich sollte nicht zu weit vorausdenken und meine Tessa mit meinen Träumen nicht einengen.

In diesem Moment klingelt das Handy von Cornelius.

»Iris!«, ruft er mit erschrockenem Ausdruck im Gesicht und geht eilig in den Flur.

Das Gespräch am Tisch verstummt. Sogar Kenny ist still und lauscht nur.

»WAS?«, ruft Cornelius. »Aber die sollten doch erst in einer Stunde kommen. Ich bin sofort bei dir, ich …« Cornelius verstummt kurz. »Ja! JA, ich HÖRE dir doch zu!«

Noch eine Pause.

Livi lässt die Zeitung sinken und wird schon wieder blass. Und auch mir ist nicht sehr wohl. Es darf einfach nicht sein, dass Iris ernsthaft…

»OH, MEIN SCHATZ!«, brüllt Cornelius jetzt in den Hörer. »OH, MEIN SCHATZ! Oh, wie WUNDER-wunderBAR!!

Mehr kann er gerade nicht sagen, weil er schlucken muss.

Er wankt – überwältigt von seinen Emotionen – in die Küche zurück und sieht uns strahlend an, während seine Augen vor Tränen glänzen. »Es ist alles in Ordnung. Die Tests sind schon früher als erwartet zurückgekommen. Iris ist …« Er schnieft. »… gesund! Sie darf am Freitag wieder nach Hause. Sie muss sich nur nach der OP noch ein bisschen erholen.«

Mich drückt gerade auch was in der Kehle. Und es ist wohl am besten, wenn ich auch mal kräftig schlucke. Auch wenn Männer hier anscheinend heulen dürfen.

»JAAAAAAA!«, schreien alle am Tisch.

»Hurraaaaaa!«, schreit Kenny.

Was für ein Tag! Dabei hat er gerade erst angefangen.

Plötzlich flattert auch noch Aurora in die Küche.

Dicht gefolgt von Walter. »Das Viech ist heute Morgen in aller Herrgottsfrühe aufgestanden und hat einen Ausflug gemacht. Weiß der Himmel, wohin! Nicht mal ihre Futterkörner hat sie angerührt. Und scheint auch jetzt keinen Appetit zu haben.« Walter sieht besorgt aus. »Meint ihr, sie ist krank? Die Hitze? Unsere Aurora ist doch sonst das verfressenste Huhn weit und breit!«

»Setz dich, Walter!« Cornelius strahlt immer noch. Ich glaube, er ist so erleichtert über die guten Nachrichten von Iris, dass er nichts anderes mehr schlimm findet. »Ich finde, Aurorachen sieht prächtig aus. Sogar glücklicher als sonst.«

In diesem Moment schwebt endlich mi ángel, mein Engel zur Tür rein. Und lächelt mich an. Caramba! Damit ist *für mich* der Tag gerettet.

Doch gleich danach kreischt sie auf. »Iiiiih, Aurora! Weg von mir, weg! Wie siehst du denn aus? Du tropfst ja!«

Cierto – das stimmt! Tropfen in Rot, Blau und einer anderen undefinierbaren Farbe landen auf dem Küchenboden und ein paar an Tessas Beinen.

»Was ist denn mit der los?«, fragt auch Rema, die hinter Walter durch den Garten reinkommt. »Ist die in Farbtöpfe gefallen?«

»Keine Ahnung«, meint Walter. »Ist mir ein Rätsel. Ich hab sie nur eben durch die Hecke wieder in den Garten huschen sehen. Möchte wissen, wo sie war!«

An der Stelle verändert sich erstaunlicherweise der Gesichtsausdruck von meiner Tessa.

Sie wischt ein paar bunte Spuren von ihrem nagelneuen Rock und behauptet: »Ach, das ist doch ganz egal! Die paar Flecken! Ich hab euch von oben Hurra rufen hören.« Sie wendet sich fragend zu Cornelius. »Iris?«

Cornelius nickt glücklich.

Da scheucht Tessa Aurora mit ein paar klatschenden Handbewegungen einfach aus der Küche. »Oh, wie klasse! Dann können wir jetzt endlich feiern!«

Ein paar Minuten denke ich noch über meine Tessa nach. Ich kenne sie. Ich weiß, dass sie Aurora liebt, wie alle anderen hier. Aber sie ist kein großer Fan von Flecken auf ihren Klamotten. Und noch weniger von dreckigen Hühnern. Und dass sie sich darüber weder aufregt, noch beklagt, sondern das Thema eher unter den Tisch kehrt, das ist… hm… ungewöhnlich.

Auf der anderen Seite wundern Ramón und ich uns eigentlich über gar nichts mehr. Bei den Martinis passieren ständig ungewöhnliche Dinge.

Meine Tessa ist glücklich, Livi ist glücklich, Cornelius und Iris sind glücklich, Ramón und Dodo, und Walter, Rema, Kenny und Malea sowieso. Und ich? Ich bin muy contento, SEHR glücklich.

Warum Aurora tropft, warum das Tessa nichts ausmacht, wie Livi überhaupt auf die Idee gekommen ist, adoptiert zu sein, das weiß ich zwar nicht. Aber eins kann ich sagen: Ich fühle mich in dieser Familie sehr, sehr wohl.

Kenny

Ene, mene, muh, keiner mag 'ne Brüll-Kuh.
Eier-weier-weg, da kriegt die Brüll-Kuh voll den Schreck.
Mama ist gesund und wird bald kugelrund.
Alle haben sich lieb und Aurora sagt nicht mal Piep.
Juppi-duppi-dum-diedeldei,
ich bin quietschmausglücklich und singe dabei!

Wir hatten genau drei Tage Zeit, um die wunderbeste Willkommen-zu-Hause-Party vorzubereiten.

Malea hat mit Tessa und Javi unser großes Zelt wieder aufgestellt. (Und keinem ist eine Stange auf den Fuß gefallen. Aber Papa und Walter Walbohm haben ja auch gar nicht mit gemacht. Die hatten andere Sachen zu tun.)

Tessa, Dodo und Ramón haben frische Blumen in die Blumenkübel gepflanzt. Jetzt sieht alles bilderbuchbunt aus und nicht mehr so trockengelb wie die letzten Wochen.

Rema und Livory haben ungefähr zwei Tage lang nur gekocht. Ich hab immer gesagt, dass sie doch auch ein bisschen Lebkuchen und Lakritz und so in die Gemüseaufläufe tun müssen, weil Mama das doch so gerne mag. Aber die drei glauben, dass Mama gar nicht merkt, dass in dem ganzen Essen nicht das kleinste Gänseblümchen ist und dass auch in der Schokoladenkrem zum Nachtisch nicht mal ein paar Radieschen oder so versteckt sind. Ich hoffe, Mama ist wirklich nicht enttäuscht.

Der Garten sieht superduperklasse geschmückt aus. Mit bunten Laternen und Fähnchen und all so 'nem Kram. Außerdem habe ich gestern mit Rema auch noch ein Riesenplakat gemalt, auf dem steht: *FÜR DIE BESTE MAMA DER WELT!* Das hängt an der Wäscheleine über den Tischen mit Essen und sieht voll schick aus.

Sogar Aurora hab ich heute Morgen vorsichtig mit einem Schwamm sauber geschrubbt. Sie kommt jetzt nämlich ganz oft voll dreckig nach Hause. Ich weiß auch nicht, wieso. Aber heute trippelt sie ganz festlich weiß und schwammfrisch glänzend durch den Garten und ich bin richtig stolz auf mich.

Jetzt sind auch endlich alle Gäste da.

Sibylle und Goldi von nebenan. Und Bentje und Sinan. Und so ein Robert von der Zeitung, den Malea eingeladen hat. Livory stehen die ganze Zeit neben ihm und quatschen mit ihm und finden ihn wohl auch ganz toll.

Die nette Katinka aus Livis Klasse ist mit ihrem Freund hier. Und natürlich dieser Japser (oder wie der heißt) und die anderen Jungen aus Tessas Band SOS. Aber der Japser japst Tessa ganz schön doll an. Fast wie früher Henry. Der ist mit Hase übrigens auch da. Aber Hase ist natürlich nur an Aurora interessiert und leckt dauernd ihre Federn ab. Komisch, das hat er früher noch nie gemacht!

Und klar hat Malea auch Momo aus dem Tierheim mitgebracht, doch die liegt die ganze Zeit nur unter den Robobembombüschen und hat die Zunge aus dem Maul hängen und hechelt. Dafür springt Hugo umso wilder rum. Ich glaube, Hugo findet Partys toll.

Wir haben auch die alte Frau Büntig und die lustige Hilde Flieder aus der Flauschigen Leiche eingeladen. Mama sagt ja immer, je mehr, desto besser.

Dann sind noch Matte und Katrin da und auch die anderen aus Papas Band. Und zwei Freundinnen von Mama. Und wir alle natürlich mit Walter und Javi und Ramón und Dodo.

Voll toll!

Ja, alle stehen im Garten rum und lachen und reden und warten. Also – alle, außer Mama und Papa natürlich. Aber die müssen jede Sekunde kommen, denn Javier hat gerade in den Garten gerufen, dass sie jetzt vom Krankenhaus losgefahren sind.

Deswegen stellen wir uns schnell alle zusammen vors Haus, damit wir dann alle rechtzeitig »HERZLICH WILLKOMMEN ZU HAUSE!« brüllen können, wenn Mama und Papa aus dem Auto steigen. Das haben wir vorhin dreimal geübt.

Und dann kommen sie.

Und wir brüllen.

Und Mama und Papa lachen und umarmen uns alle. Oh, ich freu mich so!!

Aber gerade, als wir uns alle freuen und mit Mama und Papa in den Garten gehen wollen, kommen zwei Leute an unserem Zaun vorbei. Huch, wieso wird denn Livi so blass?

Oh NEIN! Das sind ja die beiden Brüll-Leute von Sonntag! Die werden uns doch jetzt nicht das ganze schöne Fest kaputt machen?

Als sie Livi entdecken, bleiben sie stehen.

Da bleiben wir alle natürlich auch stehen und warten, was wohl passiert.

»Hallo«, sagt Livi etwas zittrig und geht mutig zum Zaun hin. »Wollten Sie noch mal zu mir?«

Die Brüllaffen müssen ja wohl jetzt wissen, dass der ganze Schrott, den sie am Sonntag zu unserem Haus hingebrüllt haben, echt voll Schrott war. Die haben ja wohl inzwischen auch die Zeitung gelesen.

»Ja«, sagt die Frau und boah, die lächelt ja! Die kann lächeln? »Ja, wir würden uns gerne entschuldigen und hoffen, dass Sie uns verzeihen. Wir sind wirklich sehr um Tiere besorgt, und da .... Also, da machen wir uns manchmal vielleicht zu viele Gedanken.«

Livi sagt gar nichts. Livi starrt nur. Vielleicht weiß Livi einfach nicht, was sie dazu sagen soll. Denn, puh, ich wüsste das auch nicht.

»Ach, das ist aber nett!«, sagt Rema und stellt sich neben Livi. »Das kommt nicht häufig vor, dass sich Menschen entschuldigen, wenn sie etwas Übereiltes getan haben.«

»Übereilt«, sagt die Frau, »ganz genau. Wir hatten die Anzeige in der Zeitung wirklich falsch verstanden und sind dann viel zu schnell hierhergeeilt, weil wir uns natürlich Sorgen gemacht haben ...«

»Weil Sie die Anzeige einfach nicht genau genug gelesen haben«, mischt sich jetzt auch Walter ein.

Uiiii, ich kann sehen, dass Walter immer noch ganz schön sauer ist!

»Äh ja«, sagt die Frau, »ich fürchte, so war es.«

»Ach, Schwamm drüber!«, ruft Rema da. (Was für ein Schwamm?) »Es ist ja keiner gestorben. Wir haben heute Grund zum Feiern und da sind Sie herzlich miteingeladen.«

Livi sieht aus, als würde ihr schlecht werden.

Aber Rema streicht ihr über den Rücken. »Nicht wahr,

Livi? Wir haben genug Platz und Essen für alle, die sich mit uns freuen wollen.«

»Oh, das ist aber nett!«, haucht die Frau.

Und das erste Mal sagt auch der Brüll-Mann was. »Vielen Dank, das ist sehr großzügig!«

Ja, so ist Remi. Voll nett. Zu allen. Rema findet nämlich, man sollte sich am besten mit allen Menschen gut vertragen, auch wenn die ein bisschen blöd sind.

Ich finde allerdings, die beiden Brüllaffen sind ganz schön doll blöd. Aber das macht vielleicht nichts, denn alle anderen hier sind superdupernett und da fallen ein paar Blöde vielleicht gar nicht auf.

»Ich glaube, so viel hab ich noch nie in meinem ganzen Leben gegessen!«, stöhnt Remi nach einer Stunde feiern.

»Das kann ich mir kaum vorstellen, Mutter!«, lacht Mama. »Du hast noch nie unter Appetitmangel gelitten.«

»Warum auch?«, lacht Remi zurück. »Und jetzt freue ich mich einfach, dass es dir endlich wieder besser geht!«

Ja, Mama geht es wieder gut und mir geht es auch gut!

Bentje und ich laufen zwischen all den Leuten rum und lauschen, was die so quatschen, wenn wir das interessant finden. Oder wir pieksen uns gegenseitig, oder wir spielen mit Sinan und Aurora und Hase und Momo verstecken.

Obwohl Momo gaaaanz schlecht im Versteckenspielen ist. Sie liegt die ganze Zeit nur in demselben Versteck unter den Büschen. Aber Hase und Aurora sind auch voll doofe Versteckspieler, denn die wollen sich immer nur gegenseitig suchen. Also lauschen wir wieder ein bisschen bei den Großen. Meistens reden die Erwachsenen aber so ein Zeug, das man sowieso nicht versteht, deswegen pieksen und laufen wir mehr als wir lauschen.

Gerade muss ich mal wieder anhalten, weil ich vom Laufen voll außer Atem bin. Ich halte neben Tessa und Javier und Papa und Livi an, die zusammen in der Nähe von der Küchentür stehen.

»Haben die Anwälte eigentlich deine Mutter gefunden?«, fragt Tessa.

Papas Mutter? Papas Eltern sind doch schon lange tot, sonst würden die uns ja mal besuchen kommen.

»Nein«, antwortet Cornelius. »Aber weißt du, was ich dabei gemerkt habe?«

Livi guckt Papa sehr interessiert an. »Nein, was denn?«

»Dass das vielleicht gar nicht so wichtig ist, wie ich immer dachte«, meint Papa. »Wichtig ist, dass man umgeben ist von Leuten, die einen lieben und die man selbst liebt.«

Klar, denke ich, klar! Das ist doch wohl voll logisch. Deswegen geht's uns allen ja so gut.

»Und meine Eltern«, redet Papa weiter, »also, ich meine jetzt Alfred und Bettina Martini, die haben mich geliebt. Auch wenn sie leider viel zu früh gestorben sind. Und ich habe sie auch sehr lieb gehabt. Und du, Livi, du wirst bestimmt verstehen …«

Ach, du dicke Grützwurst, das ist das, was ich meine! Schon wieder so ein Zeug, das keiner versteht! Och, nö, das ist langweilig. Und jetzt hab ich auch schon wieder genug Luft, um weiterzulaufen.

Obwohl, vielleicht hör ich da hinten mal ein bisschen zu, was diese Brüll-Tante und der Brüll-Onkel so erzählen. Die stehen bei Tessa und Javi und quatschen nämlich ganz schön viel.

Endlich kommt auch Javi mal dazu, was zu sagen. »Und werrrden Sie jetzt vorsichtigerrr sein bei Ihrren Tierrrrschutz-Anschuldi… ähm, bei Ihrren Tierrrschutz-*Unterr-*

suchungen? Ich meine, ähm, nachdem Sie ja hierrr etwas vorrreilig warren?«

Ja, aber echt! Meine Livi so anzuschreien!

Doch die Brüll-Tante lacht, als hätte Javi einen Witz gemacht. Das finde ich gar nicht komisch.

»Aber nein!«, ruft die Tante laut. »Wir sind bereits einem neuen Skandal auf der Spur. Dieses Mal etwas richtig Großes! Ein völlig entartetes Huhn! Wir vermuten, es wird von seinen Besitzern auf Drogen gesetzt. Erst vor ein paar Tagen hat es das halbe Freibad zerlegt. Was sagen Sie DAZU?«

Tessa sagt gar nichts dazu.

Und Javi fragt ungläubig: »Una gallina, ein Huhn? Das Frrreibad zerrrlegt?«

Die Frau nickt so heftig, dass ich überlege, ob vielleicht die Chance besteht, dass ihr Kopf abfällt, wenn sie noch ein bisschen weiter nickt. Das wäre wirklich interessant.

»Könnt ihr euch DAS vorstellen?« Die Frau tockert so laut, dass Tessa automatisch einen Schritt zurück macht.

»Ein einzelnes Huhn!«, kräht die Frau. »Hat ein ganzes Freibad in Aufruhr und Schrecken versetzt!«

»Ach was!«, meint Tessa bloß. »Das ist ja kaum zu glauben. Oh, da fällt mir gerade ein … Ich fürchte, ich muss jetzt unsere Aurora ins Bett bringen. Schlafenszeit!«

Javi guckt ein bisschen doof. Ich gucke auch ein bisschen doof.

Aber die Brüll-Tante guckt am dööfsten. »Um fünf Uhr nachmittags?«

Tessa nickt, aber guckt sich dabei unruhig um. Sucht sie Aurora?

»Die Kleine ist das jüngste Mitglied unserer Familie«, sagt Tessa und sucht dabei mit den Augen weiter. »Gerade erst fünf Jahre alt geworden. Die braucht ihren Schlaf.«

Echt jetzt? Ich bin gar nicht die Jüngste? Aurora war die ganze Zeit jünger?

»Aber Hugo ist doch *noch* jünger!«, fällt mir dann ein.

Tessa guckt mich irgendwie ein bisschen böse an. »Ja, das stimmt. Aber das ist ja auch egal, oder, Kenny?«

Dann lächelt sie diese Brüll-Tante tatsächlich an. »Auf jeden Fall muss ich mich jetzt um unsere kleine Aurora-Maus kümmern.«

Danach beugt sie sich zu mir runter und flüstert fast: »Weißt du vielleicht, wo sie ist?«

Das klingt echt dringend.

Wieso will Tessa plötzlich zu Aurora? Tessa interessiert sich doch gar nicht für Hühner. Und wieso soll Aurora jetzt schon ins Bett gehen? Die geht nie vor zehn Uhr schlafen. Und Tessa hat sie noch nie ins Bett gebracht. Aurora braucht überhaupt nicht ins Bett gebracht werden, die bringt sich ganz allein ins Bett.

»Klar, weiß ich das, klar«, sage ich trotzdem brav. »Die liegt auf ihrem Lieblingsplatz unter der Hecke und bespritzt sich mit Staub.«

Die Augen von den Brüllaffen werden ganz groß. »Sie *bespritzt sich mit Staub*?«

»Klar«, sage ich noch mal, »klar. Das machen doch alle Hüh…«

Doch Tessa fällt mir voll unhöflich ins Wort. »Ja, das machen alle *Hübschen* bei uns gerne. Und warum auch nicht? Wir sind alle…« Tessa deutet in unseren großen Garten. »…ganz frei aufgewachsen.«

Hä? Wir schaufeln alle mit unseren Flügeln Staub auf uns rauf? Spinnt Tessa? Jetzt gucke ich auch mal ein bisschen böse. Ich mag es nicht, wenn Tessa total verquarkten Quallen-Käse über mich erzählt.

»Das stimmt gar nicht!«, sage ich laut. »Ich…«

Doch Tessa zieht mich am Arm weg. »Und du hilfst mir beim Ins-Bett-bringen von Klein-Aurora!«

Boah, boah, das finde ich überhaupt nicht lustig!

Doch als wir ganz hinten bei den Robobembombüschen sind, unter denen Aurora mit Hase liegt, da fragt mich Tessa, ob ich fünf Euro haben möchte.

»Fünf Euro?«, frage ich ungläubig. Aber ich bin ja nicht doof. »Was muss ich dafür tun?«

»Aurora zu Walter rüberbringen und die Tür zu ihrem Stall GANZ fest abschließen!«, verlangt Tessa.

Und dann behauptet sie noch, dass sie das nicht sagt, um mich oder die arme Aurora zu ärgern, sondern dass sie das macht, um Aurora – und auch Mama und Papa – zu schützen.

»Vor den Brüllaffen?«, frage ich.

»Ganz genau!«, nickt Tessa sehr ernst. »Sonst kann es nämlich passieren, dass die Brüll-Affen uns unsere Aurora wegnehmen.«

WAS? Oh nein, das will ich nicht!

Ich gucke Tessa prüfend an. Nicht, dass die mich hier anschwindelt. Aber Tessa sieht so ernst aus, dass ich weiß, dass das stimmen muss. Also bringe ich Aurora ganz schnell in Sicherheit.

Als ich zurück in unseren Garten komme, steht Tessa wieder bei Javi und dem Brüll-Paar. Die Brüll-Tante hat Eiermatsch an den Schuhen kleben (DA hatte Aurora ihre Eier versteckt!) und guckt voll vorwurfsvoll.

Doch Tessa erzählt schon wieder totalen Eierquark: »Ja, ich glaube Ihnen, dass Sie das ungewöhnlich finden, dass meine kleinen Schwestern Eier aus dem Kühlschrank klauen und sie im Garten verstecken. Aber Ostern ist nun mal das Lieblingsfest unserer Familie und NEIN, wir haben ganz sicher keine Hühner im Garten!«

Dann guckt Tessa fragend zu mir rüber.

»Alles klar!«, rufe ich und winke fröhlich. »Aurora schläft.«

Immerhin hat Tessa damit recht. Im Moment haben wir wirklich keine Hühner im Garten.

Doch die Brüll-Tante glotzt schon wieder komisch. »Ihre Eltern lassen Ihre Fünfjährige von einer kaum Älteren ins Bett bringen?«

Aber jetzt wird mir so ein Hühnerkäse echt zu langweilig und ich suche lieber Sinan und Bentje.

»Du siehst verknirscht aus«, meint Sinan.

»Pfffff«, mache ich, weil ich natürlich nicht verknirscht aussehen will, schon gar nicht vor Sinan »die reden da drüben nur Quatsch mit Quarkmatsch, da kriegt man verknirschte Füße von.«

»Hahaha«, lacht Sinan, »verknirschte Füße! Das gibt's doch überhaupt nicht!«

»Das gibt's auch nicht, dass man verknirscht aussieht«, sagt Bentje. »Das heißt *zer*knirscht.«

Da kneife ich Bentje voll freundlich in den Arm, weil ich mich dafür bedanken will, dass sie auf meiner Seite ist.

Aber statt zu lächeln, schreit Bentje mit grimmiger Runzelstirn: »Aua! Du blöde Krötentröte! Was soll denn das?«

»Hahaha!«, lacht Sinan. »Krötentröte! Voll gut! Verknirschte Krötentröte!«

Da muss ich auch lachen.

In diesem Moment kommt Rema mit einem riesigen Tablett in den Garten und ruft: »Kuchen! Kekse! Kaffee! Eis!«

Und da vergessen wir alle grimmig-runzeligen Krötentröten und rennen zum Eistablett rüber.

Während Sinan, Bentje und ich unser Eis unter dem großen Verandatisch essen, an dem die anderen sich mit ihren Stühle drängeln (unter dem Tisch ist viel mehr Platz und gemütlicher ist es auch), können wir richtig bequem lauschen.

»Und?«, fragt Mattes Katrin gerade Papa. »Jetzt könnt ihr ja wieder Pläne machen. Wisst ihr schon, wo ihr in den Sommerferien hinfahren wollt?«

»Mal sehen«, hören wir Papas Stimme. »Noch haben wir nichts gebucht. Aber Tessa scheint sich eine Reise nach London in den Kopf gesetzt zu haben. Und *wir* wollen unsere Töchter gerne vollzählig dabei haben.« Papa lacht. »Vielleicht gucken wir uns Tessas Vorschlag mal an. Goldi und Sibylle fahren ja auch nach England.«

Dann sagt Papa ein zweites Mal: »Mal sehen!«

»Was heißt denn das?«, fragt Sinan mich unter dem Tisch. »Fahrt ihr nun oder fahrt ihr nicht?«

»Mal sehen!«, antworten Bentje und ich gleichzeitig und kichern.

»England wäre ideal«, findet Katrin oben am Tisch. »Ihr könntet dort auch ein Cottage am Meer mieten. Das wäre nicht zu heiß für Iris und Rema, und ihr könntet sogar Hugo mitnehmen …«

»Und Aurora!«, rufe ich laut von unten.

»… Malea kann einen Surfkurs machen und alle wären glücklich.«

»Ja«, meint Papa, »und wenn wir mit Sibylle und Goldi zusammenfahren, müsste sich Olivia nicht mal von ihrem Gregory trennen. Für den Vorschlag von Tessa spricht tatsächlich eine Menge. Mal sehen!«

Plötzlich kommt Malea an den Tisch. »Da steht jemand am Zaun, der will unbedingt mit Tessa-Tiara Martini sprechen.« Malea klingt irgendwie aufgeregt. »Die sehen aus wie …, ich weiß auch nicht wie …, irgendwie anders.« Sie macht eine Pause. »Vielleicht gehst du mal gucken, Cornelius?«

Wir hören, wie Papa etwas hastig seinen Stuhl zurückschiebt, anscheinend zum Zaun guckt, und sehen ihn dann zu Tessa auf die Rasenfläche geben.

Oh, das finden Sinan und Bentje und ich jetzt aber auch interessant! Deshalb krabbeln wir schnell unter dem Tisch raus und laufen hinterher.

Die zwei Männer am Zaun sehen wirklich irgendwie … hm … irgendwie besonders aus. Sie tragen T-Shirts, auf denen was steht, was ich nicht verstehe und haben bunte kurze Hosen an und Käppis auf dem Kopf, obwohl sie bestimmt schon fast so alt wie Papa sind. Irgendwie sehen die cool aus, finde ich, und genau richtig für eine Party.

Tessa scheint das aber nicht zu finden. Tessa guckt wie Hugo, wenn er was ausgefressen hat, aber nicht weiß, ob die anderen das auch wissen. Voll große Augen und ein kleines ängstliches Lächeln im Gesicht.

Jetzt kommt auch Javi dazu. Der will Tessa bestimmt beschützen.

Die beiden Männer lächeln und reden und plötzlich werden Tessas Augen noch größer. Riesensuppentellergroß! Und dann …

Dann schreit Tessa. »WAS?« Sie reißt erst ihre Arme hoch … »HURRAAAAA!« … fällt dann Papa um den Hals … »OH, CORNELIUS!!!« …, lehnt sich vor und umarmt auch die beiden bunten Männer …, springt Javi an und küsst ihn wild (der Arme fällt fast um, aber er lacht) und ruft sogar auch noch: »JAAAASPER!!!«

Und der Japser kommt natürlich sofort angaloppiert.

Das scheint Javi aber zum Glück nicht zu stören. (Manchmal findet Javi das ja nicht so gut, wenn zu viele Jungs um Tessa rumgaloppieren).

Und endlich verstehe ich auch einen Satz von den Männern. »Vielleicht könnten wir uns kurz hinsetzen, damit Sie den Vertrag unterschreiben können?«

»Selbstverständlich!«, nickt Papa strahlend. »Aber erst kommen Sie in den Garten rein und essen und trinken mit uns! Wir haben heute etwas zu feiern und DAS hier können wir gleich mitfeiern!«

Ja, und dann haben wirklich alle superdupergute Laune!

Als ich Javi am Shirt gezupft habe und gefragt habe, was denn eigentlich los ist, hat er mir erklärt, dass Tessa und der Japser gerade einen Songschreiber-Wettbewerb gewonnen haben. Und dass sie jetzt einen richtig echten Vertrag kriegen, wo sie Geld dafür kriegen, dass sie noch mehr Songs schreiben. Voll irre! Aber Tessas Lieder sind auch echt toll.

Javi sah ganz stolz dabei aus.

Ich bin auch echt stolz auf meine größte Schwester.

Und auf meine zweitgrößte Schwester bin ich auch stolz. In unserer Küche hängt nämlich jetzt ein großer Bilderrahmen mit einem Zeitungsartikel, in dem steht, was für sensationell gute Sachen Livi und Gregory mit *Auroras Freunden* schon gemacht haben.

Und weil der da nicht hängen würde, wenn ich nicht eine so tolle kleinere große Schwester hätte, bin ich auch auf Malea richtig stolz.

Und auf mich natürlich. HA – und auf Aurora!! Denn ohne Aurora würde ganz viel bei uns gar nicht passiert sein. Und wäre das schade, oder wäre das schade?

Am Abend wird Mama müde und die meisten Gäste gehen nach Hause. Nur Bentje darf heute bei mir schlafen.

Das war eine voll perfekte Party. Es ist immer noch heiß und morgen geht Rema mit mir und Bentje ins Schwimmbad und alles ist überhaupt superduperschön.

»Wenn ich bei euch bin, hab ich immer ein richtig warmes Gefühl im Bauch«, sagt Bentje, als wir ins Bett hüpfen und uns einkuscheln.

»Ich auch«, sage ich. »Das liegt daran, dass bei uns alles immer voll gut funktioniert und überhaupt nie etwas schief geht.«

Denn das stimmt doch. Bei uns ist einfach immer alles voll toll in Ordnung!

Und ist das gut, oder ist das gut?

Livi

Wir haben in den Tagen nach der Willkommensparty so viel geredet wie noch nie. Iris, Cornelius und ich. Ein paar Mal waren auch Gregory und meine Schwestern dabei. Und wir haben alles immer wieder durchgespielt. Wie es gewesen wäre, wenn ich tatsächlich adoptiert worden wäre. Was für einen Unterschied das für mich bedeutet hätte. Denn natürlich IST das ein Riesenunterschied und ich hätte mir dann nur gewünscht, dass meine Eltern mir das schon als kleines Kind gesagt hätten, sodass es später nicht als totaler Schock in mein Leben hätte knallen können. Aber es ist KEIN Unterschied, was Liebe und Zuneigung und Wärme und das Gefühl zu Hause zu sein angeht. So was wächst einfach und hat nichts mit Genen oder biologischer Abstammung zu tun. Auch wenn ich grüne Haut hätte und lila Stoppelhaare und meine Eltern ein Frosch und ein punkiger Igel wären, würde ich, genauso wie meine Schwestern, in diese Familie gehören. Voll und ganz. Da hat Cornelius recht. Und er muss es wissen, denn er IST adoptiert. Ich glaube, manchmal muss man aufpassen, dass man sich nicht mit etwas unglücklich macht, was eigentlich gar kein Unglück ist. — Und manchmal, hihi, sollte man genauer hingucken, bevor man Schritte wagt, die leicht ins Unglück hätten führen können! Das Schild der Anwaltskanzlei, das ich beim Runterklettern von dem Fenster runtergerissen habe, hängt seit gestern wieder. Und was sieht man darauf, direkt unter den Namen der Anwälte? Einen dicken Pfeil, der in den Hinterhof deutet. Wo nämlich die Anwaltskanzlei ist. Nicht etwa in dem Wohnhaus, in das ich gekrabbelt bin …

Kenny

Ich hab ganz viel über das Brüllen gelernt. (Und auch ein bisschen was über Gehirne). Viele Hunde, die laut bellen, beißen gar nicht. (Unser Papa zum Beispiel). Aber einige Hunde, die bellen, sind wirklich böse und könnten auch beißen, wenn man nicht aufpasst. Und manchmal muss man auch großen Leuten Bescheid geben, damit die helfen können, wenn Hunde jemand anderen beißen. Livi hat das nicht gemacht, aber zum Glück kam ja ihre Lehrerin im Freibad dazu. Manchmal sollte man bellende Hunde aber auch einfach in Ruhe lassen. Ich finde das ein bisschen kompliziert. Aber das mit den Gehirnen ist noch komplizierter. Es ist nämlich so, dass unser Kopf auch arbeitet, wenn wir das gar nicht merken. Ich hatte zwei von drei Fragen in der Schule richtig, obwohl ich nur eine der Antworten wusste. Aber mein Gehirn, das wusste zwei richtige Antworten. Weil sich unser Gehirn nämlich an voll viel mehr erinnert, als wir bemerken, sagt unsere Lehrerin. Auch wenn wir denken, dass wir uns die Antworten nur ausdenken, kommt da oft ein Treffer bei raus, sagt unsere Lehrerin. Dass die Beatles eine Rockband sind, wusste ich von Papa. Und bei Mama im Regal muss ich den Namen Jane Austen wohl irgendwann mal auf einem Buch gesehen haben. Denn als ich mir eine Antwort ausdachte, hab ich einfach »Steht auf Büchern« hingeschrieben. Obwohl ich mich echt nicht daran erinnern kann, ein Buch mit so einem Namen jemals gesehen zu haben. Aber mein Gehirn, das konnte sich erinnern. Ist das cool oder ist das cool? Nur, was ein Boiler ist, weiß ich immer noch nicht. Aber das ist mir eigentlich mäuseschnauzenpiepsegal.

Malea

Ich glaube, ab und zu muss man nicht nur sein Zimmer aufräumen, sondern auch sein Leben meerfrisch säubern und ausmisten, damit frische Brisen wehen können. Sonst wird man nämlich müde und schlechtlaunig. (Und mit Pupsertät hat das GAR NICHTS zu tun!) Mein Leben war einfach zu voll geworden. Ich konnte gar nicht mehr spontan machen, wozu ich Lust hatte. Ob James Bond auch ab und zu sein Leben aufräumt?

Javier

Ich habe volles Vertrauen. In mich, in die Martinis, über alle Maßen in Tessa, in unsere Zukunft und vor allem in das Leben. Ich bin so froh, dass ich meine Tessa getroffen habe.

Tessa

Wir haben einen Songschreiber-Vertrag! Einen richtigen Vertrag! Jasper und ich sind von allen, die mitgemacht haben, ausgewählt worden. Dabei wusste ich noch nicht mal, dass ich mitgemacht hatte! Cornelius und ich haben ja unseren Song nicht fertig gekriegt, weil ich so viel mit SOS zu tun hatte. Aber Cornelius, oh, mein wunderbarer Cornelius-Vater hat den besten Song von Jasper und mir heimlich kopiert und eingeschickt, ohne uns was davon zu verraten. Und was ist passiert? Wir haben gewonnen!!! Wuuuuaaaaaaaaa! Ich könnte den ganzen Tag nur jubeln und schreien und lachen und.... meinen Javi küssen! Denn das ist fast noch toller: Javi ist überhaupt nicht eifersüchtig, sondern freut sich riesig über meinen Erfolg. Ach, ich glaube, Javi und ich, wir lernen allmählich richtig gut miteinander umzugehen und vor allem lernen wir, uns gegenseitig zu verstehen. Ich glaube, daran geht nämlich viel kaputt im Leben, dass die Menschen nicht wirklich kapieren, dass jeder ganz, ganz unterschiedlich tickt. Als ich Dodo erzählte, wie glücklich ich mich im Moment mit Javi fühle, ist sie fast zusammengebrochen und hat gefragt: »Aber warum hast du dich dann tagelang bei mir nur über ihn beschwert?« »Weil ich das musste, Dodo!«, habe ich geantwortet. Ich musste all das rausweinen, auskotzen, aussprechen, was an widersprüchlichen Gefühlen in mir drin war. Nämlich, um zu kapieren, was genau es ist. Jetzt weiß ich es.« Ich weiß, dass ich Javi nicht heiraten möchte (jedenfalls nicht in den nächsten zehn Jahren). Aber dass ich ihn nicht heiraten und nicht mit ihm nach Barcelona ziehen will, heißt nicht, dass ich mich von ihm trennen will. Und, ja, vielleicht sprechen wir mal darüber, ob Javi nach Deutschland zieht. Wenn er sein Studium fertig hat oder so. Denn vielleicht, leicht möglich, ist Javi tatsächlich das Beste, was mir je im Leben passiert ist. Aber egal wie viele Plattenverträge ich gewinne oder wie glücklich ich mit einem Jungen bin, eines weiß ich genau, nämlich dass man immer eine beste Freundin braucht im Leben! Esto va de varas – das ist ernst gemeint.

© Philip Price / Random House

Dagmar H. Mueller studierte Germanistik und Sportwissenschaften in Hamburg. Vor ein paar Jahren zog es sie mit ihrer Familie nach Gloucestershire in England. Mit Iris, der gestressten Mutter der vier Chaosschwestern, kann sie sich nicht im Mindesten identifizieren, da sie erstens eine ganz ausgezeichnete Köchin ist und zweitens Bügeln und Aufräumen als echte Hobbys betrachtet. Seit über zehn Jahren schreibt sie hauptberuflich Kinder- und Jugendbücher, die schon in viele Sprachen übersetzt wurden.

www.dagmar-h-mueller.de

Mehr von den Chaosschwestern in:

Die Chaosschwestern legen los! (Band 1)
Die Chaosschwestern sind unschlagbar! (Band 2)
Die Chaosschwestern starten durch! (Band 3)
Die Chaosschwestern voll im Einsatz! (Band 4)
Die Chaosschwestern sind die Größten (Band 5)
Die Chaosschwestern gegen den Rest der Welt (Band 6)
Die Chaosschwestern leben wild! (Band 7)
Die Chaosschwestern ganz geheim! (Band 8)